谨以此书助力第三届湖南省旅游发展大会衡阳召开

行走九峰山

刘望春——著

时代文艺出版社
SHIDAI WENYI CHUBANSHE

图书在版编目（CIP）数据

行走九峰山 / 刘望春著. -- 长春：时代文艺出版社, 2024.3
　　ISBN 978-7-5387-7488-7

Ⅰ.①行… Ⅱ.①刘… Ⅲ.①散文集—中国—当代 Ⅳ.①I267

中国国家版本馆CIP数据核字(2024)第054268号

行走九峰山
XINGZOU JIUFENGSHAN

刘望春　著

出 品 人：吴　刚
责任编辑：余嘉莹
装帧设计：百悦兰亭
排版制作：赵海鑫

出版发行：时代文艺出版社
地　　址：长春市福祉大路5788号　龙腾国际大厦A座15层（130118）
电　　话：0431-81629751（总编办）　0431-81629755（发行部）
网　　址：weibo.com/tlapress（官方微博）　sdwycbsgf.tmall.com（天猫旗舰店）
开　　本：710mm×1000mm　1/16
字　　数：304千字
印　　张：19.25
印　　刷：廊坊市海涛印刷有限公司
版　　次：2024年3月第1版
印　　次：2024年3月第1次印刷
定　　价：79.00元

图书如有印装错误　请寄回印厂调换

绿水青山总关情（自序）

衡阳地区有三座名山：一是思想高山——王船山，二是自然高山——南岳衡山，三是革命宝山——常宁水口山。

王船山先生隐居的"湘西草堂"位于衡阳县曲兰镇内。

衡阳县史称承阳，东汉光武帝年间，改承阳为蒸阳。

千年蒸阳，人才辈出。

许多在人类历史星空里闪烁的名字，都可以在蒸阳大地上听到他们的足音。

刘巴、王船山、魏瀛、常大淳、曾国藩、彭玉麟、谭上连、曾熙、陈墨西、王祺、刘惕庄、刘国运、夏明翰、朱少连、刘国裕、刘兆轩、周乐群、唐翼明、唐浩明、琼瑶、钟增亚……他们或祖籍蒸阳或与蒸阳有着千丝万缕的联系。

蒸水滔滔，文脉悠长。

在蒸阳璀璨的星河里，我深知自己连一粒微尘也不算。

这个世界不缺乏有才的人，也不缺乏有趣的人，但缺乏有才又有趣的人。许多认识我的朋友，最初并非因为文字。他们原以为我只是能歌善舞、爱摄影、喜瑜伽、会游泳、好捣弄各种乡间美食而已，及至见了我的文字，他们说：恰好，你就是这有才又有趣的人。

"才华"这个词永远属于相对论，许多时候，它虚无缥缈得像海市蜃楼。所以，在有才和有趣之间，我宁愿选择后者。

文字于我，是战袍、是铠甲、是知己、是永恒的坚守。我希望笔下的它们既能风情万种，又能无坚不摧；既有女子的清新细腻，又不乏男子的慷慨睿智。必要时，也可于谈笑间，一剑封喉，直指人心。

　　老金溪的山水必是自带灵气，才华横溢的唐翼明院长、唐浩明主席祖居于此，并在此地度过一段童年时光。

　　出生于九峰山下的我曾立志踏遍青山，奈何自由与精力皆有限。在走走停停间，陆陆续续写下一些文字。这些文字，或许稚嫩，或许肤浅。山水无言，自然知晓它的虔诚；读者有心，自然明了其中艰辛。

目 录

第一章 故土难忘

烟花三月上九峰…………………………………………………03

青山长青……………………………………………………………09

山里山外……………………………………………………………12

天上白马……………………………………………………………17

九峰石洞口的前世今生……………………………………………21

九峰山下节孝祠……………………………………………………25

九峰山雾凇…………………………………………………………29

在水一方……………………………………………………………32

枇杷黄时秧苗青……………………………………………………35

回乡偶记……………………………………………………………40

中元节回乡…………………………………………………………43

八月桂花遍地开……………………………………………………46

致敬我的启蒙老师…………………………………………………50

行走乡间的医生……………………………………………………54

远去的大红轿子…………………………………………………57

小年吉祥……………………………………………………………60

山村里的年味：年年有鱼………………………………………63

九峰山翻古………………………………………………………66

第二章　山河阔远

西渡高铁去凤凰…………………………………………………73

从十八洞村到边城………………………………………………78

黄门寨中不思归…………………………………………………81

再见伊山寺………………………………………………………85

伊山寺旁酸枣黄…………………………………………………88

岣嵝峰上大禹魂…………………………………………………91

清花湾里清风悠…………………………………………………94

秋来藏经殿………………………………………………………98

独步藏经殿………………………………………………………101

寻聚衡山…………………………………………………………104

常宁山水自空灵…………………………………………………107

田螺姑娘嫁常宁…………………………………………………111

神游相市…………………………………………………………114

耒阳竹海…………………………………………………………117

又见耒阳柿子红…………………………………………………120

解读新市…………………………………………………………124

一个人的旅途……………………………………………………127

大美新疆……130

可可西里的传说……132

行走郴州……136

第三章　人间烟火

雁南飞……147

永州印象……150

病房琐记……153

老娘与酒……156

陈年旧事话蜜蜂……160

真真假假辨蜂蜜……162

蜜制花茶巧护肤……164

埃及艳后的秘密……166

野蘑菇的诱惑……168

极奢与极简……171

不为花事，只为江愁……173

花中花……175

坐看牵牛织女星……177

总是酒香醉故人……179

高考往事……183

我的处女作与特长梦……187

梦里几回考研路……190

第四章　玉壶丹心

金风玉露正相逢 ····· 195

修篱种菊，何须长住山中 ····· 197

阅读的力量 ····· 199

放下的力量 ····· 202

你为什么焦虑 ····· 205

知白守黑，成己达人 ····· 207

灯火阑珊里的心社 ····· 210

谁留丹心照汗青 ····· 213

向往戎装 ····· 216

第五章　聊斋茶谈

鹤·凤·鱼 ····· 221

病 ····· 224

画梦 ····· 227

真豪杰无私敌 ····· 241

屈子与东坡 ····· 243

行云流水话乡俗 ····· 245

心静月常明 ····· 249

情到深处宜相忘 ····· 252

关于游泳那些事 ····· 254

我们究竟要培养怎样的孩子？ ····· 258

文字积木 ····· 262

高考结束了，我们离婚吧 …………………………………… 265

人品与艺品 …………………………………………………… 267

"中国好人"肖高敏 …………………………………………… 269

一个村庄的敬意 ……………………………………………… 272

三生有幸遇见你 ……………………………………………… 276

朋友圈内有良医 ……………………………………………… 282

九峰山下长明灯 ……………………………………………… 286

后　记 ………………………………………………………… 296

第一章 故土难忘

烟花三月上九峰

九峰山正托峰瞭望台 / 刘望春摄影

这个三月如同深闺中的妇人，偶有风和日丽、草长莺飞的明艳，更多的是乍暖还寒、烟雨朦胧的幽怨。仿佛田野间的一粒种子，积攒了许久，压抑了许久；仿佛山林间的一泓清泉，沉淀了许久，呜咽了许久。一觉醒来，妇人款步出了闺楼。雨歇了，草绿了，鸟叫了，蒸水涨了，油菜花开了，蒸阳大地醉了。

醉在船山故居前的枫马藤龙下，醉在明翰故居旁的依依杨柳前，醉在千年伊山寺的木鱼声声里，醉在界牌火灯的漫天璀璨中……当你带着西渡湖之酒的微醺，跟跟跄跄逆蒸水而行，穿越九市肖家大屋稻草龙的矫健翻腾，穿越渣江"二八"的车水马龙，穿越琼瑶故居、玉麟故居的青砖黑瓦，穿越油菜花海的重重包围，一路向西向北，沿柿竹水库蜿蜒而上，三十六弯山路在前方候着你。它如同仙女遗落在金溪庙的襟带，在崇山峻岭间，在悬崖峭壁处，在茂林修竹旁，在火红的杜鹃与洁白的栀子花丛里，在年幼的唐翼明、唐浩明兄弟梦中……

当你惊艳的心稍稍回复平静时，地势接二连三地升高，大片大片的油菜花陆陆续续成为层层梯田间的点缀，取而代之的是汪洋恣肆的绿，或深或浅，或明或暗。柔枝钻进车窗亲吻你的面庞，丛丛山花牵引你的视线。空气以一种异乎寻常的清新抚摸你每一寸肌肤，熨帖你每一根神经，你再不愿向西向北——也不能向西向北了，因为此刻你已来到衡阳县最偏远的山村——九峰山村。

山这边是衡阳溪江，山那边是娄底双峰。

"山不在高，有仙则名。"于九峰山而言，这句古诗似乎只言中了三分之二，山不高，有仙，但实至名未归。相传姜子牙封神，武将崇黑虎受封南岳圣帝，玉帝命其坐镇九峰山。圣帝飞到此处，但见峰峦连绵，山清水秀，心下大喜，飞上一坡数峰："一、二、三、四、五、六、七、八。"怪事！为何只有八峰？圣帝喃喃自语，飞离峰顶，重数："一、二、三、四、五、六、七、八、九。"飞上一坡又数："一、二、三、四、五、六、七、八。"如此反复数次，总是相隔一峰。"此山莫非有妖孽？"圣帝暗自思忖，于是回禀玉帝："天下只有八峰山，却无九峰山。"玉帝只好命其坐镇祝融峰（南岳主峰）。可笑神仙亦如孩童，居然把自己坐的那个峰忘了。

自此，千百年来，九峰山便以南岳七十二峰"少祖"的称谓流传于世，但因为交通极为闭塞，多少年来这座神秘的大山很少为外人所知，大山屏隔出一个世外桃源般的村落。

当年日寇的铁蹄蹂躏了中国许多土地，九峰山地区有幸逃过一劫。那时进入九峰山，唯有山脚下石洞口响水潭边一条狭窄的石板古道，古道沿溪而上，极似《桃花源记》中"缘溪行……林尽水源……从口入"的场景。传说一队骑马的鬼子走到石洞口，突然不见了路，但见左右皆是高山，眼前是一口深潭，潭的上游是清清溪水，并无飞瀑，亦无急流，然而潭水轰鸣，震耳欲聋。潭边铺着几块石板，一个鬼子试图牵马前行，而那马甩脖子，扬蹄子，长嘶不已，就是不肯上路。领头的鬼子心里发毛，叽里呱啦一通，最后一队人马掉转头跑了。那口发出巨响的深潭就是响水潭，潭边的石板路是当年村民们出入九峰山的唯一通道。

蒸水河支流到此是一条细细弯弯、沙石水草历历可见的小溪，小溪却有一个很大的名字——岳沙河。溪水由山上的涧泉汇聚而成，一条来自左侧英加场的山林，一条来自右侧老九峰小学旁边的山麓，中间一条从老部队的营区横贯而下。

营区前后分别是两座大山，从马路边拔地而起，郁郁葱葱，仿佛九峰山脉两扇厚实的大门，门是虚掩的，门缝里是横贯营区的小溪和沿溪而行的一条小径。当你走到溪水的尽头也就来到了九座山峰的脚下，走过一段砂石路，迎接你的是又一个三十六弯。这条石板砌成的古道，斑斑驳驳，坑坑洼洼，苔痕交错，镶嵌在时光深处大地无穷的皱褶中，不知始于何年何月，亦不知何人所为，一步一级，仿佛是供人朝圣的天梯。天梯的尽头是九峰山的最高点——瞭望台，与南岳七十二峰遥遥相望，云雾在山林间翻滚，竹浪滔滔尽收眼底。

自瞭望台下山，你可越过山头去双峰那边的九峰山古锣坪，那里曾有唐代僧人定静、慧极二人修建的定慧庵。时空流转，定慧庵原貌已逝，但庵前植于唐代的三棵银杏和一株皂角树仍然枝繁叶茂，更为奇特的是有两棵银杏的枝干相依相连，你中有我，我中有你，千年连理，生生不息。枝叶间系满红绸，无数痴男痴女在此许愿定情。伫立树下，但觉物是人非，世间万事皆浮云。金戈铁马也好，名垂青史也罢，终究不抵两棵古树的爱情，千年相依相恋，千年连体同枝、温暖彼此。此处，曾国藩故居富厚堂、白玉堂离你不过十一公里，黄公略故居、蔡畅故居、唐群英故居等景点皆在你周围十五公里左右。你在一番儿女情长后，注定无法英雄气短。若你无心儿女私情，也不愿历史烟云沾身，唯愿做山间闲云野鹤一只，那么原路返回吧。

三月是古道最美丽的季节，烟雨朦胧中，脚下每一块石板都有属于自己的故事，每一道裂缝、每一处缺损都记载着前尘往事。隐约有马蹄声声、喧哗阵阵。相传无数商贩、挑夫经此古道往返于九峰、双峰两地，两地互通婚姻，走亲访友者也多行此道，当年青涩的曾国藩就常常经此道前往衡阳恩师欧阳凝祉老先生家求学。

漫步古道，方知九峰山"省级森林公园"的称号绝非浪得虚名。银杏在古道旁撑起华盖，水杉、金钱松、厚朴等各种珍稀植物在花叶间巍巍挺立，七叶一枝花、断肠草、半枝莲、白花蛇舌草……各类药草密布林间，有的径自长在古道的石板缝隙间。

相传早在明朝时，李时珍便入此山探寻药材，并将所著药书赠予山中猎户，我曾疑心此事是前人的杜撰。偶然一次，随母亲去山脚下的石洞口大庙敬香，我惊讶地发现庙内供奉的竟是药王李真人的塑像，守庙老人口中的药王李真人分明就是李时珍。从此，我对民间流传的这一说法深信不疑。又有故事流传，说山中有沉香木。一牧童偶遇仙女梳头，仙女大惊，嘱其勿对外人言，指出林中一棵沉香宝木以手帕系之为酬。牧童出山后，兴奋难耐，遂将此奇遇告知村人，村人蜂拥入山，但见满山树木皆系手帕，哪一棵是宝木，已无从分辨。山中是否真有沉香木，珍稀植物究竟有多少种……这些问题如同那梳头仙女的面纱，亦如同笼罩在山头的云雾。

我那已故的老祖母在生时常念叨"百草都是药，无师奈不着"，她一生从未进过医院，大凡有个头痛脑热的，总是自己去山后田间采些草药来，不几日便痊愈如初。祖母不识字，她的医药知识也许是来自于老家人们千百年来的口口相传吧。她中年丧夫，老年失子，以八十五岁的高龄无疾而终，倘还健在，今已百余岁，与小溪对岸的百岁寿星莫深生正好同岁。莫老寿星几年前正月里仙逝，去世的诱因是冰冻天上山剁楠竹摔了一跤。我的二舅母二十年前宫颈癌晚期入院，医生说不必手术了，回家准备后事吧。做完放疗后，舅母回家每日里采草药熬汤当茶喝，喝了两三年后，几乎痊愈，今年已八十岁。

烟花三月是九峰山最诱人的时光。"一树一树的花开"，不带一片绿叶的花开，正是林徽因笔下的景致，从此处到彼处，从这个山头绵延到那个山头。那气场仿佛天下第一阔少，用漫山遍野的花树来表白对春的痴心。洁白的玉兰花，嫩黄的梓树花，小喇叭似的泡桐花……在这一棵棵花树下，野百合仿佛待字闺中的少女，红的黄的杜鹃正开得热烈，树莓顶着星星点点的小白花，茶蔻茶片像那产后的奶妈，白白嫩嫩，清甜爽脆。酸筒杆慵懒着肥肥的腰身，在春风中一扭一扭，仿佛在嬉戏、在挑逗：来呀！来吃我呀！摘一根，剥了皮，咬上一口，那份酸爽足够你回味整个三月。野生的秧李形似微型猕猴桃，小指指尖大，成熟时绯红一片，比野生猕猴桃更可口。山上的嫩蕨正是"咯嘣"掐得出水的时候，清炒或凉拌都是一道美味，椿树芽切碎了煎土鸡蛋，刺春豆用开水烫过，切碎后舀大一勺猪油来炒，那碧翠的色、那醇厚的香全是正宗的九峰山味道。

山里人喜欢吃猪油是有由来的。清晨，露水从一片片竹叶上滑落，渗入地层深处，汇成甘甜沁凉的涧泉。这种竹露涧泉不仅含有丰富的矿物质、微量元素，还有一种祛除油脂的天然碱性物质。它是最好的消脂减肥汤，也是极好的天然去污剂。常年食用猪油的山民大多身材精瘦、身轻似猿，他们不知道何谓"三高"，年过八十者依然劳作，年近九十者常能自理，像那莫老，年过百岁依然爬山、破篾、背柴、做饭，件件皆能。常年饮用涧泉水的山妹子大多身材高挑，红颜皓齿乌发，所以九峰山的美女就和山中美女梳头的景点一般，早早地便为世人熟知。我每每回老家，第一要事便是烧一壶泉水，冲泡一杯家门前的鲜绿新茶，在甘洌幽香中，在翠色起落里回味着幸福着。

满山满坡的竹马根下，笋子刚刚被季节唤醒。它们走在三月的泥途中，走得慢的尚无动静，走得急的才顶开一丁点儿黄土，露出一两片笋叶尖尖。这个时节的春笋老家人称之为"黄麻锥"，它的鲜嫩脆甜若以山珍来譬喻也是毫不过分的。再过些时候，破土日久，笋身便有少许的涩麻。只有在这个时节，只有在九峰山这样的黄泥中，春笋才无愧山珍的美名。剥去笋衣，笋体通白如玉，切片清炒、下汤或煲汤都可，最妙的吃法是裹着笋衣塞进柴火灶煨熟，尔后剥开笋衣热腾腾地吃，那股清香、那份甘甜脆嫩将是你一生中最美好的记忆。这样奢侈的吃法就算是地道的九峰山人一生也不见得能吃上几回，要掐好这样的季节点，还要有心情、有运气，真真不是一件容易的事。山脚下的田野里，荠菜性急了些，白色的小花开得密密麻麻的，胡葱子长得正旺，蒲公英还嫩着，清明草刚刚好。想要品尝这些季节的馈赠，去九峰林场的九峰山庄吧，红红的柴火灶和喷香的甑蒸饭是不会让你失望的。

三月的九峰山是花的海洋，是吃货们的天堂，世间美景美食仿佛尽聚于此。在三月的尽头，西渡、岘山、渣江等平原地区的油菜大多开始谢花结籽，而九峰山梯田间的油菜花正是盛放的时候。与此同时，桃树、梨树、李树等各种果木次第开花，加之山上各类草木花开正艳，蜜蜂是最忙碌的。

　　每逢天晴，父母也格外忙碌。清洁蜂箱，取牌摇蜜。摇蜜机里放着蜜汁满满的巢脾，随着摇手的旋转蜜汁在桶中挥洒，继而挨着桶壁滑落桶底，接着沉淀、过滤、装瓶。常有朋友问我如何鉴别蜂蜜的真假，我只能告诉他们：全靠鼻子。火烧也好，抽丝也罢，造假的商贩自有无数种方法来应对各类检测，但你的鼻子不会骗你。

　　纯正的九峰山菜花山花蜜颜色晶莹通透，开瓶瞬间，花香四溢，清新至极，是大山中独特的负离子氧气的味道，是空气中自然花木的味道，因而一般的化学香精根本无法模仿伪造。无须存放冰箱，只要不沾生水，用玻璃或陶瓷器皿密封后置于阴凉处，它的保质期不是三年五年，而是可以无限期地保存下去，因为它本身就是自然界最好的防腐剂。只有在九峰山上，蜜蜂才可能酿出如此高品质的蜂蜜，因为一切都是那样洁净，空气、花木……加之养殖的蜂种及方式，一切遵循着最古老的法则。早上服用生姜柠檬蜂蜜水，晚上用蜂蜜浸泡早春的桃花、茶花敷面。常有朋友羡慕我皮肤光泽度甚好，她们哪知道是蜂蜜的功劳。传言古书记载：常食蜂蜜，颜色如花；内服外敷，效果更佳。

　　这个三月，春花如此灿烂，烟雨如此多情，仿佛那步出深闺的妇人，一回眸、一驻足，风景便平添了灵动。披一蓑烟雨，向西向北，向那高山更高处、深林更深处出发吧！九峰山有花海、有美食、有佳人，有神秘、有浪漫、有传奇。山不负你，景不负你，只期待与你梦中长相厮守。

青山长青

九峰山下菜花黄 / 刘望春摄影

　　小时候，九峰山林场有一对职工夫妇。他们进山出山，必定要经过我家门前的土马路。那对夫妇，男的姓徐，我们叫他徐叔；女的与我母亲交情甚好，我们叫她"燕子阿姨"。

　　上世纪80年代初，军人、教师、医生等公职人员是人们羡慕的对象，林场的职工似乎不在其中。记忆中，徐叔夫妇穿着打扮比一般山民更朴素。解放鞋、劳动布衣是标配，鞋子破旧，有时，大脚趾头若隐若现，全身上下晒得如同雷公般墨黑。

　　那时的九峰山林场到石洞口集市没有大马路，只有狭窄的山道，所有物资，都靠职工徒步出山购买。十几里的山道崎岖险峻，暴雨或冰雪天气，几乎无法行走。

那时老祖母年过六旬，满头闪亮的银发用一个细铁丝围箍悉数围向脑后，露出宽阔饱满的前额，着一双黑布鞋，月白对襟衫洗得一个印子不落。祖父逝世多年，儿女都已成家，老祖母天天坐在阶基上，守着土马路，土马路上有来来往往的喧闹。她的木椅边，经常放一个茶碗，过往要歇脚的行人，只要踏上阶基，她就起身，弓着背，去屋里倒茶待客。

记忆中，徐叔经过我家门前，惯常的姿势是肩上搭着一根木扁担，双手搭在扁担前头，扁担后头尖尖上挑着一个扁丝袋子。晃晃悠悠的袋子里要么是米面，要么是油盐酱醋，偶尔扁担前端还会挂一长条五花肉。他行伍出身，五短身材，常身着肥大的军裤，走起路来，脚下生风。

徐叔踏上阶基歇脚，祖母便从里屋端了茶来。徐叔一边道谢，一边赞叹：好茶！这赞美确实没有半点儿水分，祖母喝的茶均来自九峰山中，且是姑姑亲手采制。九峰山是衡阳县与双峰县两地的界山，嫁到山那边荷叶镇的姑姑经常在那边的山中采茶，将茶炒制烘干后，逢年过节一包包带来孝敬祖母。年过七旬的祖母，血压很高，但祖母没有服过一粒降压药，她坚持饮茶，过午不食，八十五岁时无疾而终，未受一天床榻之折磨。

那时封山育林任务繁重，林场职工的工资只能发一半欠一半。为了生活，场部所有职工几乎人人种菜、养鸡，自力更生。天干物燥时防火，数九寒天时防冻，一年三百六十五天防盗。那时，上山盗砍树木是要罚款、罚放电影并通报批评的。我们小时候所看的电影，除了红白喜事或升学，大多便是这种罚款电影。不仅树不能砍，柴草也不能随便刈。在煤炭、天然气等没有普及的年代，柴草是村民们取火生存的唯一燃料，所以常有交通发达地方的女子嫁到偏远的九峰山村，说图个"柴方水便，楠竹马根紧呷"。先生的小姨妈大抵便是因此从溪江町里的红旗桥边嫁到了九峰山上。

也许是因为林业工作艰苦，林业系统的干部职工多是松树一般沉稳的汉子，在呼啸的山风里、在萧瑟的山野间挺立。九峰山的几任场长我都熟悉，他们扎根九峰山上，以苦为乐。春天采蘑菇，夏天听竹涛，秋天赏红枫，冬天观雾凇。山川风物怎可尽掩林业工作的艰辛？那晒得黝黑的脸，吹得蓬乱的发，磨得粗糙皲裂的手都在无声地证明。曾经林场职工们所经历的，他们大都经历过。幸运的是，水泥马路修好了，工资发齐整了。

他们应该都喝过九峰山上的高山茶，只是喜欢泡茶待客的祖母已经长眠地下二十余年了。

祖母沉睡的那个山头，被杉木、丝茅草覆盖。在她最初离世的那些年里，她常常顶着一头白发，笑吟吟地步入我的梦中。这些年，她很少入我梦，可能她在那边过得很好。她大抵知道，她带大的孙女，无论怎样，都会承袭她的品格，把所有的苦难踩成落花后的芬芳。

每年清明或正月，我在祭拜她时，会下意识地看看坟地周围的杉木，它们以惊人的速度生长，那一圈圈年轮是岁月留下的明证，也是祖母灵气的滋养。

九峰山云雾茶 / 刘望春摄影

山里山外

九峰山百步天梯／刘望春摄影

话说山外人游九峰山的惯常模式：一车直达古锣坪，在千年银杏连理枝下打个卡，再走古锣坪观音庵侧旁的石径，登顶九峰山最高峰正托峰，爬上峰顶的瞭望台，远眺南岳云海，赞叹一番，摆拍一番，大功告成，欣然下山。

有那喜欢挑战的，一车直达九峰山林场，从林场侧旁上山，走百步天梯登顶，然后再沿观音庵旁的石径下山，行至古锣坪，看千年银杏连理枝，然后拍照打卡。

白马村景 / 刘望春摄影

还有喜欢探险的，自我娘家门前的马路开始，翻越白马旦观山，由白马六组上行到白马一组，经马胡坳等地，然后走一字路登顶九峰山。旦观山下有八角亭，有仙马踏石饮水的古迹。这一路风景绝佳，但似乎养在深闺人未识。

我每每见了这样的驴友，总是忍不住大笑，笑他们几乎白跑了一趟九峰山。

九峰山何止是一座山呢？单是山头便有九个，山里山外，奇花异草满坡，豪杰名家遍布。如何开启一段没有遗憾的九峰山之旅？且听九峰山妹子我徐徐道来。

九峰山下有个洞源村（现已并入九峰山村），洞源村有个地方叫石洞口。石洞口既是衡阳、双峰两地百姓自古以来的赶集地，又是外界进入九峰山的唯一通道。进入石洞口，古时只有一条一尺多宽的沿溪石径，今天有一条经过千佛岭的水泥马路。走马路便捷，但将错过不少风景；走石径多耗半个时辰，收获却是不同寻常。

石洞口老街风物 / 刘望春摄影

第一章 故土难忘 | 13

在石洞口迁佛岭下，有一座明清时修建的石桥，取名"龙渡桥"。站在龙渡桥上细看，溪中趴着巨石，两边是突兀的石山。走过龙渡桥，是古老的沿溪石径。踏上石径，但见左侧溪中巨石林立，右侧石壁高峙。走过百余米的距离，来到石洞口老街的街尾，此处不仅有砌于石墙上的老房子，还有"农民文化宫"的遗迹。再前行几十步，是修建于明清时的"石洞口大庙"，庙内供奉着药王李真人像。庙外墙体上嵌入数块古石碑，细辨，有"雍正年间"，"同治年间"的模糊字样。

走过大庙，行至老街街头，往右拐，有一片开阔地。这片开阔地的原址就是节孝祠，系曾国藩奏请朝廷为其岳祖母和岳曾祖母两代蔡姓节妇修建。节孝祠至今仍有部分房间保留，且有百姓居住。

看完节孝祠后，想要赶时间的，可驾车直达九峰林场或古锣坪九峰山庄；喜欢徒步的，可沿溪前行，沿着陈家铺侧旁的小路，走过石桥，经过天桥，有溪的地方便有路。从陈家铺徒步至九峰山脚下，走三十六弯古道，走路速度快的，不到两个小时就能登顶。三十六弯古道附近有知青林场、茅庵遗址。相传九峰山中有四十八座脚庵，供往来行人歇脚。

驾车前往九峰山林场途中，右侧有一条路通往龙王庙。这古老的庙宇在历史的烟云中消逝，只有神奇的传说代代相传。传言九峰山中有一道龙脉，龙王庙庙址即为龙脉要害所在，此处可远眺南岳。

十年前，老金溪商会的副会长邱文广先生来山中游玩，偶遇一游方僧人，问其山中可有好地方。僧人道：有倒是有，是否能到，则看缘分。数年后，邱总投资了近千万，承包了九峰山几千亩山林，拓宽龙王庙旧址，准备重建。当挖机挖到一处崖壁时，崖壁上凸现一条石纹金龙，龙身长达数米，龙头龙尾栩栩如生。

邱总骇然，立即命令工人停挖。

美女梳头 / 邱文广摄影

九峰山中有一处名为美女梳头的景点，传言此景常人不可见。但有一日，雨过天晴，彩虹当空，青山如卧，青丝披肩，劳作于山脚下的邱总竟意外睹得这一幕。

龙王庙附近有百亩云雾茶山，有大片樱花林。品茶赏花，看完千年银杏连理枝后，只要三十分钟车程就可抵达曾国藩故居——富厚堂。富厚堂的厚重辉煌自不必细述，单是堂前那一圈荷叶边似的小山，便足以让人迷醉。富厚堂有千亩荷塘，盛夏时节，赏荷的游客络绎不绝。莲子、莲子心茶、荷叶茶、鲜嫩的莲蓬，再加上甜糯可口的双峰荷叶特产麦子酱，荷叶人将文旅生意做到了极致。在曾国藩故居周边，农家乐和民宿比比皆是。双峰历来民风淳朴，百姓大多耿直厚道。去双峰人家中做客，问你吃过饭了吗？你若答：吃过了，那么主人绝不会疑心这是你的客套话。有客进屋，吃多少煮多少，绝不会像衡阳人那般，动辄折腾个十大碗上桌。

论待客之隆重周到双峰人远不及衡阳人，论机灵与精明自然也不是衡阳人的对手。所以，两地联姻最是常见：精明能干的衡阳妹子嫁给憨直厚道的双峰汉子，仿佛天作之合。

石鸡寨地质公园 / 刘望春摄影

距离富厚堂五分钟车程，有座石鸡寨地质公园。漫山石林，有的堆叠成山，有的顺势成桥，有的挤挤挨挨，成"一线天"之势。山顶有一只天然石鸡，人坐其上，双手轻摇鸡头，巨石上下晃动，形似公鸡啄米，然数名高强猛汉欲用铁棍将其撬下山去而不能。这是一处纯原生态的景点，泥路与草丛始终阻挡不了纷繁的人流。

在富厚堂四周，秋瑾故居、葛健豪纪念馆、蔡和森纪念馆、曾国荃故居大夫第等星罗棋布。葛健豪出身名门，其父葛承霖是一名湘军将领，官至正四品道元。葛承霖既是曾国藩手下的得力干将，又与曾家有姻亲关系。葛健豪与唐群英、秋瑾情同姐妹，秋瑾嫁给了曾国藩的表弟王廷钧。在双峰荷叶，蔡家、葛家、曾家三家既是同乡，又是姻亲。

离开富厚堂返衡，必经两地交界村落——华峰村。华峰村的井干垅是曾国藩的老师欧阳凝祉老先生的居住地，曾国藩的夫人欧阳秉钰出生在这里。华峰村里有座石牛山，山中遍布石头，因山顶巨石如牛而得名。

九峰山黄金梨 / 邱文广摄影

自 2013 年开始，邱文广先生陆续在华峰村种下八十亩有机黄金梨。这梨喝山泉水，得有机肥，又有人工锄草除害。成本高昂，品质亦不同凡响。春季登临九峰山后，不去梨园看看，算是遗憾；秋季果满枝头，捎一袋好果回家，回味自然悠长。

天上白马

九峰林场与白马分岔路口 / 刘望春摄影

　　写一篇关于白马村的文，这是许久以来植在我心底的梦。白马村，顾名思义，传言有白色仙马降临，于涧边饮水，饮水毕，仙马腾空而去，其所踏石板上留下蹄印，无论晴雨，蹄印中涧水不干，白马村由此而得名。这是一个不应被俗世遗忘的美丽小村，它的山川风物、它的人杰地灵决定了它在九峰竹海中明珠般的地位。但遗憾的是，来九峰竹海的人很少见到它的庐山真面目。几年前，白马村与原九峰山村、原洞源村三村合并，统称为九峰山村。

　　我曾在冬日的暖阳里，徒步翻越旦观山，前往白马村。山势愈下，山风愈急。冬阳沐浴着池塘、人家，整个白马村从六组到一组沿溪而上，耕地沿溪分布，仙马踏石饮水的古迹在地势最低的六组，满目苍翠，间或一丛鲜红、一处浅黄。头顶阳光如此灿烂，耳边山风如此凛冽，涧水澄澈似练，天空蔚蓝如洗，鲜明的色彩对比让人不得不慨叹上苍对白马村的厚爱。

或许正是这样凛冽的山风、澄澈的山泉才孕育了白马人强健的筋骨、聪慧的头脑、不屈的意志、不凡的气度吧！白马村曾是九峰最偏远、最贫苦的地方，也是山水风物最美、民风最淳朴的地方，这一印象始于我童年时一次捡笋壳的经历。

小学五六级时，学校要求勤工俭学。其时正是春末夏初，满山的春笋追云逐竹，褪下层层笋衣。这些自然剥落的深褐色的笋衣就是笋壳，它们非常坚韧，是做绳子的好材料，捡回去后晒干，卖到收购站便是钱。一个初夏的傍晚，我独自一人在山上捡啊捡啊，越捡越兴奋，越捡走得越远，结果，竟然忘记了回家的山路。我是如何走到山那边的白马村的，又是如何走到白马同学凌腊香家的，细节已经无从记起，但永不能忘的是她父母的热情，整个村子人们的热情。腊肉、腊鱼、腊鸡……我从来没吃过那么美的腊味。那时的白马村户户烧柴火，加之山路崎岖遥远，出山一次不易，腊味是每个家庭的必备。长大后，我走过许多地方，吃过许多地方的肉制品：四川的风干肉、湘西的黑腊肉、西藏的牦牛肉干、永州的酒糟肉、衡阳本土的夫子肉、自制的香肠……这些美味都不能与我记忆中的白马腊味相比。

晚上和腊香去村子里转悠，禾坪里好多老人小孩围过来，仿佛我是天外稀客，户户人家搬凳子招呼我坐，拿零食给我吃。回到腊香家，我肚子撑得圆圆的，袋子装得满满的。

许多年后，读《桃花源记》，忆及当年在白马村的待遇，不禁哈哈大笑，感觉自己做了一回渔人，而白马村与桃花源又何其相似也！

童年的记忆中通往白马村是没有大路的，那时年幼的我站在老屋门口看，对面山尖尖上过来一个人影，在崎岖狭窄的山道上，或挑着担，或空着手，祖母只消望一眼便知：白马村人。白马村人走路飞快是出了名的，白马村人读书、做事发狠也是出了名的。

白马村村小人口少，人口最多时五百来人，目前常住人口不足两百。但这小小的村落，历来重视耕读传家，村中儿童自幼读书就比常人刻苦。村中盛产楠竹、杉木、野果、药材，也盛产帅哥才子，且大多肤白形俊，正应了"白马王子"的美誉。

清澈的洞泉水自白马一组顺势而下直贯六个村民小组,这甘甜的山泉水不仅浇灌了沿溪两岸的田地,也赐予了白马儿女智慧与灵性。老家人常言:呷石夹子水长大的聪明。在他们看来,白马人之所以聪明,就是水的缘故。石夹子水虽然好呷,但因为祛油厉害,呷久了也会心里慌慌。白马人赶集大多喜欢买肥肉,做菜喜欢用猪油,即便菜油放得再多,长时间不吃肥肉和猪油,心里还是会猫抓猫挠般难受。

多年前,每逢农历三、六、九,白马人来石洞口赶集,通常有两条路,一条是下行到白马六组,翻越旦观山,从元甲湾方向下来;一条是上行到白马一组,翻越秦果岭,从茅寺村山路出来。但如今,翻越秦果岭的山路早已被茂盛的柴草封死。秦果岭是英加场组的山林,许多年前,这密密的深林是老虎和野猪们的天堂。

小时候和村里的叶红一起上山扒柴,我们从来不去秦果岭。这村里原本住满了人家,但如今,一户人家都没有了。许多年前,一户彭姓人家的放牛丫头,便是在这岭上被老虎叼了去。一同放牛的伙伴们当即吓傻了,孩子们失魂落魄地跑回来,个个面如土色。

童年的记忆里,这山路总有一种说不出的阴森。山路有多长,溪水有多长。每逢夏日,溪中的螃蟹、鱼虾极多,似乎只有这一条可以让我们暂时忘记它的阴森。

那时的山路想必是极其陡峭又狭窄的,赶集人走一趟不容易,通常是挑一担山货出来,再挑一担油盐酱醋回去。那些身板不怎么好的白马人,怕是一辈子也没有走出过白马村。听说现在另有一条宽阔的大马路可以徒步通往九峰林场,可惜因为时间有限,我没来得及去体验探索。

白马村的野物很多。记忆中,有个白马的老猎户,每逢赶集,总是用扁担尖尖挑了三五只野物过来卖。偶尔有卖不完的野物,他就送给我家,裁缝母亲经常帮他免费缝补衣服。老猎户的模样已无从记起,但令我不能忘却的,是他那长年穿着的油黑发亮的衣服。母亲说,老猎户是个单身汉。上世纪七八十年代,白马村里的单身汉不是三五个,而是几个巴掌都数不过来。那时,能够娶上老婆的白马汉子，就算是村里的成功人士了。风水轮转到今天，曾经险峻的山道变成了宽阔的水泥马路，一幢幢别墅挺立在竹林深处，白马村里的青年男女都成了抢手的香饽饽。

话说回来，在上世纪还可以打猎的时代，偶尔会有猎人们挑了野猪肉过来卖，大凡敢去围猎野猪的，都是猎手中的厉害角色。老家俗话道：打老虫备个胆，打野猪备副板（棺材）。在猎人眼里，围猎野猪是极其危险的事儿。倘若不能一举毙其命，那将是一场恐怖的人猪大角逐。受伤的野猪报复欲极强，它逢山过山、逢水过水，疯狂追击猎人，直至将猎人毙命，或是自己伤重而亡。

传说有一年冬天，一伙猎户围猎一头野猪，受伤的野猪失足跌入山下一口水塘。一位老汉好奇，走上塘埂瞅一瞅，孰料野猪自塘水中一跃而起，扑将上来，一口便咬掉了老汉右边脸上的耳朵连同面腮上的骨肉。

白马村里的野果很多，最多的当属秋天的滑桃子（野生猕猴桃）。据说，有一个山坡全是滑桃子藤。这野果似乎有一种习性，它喜欢的土地，它就漫山遍野繁衍开去。村民们去摘滑桃子，不是提个小篮子，而是挑着箩筐，一担一担挑回来。这令从未摘过滑桃子的我向往不已。我初中便离开家乡寄宿，记忆中摘过的野果有乌苞子、毛栗子、金楂子、金刚糖、杨梅子、牛奶婆、野柿子。唯独滑桃子和狗腰子这两种最美味的野果不曾沾手过。

多少年过去了，那片全是滑桃子藤的山坡还在吗？那条可以徒步穿行到九峰林场的马路到底有多远？今天去白马村再也没有崎岖小道，一条宽阔的水泥马路自我娘家门前直通旦观山，并串联起六个村民小组。

再择一个阳光明媚的日子，我要再赴一次徒步穿越白马之约。

九峰石洞口的前世今生

石洞口溪景 / 刘望春摄影

老家石洞口在九峰山脚下，许多年前，进出石洞口的情形像极了《桃花源记》中描述的场景："林尽水源，便得一山，山有小口，仿佛若有光……"石洞口，顾名思义，石头形成的洞口。一条一尺多宽的石径沿着溪流，从这洞口蜿蜒而出。在过去漫长的岁月里，这石径是九峰石洞口村民与外界联系的唯一通道。

石径旁是高耸的石壁，石壁上的刻字至今仍可清晰辨认。溪中巨石密布，柱状挺立，扁圆平躺。有巨石立于数颗小石之上，千百年来，岿然不动。村人奇之，便于此处烧香作揖，拜这块石头为石头美娘。

关于石洞口的由来，据清同治《衡阳县志》载："石洞口溪流线袅，石壁双列，壁上有门，传云开时有庐舍鸡犬，亦应求贷。……旁隐隐题文数行，颇似古篆。洞口旧有大石，是民家常用磨也。"

石径旁的小溪来自九峰山中的涧泉，它横贯九峰一队、二队、三队以及九峰老部队营区，直达石洞口老街。小溪里麻石、青石密布，溪水中漾着碧绿的水草，石头上密布着墨绿的苔藓。这小溪是鱼虾、螃蟹、龟鳖们的乐园。母亲小时候去溪中清洗刚宰杀的母鸡，掏出鸡肠扔进溪边的水草里，溪中的脚鱼便立马探出头来啃食。但那时，脚鱼丰富的营养也和静默的石洞口一样，是不为世人所知的。

小溪顺着地势，一路欢歌而下，到了石洞口老街，溪中的石头便不再是先前小家碧玉的模样。它们以庞大的体积横亘溪中，溪流受阻，迸溅出碎玉飞花般的景观，间或一丛碧翠的石菖蒲点缀于溪中。银浪、石菖蒲、颜色各异的巨石，辅之以满目深黛的背景，石洞口溪流成为摄影的绝佳取景地。最早发现并拍摄石洞口溪景的人可能是我的表姐夫。上世纪七八十年代，喜欢摄影的他自部队复员后，在石洞口老街开了一家小照相馆，石洞口的溪流是他外拍人像时取景最多的地方。

没有石头便没有石洞口，人们用巨石堆砌石墙，用石头打造石刻、石碑、石磨、石舂、石锁。有个叫陈科百的老石匠年过七旬，至今还在打刻石碑石像。在老街中后段，人们用石头修建了拦截溪流的石坝。这石坝内有一处深潭，潭水发出震耳欲聋的声响，故村民称之为"响水潭"。每年洪水季，小溪立改平日温柔清澈的模样，在一夜间涨成一条足可撑船的大河。暴虐的洪水淹没沿溪两岸的良田、沃土，横扫瓜果、禽畜、大树。

每年洪水涨起，雨水暂停时，两岸的百姓都会走出家门，观摩这一年当中难得一见的奇景：鸡鸭在洪流里颠簸，肥猪在洪流里扑腾，数不清的冬瓜、南瓜浮在黄汤似的水面上。人们一面看，一面指指点点，也许这浮起的冬瓜、南瓜就有自家的，也许鸡鸭就是隔壁邻居的，也许肥猪正好是亲戚养的……但是，在洪水面前，这算得了什么呢？退财人安乐，人安好便是天大的好，这些身外之物似乎毫不影响村民们的心情。

数十年来，这座石坝见证了无数次欲望与生死的博弈。有一年发大水，一位姓邱的年轻后生，见溪中漂着一根大圆木，那圆木正是打造新婚家具的好材料，他便用杆子去撬那圆木，圆木撬起，人也被撬起抛入溪中，他的尸首是在几十里外的河滩上找到的。再过些年，一位姓汤的老汉，和他的老妻本来在村里工厂附近看洪水。水面漂来一段木楼梯——很扎实的木楼梯，它在水中慢悠悠地漂过来，似乎在招呼老汉：来呀！来捞我呀！老汉没忍住，后来亲人们在下游的响水潭找到了老汉的尸体。

至今健在的贺长生老汉是石洞口百姓心中的传奇。贺老汉当年还是小年轻的时候，洪水卷走了溪旁集体工厂的席草。他追着一捆席草，跳进了猛兽般的洪水里。母亲和她那些打草席的姐妹眼睁睁地看着他抱着席草，在汹涌的洪流里，扑腾了几下后便不见了踪影，人们打着飞脚沿溪去追。就在所有人都以为，年轻的贺长生同志将成为九峰石洞口历史上的"烈士"时，奇迹诞生了！洪水没有把他从石坝顶部摔下，而是将他从石坝底部的泄洪孔推了出去。在推出的瞬间，他紧抱着的席草散开了，坝下是林立的巨石，他抱住一块巨石得救了。

老祖母在生时总是念叨：咱石洞口可是风水宝地啊！走鬼子的时候，九峰石洞口人都没遭过罪。当年鬼子的铁蹄蹂躏了中国许多地区，九峰山脉经过的横江、陡山等地，鬼子大肆烧杀抢掠。传说鬼子的马队走到石洞口，突然不见了大路，眼前群山突起，巨石嶙峋；远远地听见巨大的声响，犹如瀑布从天而降；走近细看，右边是巍峨的石壁，左边是清澈的溪流，那震耳欲聋的轰鸣声竟来自于平静的溪水中，这诡异的巨响，让鬼子们心头生出许多惶恐。那窄窄的石径沿着溪流往洞口里延伸，似乎有股阴风从洞口里扑面而来。一个鬼子踏上石径，试图牵马前行，那马甩脖子、扬蹄子，长嘶不已，就是不肯上路。领头的鬼子心里发毛，叽里呱啦一通，结果一队人马掉头跑了。那溪中发出巨响的就是石坝内的响水潭。

父亲踏着石径走出石洞口，去县城念书，去部队当兵。父亲回来后，响水潭消失了，那潭被抽干了水，巨响连同潭底神秘的白鳝一同消失了，只有潭边的石壁、石径还在。

新中国成立后，石洞口被炸开，解放军们在迁佛岭的高山上修出了一条宽阔的砂石路。人流、车流从此远离了缘溪的石径,只有住在溪旁的村民偶尔还是会踩着石径出行。天长日久,厚密的杂草几乎覆盖了它的真容。有年冬季,我约了报社的朋友缘溪行走。拨开杂草,那一块块石板似乎还回响着村民们当年的足音。

石头是不老的,石头是永恒的!石头比村子里的古树更清楚石洞口的历史。它们以静默的方式记录着石洞口的兴衰变迁,记录着这片土地上人们的生老病死、喜怒哀乐。

秋来洞口合折香 / 刘望春摄影

九峰山下节孝祠

石洞口节孝祠遗迹 / 刘望春摄影

那不是一座普通的祠堂，是曾国藩为其岳祖母和岳曾祖母修建的。

"节孝祠"——简单的三个字，写完了两名蔡氏女子一生的悲凄及荣光。老父亲小时候在祠堂里念过书，老母亲小时候也在祠堂里念过书。

自古以来，进出小村只有溪边一条一尺多宽的石径，石径自巨石中孔逶迤而过，故村名"石洞口"。清溪横贯整个村落，溪中巨石横亘，溪旁石壁峭立。溪内有石坝，坝高数丈，溪水自石坝跌落，力道强劲。坝下是磨坊和榨油坊，白花花的米粉、香喷喷的茶油、菜油悉由坝下产出。年深日久，溪流跌落处成一深潭，因声响巨大，故名"响水潭"，潭口三尺见方，深不可测。距响水潭不到二百米处，有一处青砖砌成的建筑。在我童年的记忆里，这里是九峰乡人民公社，公社里有容纳上千人的大礼堂。七八岁的我曾跟着班主任杨臣月老师到这里看戏，站在千人大礼堂的舞台上主持节目、表演歌舞。

我牢牢记住了公社的模样，却从未留意公社周边的状况。当我知道公社是建在节孝祠的院子里时，当我看见祠堂内残存的石柱、木柱、木雕花窗时，时光来到2020年，走在节孝祠内幽深的过道间，迎接我的是一群气定神闲的白鹅。

此时响水潭早已消失，磨坊油坊都成了记忆，只有这祠堂的断壁残垣矗立于农户民居的合围之中。时光在青苔的浅绿里静止了，它们爬上墙壁，晕染泥地，点缀石壁，这浅浅的绿泛着悠远的光，像是婆媳两代节妇生命里不灭的希望。

多少风流总被雨打风吹去，那厚重的青砖，那沉甸甸的石头，随着坍塌坠入尘埃，一同坠入的还有家族的荣光、女人的骄傲与苦难。有村民拣了砖石去砌自家房屋，去砌猪的栏、牛的棚，也有村民将砖石一一拣起，堆成一堵青绿色的墙。

节孝祠——九峰山村民心目中的圣地，它见证了石洞口多少世事沧桑。

人们皆道祠堂修建于曾国藩生前，但具体年月早已无从知晓。上了年纪的人只知道它的初名：欧阳家庙，庙里住着欧阳氏子孙。石洞口街上的欧阳忠耕系福田公（曾国藩岳父欧阳凝祉）来孙，他说他的爷爷欧阳熠候六兄弟参与修建了祠堂，但据族谱记载：欧阳熠候清同治五年（1866年）出生，民国二年（1913年）去世，享年四十八岁，修建祠堂是不可能的，最多只是参与后期的修缮。

2021年，福田公的来孙——年近八旬的欧阳忠耕作古。他们一家曾在祠堂里居住过，家中配有奶妈、丫鬟、车夫……身家显赫的欧阳熠候盛年早逝，"土改"时祠堂被没收充公，住进祠堂的是姓邱姓李的人家。

那座祠堂的辉煌一直在人们的口口相传中，尽管今天它已经没有一间完整的厢房。老父亲告诉我：祠堂外面有两座高耸的石刻牌坊，牌坊两侧有石狮镇守，牌坊正中刻有二龙捧信图案，图案正中上刻"圣旨"二字，旁边有诸多小字,因年代久远,风雨侵蚀,辨认艰难。进了牌坊后,是一块极其宽阔的禾坪,禾坪到底有多宽呢?后来的人民公社便是建在这块禾坪上。建公社下脚基的时候,人们去找我的大爷。大爷是九峰山下有名的能人,看风水、砌房子、挂大料……件件在行。大爷站在禾坪里,拿一根钢筋拼命往下戳,越用力,钢筋越往下走,禾坪之下,竟似有个无底洞一般。大爷拔出钢筋告诉大家:这禾坪之下原是一个沙洲。大爷叮嘱施工的村民,所有的地基石头一律横向堆砌。公社建成后,历时数十载,墙体未有丝毫变形。

走过禾坪,进入节孝祠内,两进几横的格局,厅堂很宽,用石板铺成的地,可容纳上千人,对面是戏台。戏台后面是供奉列祖列宗牌位的寝堂,此处雕梁画栋,极尽奢华。四壁或彩绘人物,或林立雕像,菩萨花鸟皆饰以金粉。有一尊长须菩萨,笑容和善,面目如生,白须根根飘然随风。祠堂地面平整光滑,传言系工匠以山苍子油搅拌泥土夯实而成,然后以黄泥浆水掺兑矿物颜料勾线,分割成方形格状。炎天水热,村民于祠堂内席地而坐,沁凉之感渗透全身。

有一个石柱支撑的厅堂,很大,村民将它隔断后,隔出了好几间教室。祠堂侧面也有厢房,在这里教过私塾的有杨旭林、邱资荣等众多老先生。九峰山下年过六旬的读书人许多都进过祠堂。"解放后,祠堂里也办过学校,学校貌似名叫'光华'吧?"年过九旬的邱宏老先生努力回忆道。

节孝祠对面是九峰山下最有名的商铺——陈家铺,我的老母亲曾是陈家铺里最娇宠的幺姑娘。修建节孝祠的时候,九峰山下还没有陈家铺,陈家铺现今所在的地方是一座石山。那时石洞口的石头有多高有多大,去看看现今节孝祠残存的石门框柱便知。

兴建人民公社的时候,没有起重机、没有挖掘机,为了安全拆除高达十几米的巨石牌坊,人们绞尽了脑汁。

最终完成这项历史任务的是我住在金龙村昌公塘的幺爷。幺爷给牌坊装上几道铁耙,十来个高强猛汉赤膊上阵,利用四两拨千斤的杠杆原理,硬生生将牌坊撬倒了。

从节孝祠上行三公里左右,即来到衡阳县与双峰县交界的华丰村,曾国藩

第一章 故土难忘 | 27

的夫人欧阳秉钰出生于华丰村井干垅。石洞口的节妇是欧阳秉钰的祖母及曾祖母，她们都姓蔡，她们都极其勤劳善良，残酷的命运安排她们二十八岁开始丧夫守节，她们相扶相撑，孝亲爱人，悉心侍奉婆婆刘氏直至九十岁后仙逝。节母蔡氏享年九十六岁，逝于道光九年（1829年）；节妇蔡氏享年八十三岁，逝于道光二十三年（1843年）。

曾国藩曾为她们作《欧阳氏姑妇节孝家传》，张之洞曾为欧阳节孝祠撰联：欧碧牡丹自有根，喜看到富贵子孙千秋血食；阳春白雪难为和，愿勿忘飘摇风雨两代劬劳。欧阳秉钰嫁入曾家后，丈夫与兄弟长年漂泊异乡，或博取功名，或驰骋沙场。她不单要教子持家，还要统管家族内外诸多事务，其心之坚，其智之全，其德之贤，想来是有祖辈遗风的。

去过富厚堂的，一定不会忘记思云馆中欧阳秉钰的画像：眼神凌厉，面貌肃然，没有丝毫女子的柔媚，自带男儿的冷峻与刚毅。

如果一切完好无损，今天石洞口老街上不仅有明清时期修建的大庙，还有气势恢宏的古祠堂、工艺精湛的宝塔。宝塔高达数丈，塔顶远超祠堂牌坊，位于石拱桥旁，距祠堂不足百米，与祠堂一并修建，传言宝塔与祠堂呼应，有坐镇风水之功用。

今天节孝祠内依旧居住着姓邱的人家，巨大的圆木柱经历过火灾后，以残损之躯支撑着屋梁，它已经撑了多久，它还能撑多久？我走过它的身旁，不敢细看，不敢细想。

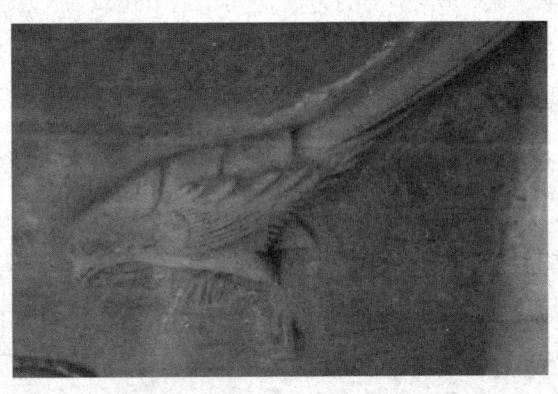

节孝祠大门木刻 / 刘望春摄影

九峰山雾凇

千年银杏连理枝 / 唐兴国摄影

多年前，偶然见过南岳的雾凇图，当时心动不已。后来，本土摄影师划哥拍了一组四个橘子的图片，找我帮忙配诗。我瞅瞅那四个平平常常的橘子，实在动不了诗心。苦思好几日，某个下午灵光突闪，竟然在十分钟内出色完成了任务。划哥感激不已，问我何以为谢。我不假思索：去南岳看雾凇叫上俺。后来，我特地为此置办了冲锋服、登山鞋、冰爪，但雾凇之约终未能成行。

上个星期，偶然在朋友圈看见九峰山庄老板发的九峰雾凇图，那么惊艳，让从小在九峰山下长大的我既欣喜若狂又心生几分羞愧：好风景就在家乡，我却总在向往诗与远方。

回九峰老家去，看雾凇去！一个声音在心底呼喊。

这个上午本想独自徒步登顶，不料却得到溪江乡范书记的关照，于是和县电视台的外拍记者、一鸣观世界公众号的唐主编、魅力秀广场舞团队的俊男靓女们一起踏上了回乡路。九峰林场正在修路，汽车无法直达，我们绕道与双峰相邻的华峰村前往九峰山。快到"双峰人民欢迎您"的牌楼前时，汽车往左边小路一拐，驶上了曲折多岔的村道。幸好有村民委员会主任带路，否则，我这地道的九峰妹子也会在左转右转后如坠五里云雾。

　　车行至一半，楠竹一杆杆弯下腰来，垂在路中央。冰晶裹着翠绿的竹叶，有琥珀般的透明与质感，众人按捺不住兴奋，纷纷要求司机停车。九峰山素以竹海闻名，眼前不见碧浪翻滚，只见枝枝叶叶颔首亲吻大地，白茫茫的一片，近处尚能清晰可见，稍远些便与山间的云岚雾霭融为一体了。美女帅哥们尖叫着要求拍照，自拍、合影、特写……大家折腾了好一阵，兴犹未尽。片区的唐智才主任笑着说：这里不算好看，好看的在前面在山顶。还有更好看的，大家的神经再次兴奋。这心情就好比小孩子原本只想吃个苹果，你却告诉他不急，前面有座果园都是他的。

　　山势越来越陡，路面结了薄冰，那些被碾成碎片的冰屑告诉我们，先头车队已经走过很多拨了。我们把车子开到九峰山庄，没有看过山庄前这几株千年银杏的，不算到过九峰山。夏季葱茏如华盖般的银杏，此时显露了它最真实的体态。犹如美女，褪去绿衫，骨架之端秀、肌肤之细腻悉在眼前。无数的枝杈举着洁白的小棍直指云天，情侣们系在枝杈上的红绸迎风飘舞。红白相映，天地间突然有无法言表的圣洁与肃穆。仓央嘉措雪夜走出布达拉宫私会自己的爱人，痴心相守的男女们来此树下赴一场冰雪之恋。皑皑雾凇见证心的无瑕，千年银杏连理枝见证爱的深情与久远。

　　突然有些遗憾，我的青春、我的爱情竟未在这棵树前留下记忆，它们都给了漂泊的远方以及所谓奋斗的人生。多少年来，千年银杏守望着一批又一批游子归来，似乎是家中的老母亲，心心念念却不问归期。

　　山庄侧旁有一条小路直通九峰山顶瞭望台，以九峰山为界，山这边是衡阳，山那边是双峰。石梯上游客来来往往，双峰方言的和衡阳方言的互相问好，不一样的口音，一样的激动兴奋之情。有些石梯较宽，薄冰依稀可见。脚踩在内侧安然无恙，外侧有时让人踉跄不稳。山势愈高雾凇愈是厚重，落叶乔木灌木此时风情万种，它们在头顶、身旁变幻出童话般洁净的世界，那么晶莹璀璨，那么神秘虚幻。

我故意放慢脚步，远远落在队伍后面。竹林嚓嚓作响，那是竹子被雾凇压断折腰的声音；偶尔有沙沙声传来，那是枝条承受不了雾凇的重量，雾凇洒落林间的声音。置身这冰清玉洁的世界，我的幸福感达到了巅峰，但又感觉难以置信。

童年时每到冬季，下雪是常事，雪花冰晶冰柱随处可见。大雪封山的日子，漫山遍野的竹木垂下头来。我们在屋檐下吃捽珠子、去池塘玩构凌子，但是去山上母亲是绝不准的。所以，我从未在寒冬里上过九峰山，更不知山脚无雪时，山顶竟有如此冰雪美景。

沿石梯缓缓而上，偶尔仰视，不见灰色的天空，枝杈交织出洁白的穹顶，曾经在影视或画展上见过的场景此刻真实重现。这满目的洁白让人生出透心的喜悦与感动：世界如此美好！造化如此神奇！久久凝视这洁白的世界，会觉得喧嚣是一种罪过，独行又过于清冷。最美妙的当是和心上人相扶、相携、相拥，看雾凇朵朵，尝冰晶串串。把你的小手握在他温暖厚实的掌心里，看他在你趔趄欲倒时奋不顾身相护，看他扒开厚厚的积雪为你寻找酸酸甜甜的龙船蔹，看他在丛林间魔术般点燃枯枝落叶为你烘烤雪水打湿的鞋袜……能够直面寒冷与孤寂，始终不忘给你温暖的才是世间真正的爱人。山路甚滑，穿着雪地靴的我不得不小心翼翼。

同行的唐智才主任从路旁捡了一截树枝，三两下就整出了一根登山棍递给我。这个五十好几的汉子，几十年来扎根乡村基层，岁月于他似乎是格外的厚爱了。依旧浓密乌黑的头发，笔挺的身姿，矫健的步履，言谈举止无不透露着九峰本地人的质朴与热情。

我们终于到达了山顶的瞭望台，凭栏远眺，朔风呼啸，云浪翻滚，连绵的白色山头在云海里时隐时现，满山的玉树琼枝，满目的稠密白花，野果继续在冰晶里红艳，杉叶依旧透出醉人的绿。任何赞美都不足以表达此刻的激情，我们像孩童般扯开嗓子对着远方高呼"啊"！一只山鸟在我们的呼喊中仓皇飞上云天，林子里玉屑纷坠，像春季梨树下的花雨。

在水一方

金溪柿竹水库 / 刘望春摄影

  一直很羡慕住在水边的人，大抵是我出生成长于大山中的缘故。人总是向往自己不曾拥有的，对拥有的往往忽略不计。譬如老家的百姓，他们天天出门见竹子，回家见竹子，漫山遍野的竹子早已令他们审美疲劳。所以，倘若要他们讲出这竹海的美来，那定让他们觉得莫名其妙。

  外地来的客人就大不一样，他们往我家堂屋门口的竹椅上一坐一靠，望一眼对面白马旦观山上的竹林，立马就会大发感叹：好地方啊！怪不得出美人，出才子，出才女。

  堂屋不远处有一条小溪，小时候，洗衣洗菜都在溪中进行。说是溪水，其实是泉水。溪中多鱼虾螃蟹，夏天的小溪是孩子们的天堂。

  暑期里，年幼的我天天拿着竹编的筲箕跟着堂哥堂姐们去捕鱼捉虾。这项娱乐，父母坚决不允许，他们总认为我太小，怕出意外。但是小野马的心怎甘受束缚？我成天跟着大孩子们泡溪水，裤子被打湿是常事，倘若穿着湿裤子归家，父母的责骂必是少不了的。于是，我便将打湿的裤腿卷起来，卷到膝盖上，夏天的南风和日头都厉害，待到傍晚归家时放下裤腿，干干爽爽。

我初中读的是寄宿学校，寝室在地层，每到春天，格外潮湿。有个周末我回家后告诉母亲：妈，我膝盖疼。母亲不耐烦地回复：小孩子家家的，哪有那么多疼呀痛呀？粗心的母亲没有及时发现我的异常，成年后我才明白，那时的疼痛即为风湿性关节炎的症状。所有的任性都要付出代价，童年时的顽皮让我落下了风湿的病根。

做裁缝的母亲有个名叫李玉兰的女徒弟，她家住在金龙水库尾巴头。我很喜欢去她家做客，她有好几个妹妹，她的父母特别热情好客。每次我去她家，必要过一把鱼虾瘾。那时的我还不知道这世上有江有海，所以，这水库的大吓着了我，那镜子般清澈平静的水面下似乎隐藏着无穷无尽的秘密。尽管水库尾巴头的水很浅，可我却固执地不敢下水。我就站在堤岸上，看她的大妹、二妹、三妹忙忙碌碌捕鱼捉虾，有时还能逮着团鱼、泥鳅，石螺和蚌壳很快就堆满了铁桶。

玉兰后来因为难产而逝，我为她写过文章，先后发表在省、市级各类纸媒网媒，还获了一个全省报纸副刊年赛的金奖。七八年前，偶然去了一趟金龙村，我特地打听她老父老母的消息。待我寻到时，一位满头白发的老人坐在红砖瓦房的阶檐下晒太阳，她已完全不认识我了，即便我报出我母亲的姓名，她也只是间或点头摇头。

早两天去店里洗头，洗头的女工家住金溪庙柿竹水库旁。我说你家鱼虾当饭吃了吗？她点点头说，鱼虾是吃饱了。我问她见过水库泄洪的场景没？她说咋没见过？那水呀，急得像一个大瀑布。小时候，每到泄洪时，急浪裹着鱼群翻滚，两岸满满当当全是人，捡鱼的、扎鱼的到处都有。

我叔和我爸一前一后上场，我爸肩上扛一个猪屎耙头，一把头下去准能扎中一条，那鱼好大好大！她伸开双臂比画了一下。我爸在前面扎，我叔在身后使劲扯，两个男劳力与一条大鱼展开了拔河赛、拉锯战。把大鱼拖上岸后，整个屋场的男女老幼全部出动,露天坪里架起柴火灶煮鱼,鲜鱼块里加入紫苏、花椒、辣椒、葱花,待汤汁浓白时出锅。禾坪上并排摆起三四张八仙桌,七八个大脸盆端上来,每个盆里都是鲜甜的鱼肉汤。

现在还能扎鱼吗?我问。早就不准扎鱼了,她摇摇头,泄洪好危险的。有些村民连人带耙被大鱼拖进急流里,转瞬就没了影。

听说柿竹水库与黄梅水库相连,但我从未见过黄梅水库的真容,留在记忆中的是村民的传言:大!好大!

我经常能见的是位于九峰山脚下的八亩坎水库,但在我见过金龙水库后,我潜意识里把它当成了小池塘小湖泊。

一年级时,班上有个叫杨淑慧的漂亮小女生,住在这水库尾巴头。对于她的美貌,我有一点儿嫉妒。我总是疑心她那白玉似的脸蛋,一定是因为天天可以吃到水库里泉水养大的鱼。如果我家能住在水库尾巴头,如果我可以天天吃泉水鱼,没准也能有她那么白皙的肌肤,精致的五官。

可惜,我什么都没有,童年的我只有一个"黑皮"的外号。

九峰山八亩坎水库 / 刘望春摄影

枇杷黄时秧苗青

衡南车江十牛峰大庙 / 刘望春摄影

枇杷快要黄了时，母亲电话开始多了。她担心顽童摘，担心飞鸟啄，担心狂风骤雨摇落。见我久久不回，母亲急了，叫乡里的大巴司机捎一袋给我，我打开一看，黄中带青，尝了一颗，酸多于甜。

插秧时节，我上了回乡的大巴。脚刚跨进车里，便听见亲热熟稔的叫声，抬头一看，是隔壁的云嫂子。她急急地立起身来，接我笨重的行李箱，又招呼我坐她身旁。虽是嫂子，但她已年过六旬，只比我母亲小了两三岁。

平生第一次在车上相遇，她很兴奋。我问她到城里干啥，她说在城里做保姆，伺候一位九十来岁的老婆婆吃喝拉撒，每月工资两千四，吃得好住得好，还不用下厨做饭菜。她满面洋溢着兴奋的光，仿佛正享着前所未有的福。我细看一下她的脸，还是像从前那样瘦削黧黑。因这瘦削与黧黑，她那几颗裹着锡箔纸的假牙愈发显得硕大刺眼。

许多年前，这张脸也应是桃花般的色泽。我记得她的两个女儿，水云与水莲，大眼圆脸，白嫩中透着红润，有莲花般的明媚娇艳。

大巴车晃悠完三十六弯，天色已暗。我拖着行李箱下车，迎接我的是薄暮里黛青色的群山，公路旁的灯像是母亲欣喜闪亮的眼。母亲问我到哪儿了，我说已到卫生院门口。时光改变了九峰山下许多景物：公路、学校、工厂、民居……唯一不曾改变的便是这所小小的乡镇卫生院。

土砖堆砌的墙壁，木板隔出的楼层。岁月剥蚀了白石灰粉刷的外墙，粉虫啃碎了厚实宽大的木楼板。一块"危房"的标识牌将它与这个世界隔离。

快到学校门口时，母亲来接我。她刚从秧田里上岸，小腿和脚背上尽是泥。路灯下，母亲花白的头发凌乱如草，有泥水溅在她的鼻梁、脸颊上，她的面皮和眼皮分明有些浮肿。"今天佝了一天，插了八分田。"六十几岁的母亲干起活儿来，便会忘记自己是个病人。

我进了屋，父亲正在切笋，那种清明前刚刚拱出一丁点儿黄泥的大笋。父亲用开水将玉白鲜嫩的笋淖一下，然后放进冰箱冷冻，一直冻到我回家的时候。他们一个扯秧，一个插田，忙到这个点，还没吃晚饭。我说我来炒菜，立马放下行李，操起锅铲。

第二天清晨，唤醒我的不是鸡啼，而是卧室窗外的鸟鸣。娘家阶沿边那株枇杷，高数丈，枝丫伸进了二楼不锈钢的防盗网窗里。满树金黄甜香，成了鸟雀们的天堂。它们在枝丫间欢跳、挑啄、探讨，吃腻了，便将那最大最甜的果子一嘴啄下树来，让树下的人捡食我们的残羹剩炙吧，它们在心底得意地叫。

我站在二楼的木窗前细看，看清风拂过，树下枇杷如雨落。母亲系着围裙，从厨房跑出，捡了满满一围裙，边捡边兴奋地念叨：这枇杷都不用摘了！树下捡就是。无论生活多么艰辛，母亲脸上永远有孩童般的率性天真。

我看看树上欢快的鸟儿，看看树下欢欣的母亲，想起多年前路过我家门前的水仙婶子。也是这样的时节,也是这样的清晨,她挑着两箩筐金黄的枇杷去赶集。母亲正好在路旁的田里插秧,水仙婶子放下箩筐,叫母亲吃枇杷。她家的枇杷像她家的五个闺女,水灵、丰硕、香甜得出了名。母亲满手是泥,笑着回复道:吃就免了,拿一串来给我做种吧!母亲拎了一串枇杷,回家后挖开阶沿下的土,连皮带肉夹核种了下去。

第二年,阶沿下长出了两株碧绿的小苗。水仙婶子每每路过,都要在我家阶沿边坐上一会儿。据说她的娘家远在四川,她是如何来到九峰山下,这过程可能比小说更传奇。她的丈夫谭四爷,身形魁梧高大,不苟言笑,绰号"谭(谈)不服",好讲理,好打抱不平。因生性高冷,与亲戚邻里均无多少往来,却与我的父亲交情极好。他没读过什么书,因此对读过一中的父亲膜拜不已。

20世纪70年代,略通文墨的父亲用一副骨质麻将牌和一把小刀,刻了一副军棋。那时的父亲正是风华正茂好青年,那时的四爷也是人见人爱英俊好郎君。见了这军棋,四爷两眼大放异彩。父亲道:喜欢便送你咯!自此,两人友谊万岁!在以后的漫长岁月里,四爷即便怼天怼地怼干部,但对父亲这小弟总是言听计从。

四爷的妻年轻时应是川渝地区有名的美人,四爷为了追得这美人,用尽了男人的洪荒之力。当大功告成,美人跟随他落户九峰山下时,四爷却搞了个恶作剧:在返回湖南的火车上,故意把美人撇下。这水仙婶子当时是前不着村,后不着店,欲哭无泪,遂孤身一人,千辛万苦寻到九峰山下,住进四爷两间破瓦屋里。

二人婚后连生五女,依次取名:望娣、想娣、思娣、招娣、来娣。后来,终得一子,取名:光耀,意为光宗耀祖。四爷对外人甚是客气,但对妻儿、子女,却是霹雳手段。他的几个女儿,许是为了逃避他的打骂,早早便外出打工或远嫁。晚年,他到女儿家做客,女儿们不敢让他久留,这老爹一言不合便要开煤气炸屋的。他唯一的儿,小学时,总是坐在教室前三排的位置。许多年未见,直到今天,依然未见。乡人们私下议论:哪里还有什么儿咯?早不在人世了。但四爷活着的时候,从来都道:儿在外面打工赚钱呢!

第一章 故土难忘 | 37

枇杷树长得愈来愈高，水仙婶子的腰弯得愈来愈低。她每次经过我家门口，必要小坐一会儿，与母亲唠叨一番。有时是因为挨了四爹的打，有时是因为自己的病。她与母亲一样，都有高血糖。

年过七旬的四爹依然像四五十岁的时候那样精干，五个闺女出钱，他出力，修建了好大一幢红砖楼房。为了节约开支，楼体三层粉刷装修，全是夫妻俩日夜加班完成。父亲想去帮一把，去后傻了眼，这两口子贴外墙瓷砖，居然不用一粒沙子。房子内外装修全部搞完，水仙婶子病了。腹泻不止的水仙婶子让四爹甚为恼火，眼看着一条又一条裤子、一床又一床被子被弄脏，四爹索性移开床板，床板下放个大便盆。其时已是深秋打霜天，夜间寒气袭人。母亲听说后，立马去他家。四爹不肯再拿被子：都弄脏了，女儿们回家没有被子盖了。这外表凶狠的爹到底还是惦记着女儿们的，但他还是大意了：女儿们回家有被子盖，却没得母亲喊了。

躺在冷床板上拉了一夜肚子的水仙婶子，第二天中午便不行了。母亲去看她时，她将头扭向一侧，只见侧旁的小桌上，放了一堆女儿们买给她的蜂胶等保健品，有的还没开封。她的意思叫母亲拿去吃，母亲看了一眼，泪水涌了出来。水仙婶子走后不久，四爹病了，全身发黄，最后连眼珠子也黄了。人们说，是水仙婶子的魂来勾他了。女儿回来，要将他送进医院，他死活不肯。也许是怕花女儿太多钱，也许是对妻子心有愧疚，也许是担心死在外面，回不了夫妻俩拼了老命修建的豪宅。

乡下有习俗：死在家外的人，尸体不能停放在家中，最多在户外搭个临时窝棚放置棺椁。

水仙婶子前脚走了，四爹后脚跟着走了。

阶沿下的两株枇杷树已长到阶边，母亲拔掉了一株，让余下的一株既经受风霜雨雪的洗礼，也接受明月清风的馈赠。枇杷黄了落下，秧苗青了生长。这世间，人与万物一道生生死死，死死生生，方生方死，方死方生。

死去的未必真痛苦，活着的未必都幸福。就像隔壁的云嫂子，就像我的父母，在完成了修房建房、养老送终、生儿育女、接娃带孙等诸多人生大事后，即便须发皆白，腰身如弓，他们依然执着地劳作，不舍对金钱的执念。

他们不敢生病，尤其是大病重病，因为一场大病便可能让家中多年积蓄清零；他们不敢痛快花钱，因为每月几十元的老龄补贴应对人情往来都不够；他们不愿向儿女们伸手，因为儿女各有艰难。

所以，他们一直劳作，也许是因为习惯，也许是因为看不见的压力，他们将劳作持续到生命的终点。

登山远眺石洞口 / 刘望春摄影

回乡偶记

九峰乡老卫生院 / 刘望春摄影

  这个冬天，在漫长的夏旱秋旱过后，是持续的寒流。往常每到这个时候，石洞口集上遍地冬笋，老妈只须搬把竹椅坐定，拎一把杆子秤，在大门口吆喝一声：收冬笋咯！来自四面八方扛着扁丝袋的山民便会将冬笋卸到我家门口。

  冬笋与竹木是山民重要的经济来源。我的姨爹每到冬天，这边扛着锄头进山，那边扛着三个女儿的书包。这样年复一年，将女儿们送上中专、大学，送到九峰山外。

  今年的冬笋定是稀少，竹子都干死了好多，哪里还有笋？老爹叹息道。姨爹早已定居城里，每年难得回来挖一次冬笋。老爹天天守着大山，他的体力已不能支撑他挖出几个完整的冬笋。

城里人对冬笋是满心热爱的，他们知道，这是一项比较高端的技术活儿。具备我姨爹那种技术水平的，即便在九峰山村里，也是屈指可数。几十年的经验练就了他 X 光般的眼神，仿佛可以穿透泥土，看清哪一棵竹子下面有冬笋，冬笋的具体方位和大小。

城里人酷爱挖笋，相较于吃，他们最大的快乐是挖。没有技术咋办？许多年后，我听一位领导提起一种高端仪器——冬笋探测仪，原理类似于探雷设备。世间还有这样的稀罕物啊，我赶紧上某宝去找。果然有，价格不菲，山里人要是知道，定会拍掌大笑：豆腐划成肉价钱，够买好几百斤冬笋了！

前些日子，天很冷，九峰山想必已冰封。我打电话给老妈老爹，嘱咐他们勤保暖勿受寒。老爹声音明澈，一听便知慢性支气管炎控制较好。老妈回到乡下后，视力愈来愈好，最明显的是以前眯缝的眼线变得开阔，虽然还是常念叨眼睛蒙，但依旧可以不戴眼镜穿针引线。

父母在，我们永远都有力量！老妈常说：有什么关系呢？就算你一无所有，还可以回老家跟我耕田锄地，反正不会饿死。

也许正因为如此，人们总是对故乡无限向往，就像每一位远嫁的女儿总是对娘家满怀眷恋，以为即便全世界辜负了你，娘家永远有一份温暖，有一片属于你的地方。旧社会，妇女地位低下，女子出嫁后在婆家受欺凌是常事。隔壁的芳姑，出嫁后因为没有生养，在婆家受尽了虐待，挨打、受骂、饿饭是常事。最惨的是病倒了，想喝一口热水也没人递。她的两个兄长得知后，立马翻山越岭，将她接回娘家调养，但娘家不是《大宅门》里的白家，可以供养姑祖母白玉芬终老。哥嫂的日子个个艰难，调养一段时日后，不得不把芳姑送回婆家，可怜的芳姑三十出头便撒手人寰。

前几日与父母通话，他们的声音里透着浓浓的痰浊与嘶哑。老爹说要去买药，他所说的要去与去之间，也许会隔上三五天的光景。那时寻常药力恐怕已无法扭转乾坤，一旦引发呼吸衰竭，加之心脑血管脆弱，这世间关于"孝道"二字从无后悔药可买。

我急匆匆地去了一趟药店，回乡，无锦衣可披，药品一堆，空桶两只。等车等了将近两小时，瘸腿的大叔道：为何不开车？开车摆脸啊！

哦！这可怜的虚荣，有时离我很近，有时离我很远。

回乡，是回到人生的原点，是回到母亲的襁褓。回乡，我只想重新做回村里的野丫头，踏上故土前，将那些标签撕个干干净净，将那些好看的袍子脱下。在乡间的菜地山坡上，解放鞋、粗布衣才是生活标配。

提着扒钩，扒了一灶角的杉卡其给老爹老妈做引火柴。扛着锄头去山间挖葛根，只有在挖葛根的时候，我才意识到，习惯握笔的手原来如此纤弱。挖过红薯、白薯、凉薯、矿薯、淮参，以为与挖葛根类似，其实大不然。满坡净是草是藤，弄清葛藤的根在哪儿，都要耗费我小半天。溪对岸的邱伯挖的葛根有多大呢？老爹伸出双手合拢比画了一下。新藤的根只有一点点大，那样粗壮的根，至少已在山中生养了十年吧。

下午老爹碾了一担谷子，白花花的大米装了两谷箩。先叫我抬，我说不用，还是挑吧。老爹说有百十斤呢，我一肩挑起，没想到，竟能一口气走上几十米。

联系乡下一老同事，二十年了，当年那批同事只有三人还在那所学校。听到她声音的刹那，我突然就有一种冲动，想回到那所曾带给我美好记忆的学校。随处可见的臭皮柑树，家家户户都爱养的土狗。那位曾送过我草鱼的老爷爷想必早已不在了，那些送过我苏秆的孩子自己也有了孩子。

岁月不是一把杀猪刀，岁月是一条环形跑道，终点都一样，征途千差万别。亲爱的，天气如果太寒，人间如果太凉，记得常回故乡。只要能回到老父老母身旁，你我出走半生，归来仍是少年！

中元节回乡

九峰英加场小溪里捉虾 / 刘望春摄影

八一过后秋渐至,野枇杷黄了,花生熟了,玉米堆成金色的墙,高粱羞红着脸,画出一道优雅的弧。八一之后没几天,七夕即来。传言七夕过后,鬼门立开,空中飘荡着先人的魂灵,所以民间素有中元祭祀先祖的传统,俗称"供老客"。

童年时,供客和尝新两件大事相邻,有时一并操办。那时,农村的稻田均为早晚双季,中元节临近时,正是双抢结束时。刚收割回来的早稻谷,晒干、碾好、煮熟,盛一碗,供奉老客。新米的香让人有无法描摹的愉悦,这香诱惑着人们吃了再吃,吃了还想吃。

儿时的我,常会凑在桌旁,深吸几口新鲜的稻米香。母亲见了,过来撵我：走开走开，莫打扰老客尝新。炒菜供客时，母亲不试味，也不准我们灶台边偷吃。水果、菜肴、糕点、酒水等，一律请老客先吃先喝。桌上会摆很多套碗筷酒杯汤匙，大抵有十三套吧，象征着供奉十三代先祖。

中元节也是尝新节、美食节。鲜枣和莲藕是最应季的果品，盐水煮着新挖的花生，糯米磨粉做成香软的斋粑……历数中国传统节日，端午粽子、中秋月饼、除夕饺子、元宵汤圆、夏至团子……似乎节日大多与美食沾边。

中元时节，民间有诫：少夜行，少野游。于我而言，夜行是从无惧怕的。传言火星高的人，鬼皆畏惧，大抵我便是如此。然而，我倒是希望火星能低一些。倘若中元时节，在涌出的亡魂里，能觅见我的老祖母、伯父、伯母、堂妹、表哥等，将是何等悲欣交集的场景。

在故乡的旷野里，他们不曾晃过一下身影，甚至连我的梦乡也不再叨扰。他们在另一个世界大抵都过得很好，只有活着的亲人们无论过得好与不好，中元时节，都会点一炷线香，烧一堆纸钱，煮一桌菜肴供奉他们。

中元回乡供客的人流量仅次于春节。溪对岸的表姐夫连请了四天假，回乡供老客，他年近九旬的父母均是这两年仙逝的。民间有谚：七月半七月半，放牛奶崽伴田塍。中元一过，暑热立即消减许多，有时会下雨，村民们说：老客要坐船走了！

出嫁后，我很少回乡供老客。乡下的传统：嫁出去的女儿随夫走，要供也是供夫家的老客。

这几年里，我的年假都打了水漂。弦若绷得太紧，断裂前是有先兆的。当感觉呼吸有些窒息时，我踏上了返乡的路。今年中元，能在娘家供客并小住一段时间，得感谢先生的体恤。

每天清晨或傍晚，我扛着锄头去田间地头锄草，任由汗水奔流。挖花生、摘辣椒、辅导孩子们功课、用山泉水煮茶、烧柴火做饭、采紫苏香椿炒菜、木炭火烤合折……竹床夜来太凉，不得不铺上草席。玉米在烈日的曝晒下泛着金色的光，芝麻正在开花，白中带一点儿浅紫，素雅得像在云端漫步。

回到故乡，我像一棵稗子似的野蛮生长。不照镜子，不防晒，穿老土的解放鞋，菜掉在桌上，捡起便吃，训骂娃们的声调绝无半点儿温柔，偶尔也扯把竹枝条抽娃。我仔细端详我的双手，它们曾经柔若无骨、风情万种地舞过，而此刻，它们被泥土草汁染成黑黄，与任何一双村妇的手无异。

中元节回乡，是疗愈也是重生，将前尘旧事埋葬，将成败得失归零。抱一堆山间的枯木，燃一堆熊熊的火，义无反顾地跳入，在余烬青烟里，幻化出生生不息的我！

热爱劳动好孩子 / 刘望春摄影

八月桂花遍地开

九峰中心学校 / 刘望春摄影

　　三十年前的国庆，有时放假有时不放，但文艺欢庆的气氛似乎比今天更热烈。三十年前的九峰中心小学老校舍在那张老照片里依稀可辨，三十年前的老师大多鬓发苍苍，三十年前的孩子早有了自己的孩子……见证这一切的是校门旁边的那株桂花树，它从当年手指粗细长到今天碗口大小，叶片更密，枝条更稠，花香更浓。

　　那时没有七天长假，旅游的热潮也不像今天这般波涛汹涌。那时不要说偏远山区，就是繁华县城也找不出一个像模像样的田径场或者游泳池，但是每个学校都有小礼堂，每个公社都有大礼堂，所以载歌载舞迎国庆是最隆重、最便捷的方式。最常见的庆祝方式是"迎国庆文艺汇演"或者"庆国庆文艺竞赛"。也许是父母的遗传基因好，我自小嗓音清亮，身段柔绵，普通话字正腔圆，自然成为老师眼中文艺演出的台柱子，而排舞的杨老师当年正是剧团的台柱子。在她的熏陶下，我们个个文艺范儿十足。

那张老照片上，后排正中圆圆脸个子最高的彬，那时是九峰小学的班花，后来成为溪江中学的校花，秀眉明眸，笑窝深深，身材窈窕曼妙如翠竹，嗓音清脆婉转如百灵。现居县城，伊人财富与身段同比增长，唯一不曾改变的是伊人那百灵鸟般的歌喉。彬的左侧是萍，十指修长，弹起电子琴来，手指翻转如飞。现居长沙，伊人善解人意，古道热肠。善良的人永远年轻，萍也许正是如此吧。后排左起第二是惠，一个很有文艺天分的漂亮小女生，歌唱得好，普通话也不错。现居佛山，不知伊人的文艺天分是否在商海里继续提升增长。左起第四是梅，有永远穿不完的漂亮衣服，活泼开朗，舞跳得很好，现在一家医院工作，小日子过得甚是滋润。站在老师身后左起第四个是建，这个曾经在国庆汇演中和我对唱《两地书母子情》的小男生，最早离开了我们。在一次高速路上的货车追尾事故中，睡梦中的他被带入天堂，留下妻儿老母在人间。左起第七个是峰，白净斯文，典型文艺男，成绩好颜值高，是全班女生心中的"白马王子"。至于本人，诸君请看，第一排正中刘海儿剪得参差不齐，个子最高，皮肤最黑，笑得最灿烂的那一个。是否大跌眼镜？我好歹要变得漂亮一点点才对得起"女大十八变"这句俗话吧。

记得杨老师给我们排练舞蹈《八月桂花遍地开》，每一个动作，每一个队形都要反复训练纠正。歌词第一句"八月桂花遍地开，鲜红的旗帜竖呀竖起来"，我们跟着老师做动作，做了很多遍，抬手的高度总不能一致，老师拿一把长尺，从排头的开始，一路划过去，刹那间整整齐齐。这个舞蹈我们国庆跳、元旦跳，六一还跳，这个舞蹈我们从小学三年级一直跳到小学六年级。照片上的孩子们跳着这个舞蹈长大，当我们组成九峰中心小学体操歌咏代表队参加全区决赛并获奖时，教我们舞蹈的杨老师却在另一所更偏僻破旧的小学里教着另一批一年级的小娃娃。那么美丽的她，没能出现在那张大合影照里，实在是天大的遗憾。

右起第一位是小汤老师，第二位是蒋老师，第三位是最年轻俊朗的小邱老师，第四位是威严敬业经常告诫我莫翘尾巴的老校长，第五位是老汤老师，第六位是另一位老汤老师，第七位是老邱老师，第八位是永不生气的贺老师。这些可爱可敬的老师们，抢起裤腿可以下田，操起琴弓可以奏曲，唱起曲子有板有眼。他们没有一个走出九峰大山的，把毕生的心血都献给了山里的孩子。

老照片上少了一位非常重要的老师，李华芝老师。他是老爹的同窗挚友，那时，他在九峰小学教数学，风琴弹得很好。他教我唱《红梅赞》，两三遍后，便叫我独唱，用风琴为我伴奏。他与老爹的情谊，让我感动中生出感慨：少年时代的友情可与天地一样长久。

如果没有当年的他们，断然没有今天的我们。后来，这张照片上的孩子绝大多数凭借优异的成绩考入了溪江重点中学。我们在一次又一次考试中夺魁，在一次又一次赛事中折桂。九峰学生的聪颖刻苦优秀在溪江中学几乎成为共识。那时，已是九峰中心小学校长的小邱老师很是得意地说："看！我们学校毕业的学生就是不一样吧？搞文艺厉害，搞学习更厉害！"

是的，一个好校长等于一所好学校，一群好老师等于一批好学生。很高兴看到，今天的九峰中心小学又注入了不少新鲜的血液，他们在九峰山脚下继续浇灌小笋小花。

每一年的国庆对于小学的我们来说，是比儿童节更重要的节日。因为这一次的演出往往是全区性的，公社的大礼堂聚集着上千的观众，其中就有我们的爹妈、兄妹或邻居等。那时能够去参加文艺演出的大都是师生心目中的佼佼者，那登台的短短几分钟毫无疑问成了家长们比较与炫耀的资本。

"看到冇？那个！就是那个！我屋妹崽。""我崽在台上，都擦咯白，哪里认得出？"

那时我的爹妈估计是他们当中最嘚瑟的一个。因为我一出场一开口，台下就会一片声地问："咯报幕的是哪屋里咯妹崽？""是我屋里咯妹崽呢！"我妈一边回应一边咧着嘴笑，仿佛站在台上报幕的正是她。

"咯脸刷得跟块石灰板样咯！"她总是遗憾把我生得那么黑，丝毫没继承她肤白如玉的基因。

演出结束后，涌出礼堂的人们似乎还沉浸在观看演出的兴奋中。三五成堆地聚在礼堂附近，反复比较每一支队伍，比舞蹈、比唱功；动作是否新颖整齐，服装是否美观得体，道具是否别致动人；比较报幕的声音亮不亮，长得俊不俊；比较得分的高低是否与实际水平相符……这时候，"专家"频现，"高人"迭出，"妙论"连篇。你若有兴趣，尽可以洗耳恭听上半天，看他们指手画脚、唾沫飞溅，甚至面红耳赤。空气中飘荡着桂花的甜香，混合着田野间晚稻收割后余留的芬芳。那一张张淳朴的脸因为丰收的喜悦，因为节日的欢欣，泛着光溢着彩，仿佛被高粱米酒醉红。

许多年过去了，庆祝国庆的方式更多，场面更隆重，但是那种全民载歌载舞、津津乐道的场景只能在记忆里搜寻。当年那些淳朴的面孔，神采飞扬的面孔，有的斑斑点点布满沧桑慈祥，有的盖上纸钱长眠于田野山岗。

不久前回了一趟老家，母校旁的那株桂树花朵格外稠密，远远地便牵引了我的嗅觉，几个孩子捧着志愿者们捐赠的图书坐在树下的石墩上，秋风微凉，几朵桂花扭捏着身姿轻悠悠地飘落在他们头顶，孩子们专注而欣喜的神情多像老照片上那群曾痴迷过舞蹈、体操、歌唱的放牛娃。

同窗情深 / 李华芝老师供图

致敬我的启蒙老师

杨臣月老师与张锡纯老师 / 唐亚芬供图

我的手头保存着一张珍贵的照片。

照片摄于 1991 年,照片上的两位女子,九峰山的百姓几乎无人不知无人不晓。右边长发织辫者系杨臣月老师,瓜子脸,皓齿,笑眼似弯月,浑身散发柔和亲善;短发者为张锡纯老师,身材修长,笑容平和亲切。两位美女老师黄金搭档数十年,启蒙了一拨又一拨九峰学子。如果有一天,九峰山上要立一座碑,纪念那些为九峰山村做出巨大贡献的人,我想,她们的名字一定会被铭刻在上面。

这么多年来,九峰山走出不少功成名就者。他们衣锦还乡时,村民自然有尊敬有艳羡。然而，这份尊敬与艳羡，永远无法与九峰山百姓对这两位老师的感恩与敬仰相比。

拍摄这张照片时，两位老师均已年过五旬。她们都是我的启蒙老师，教我读书的时候，她们才四十多岁。我曾为班主任杨老师写过《琴月弯弯》一文，发表于《衡阳晚报》。

童年的记忆里，两位老师性格截然不同，一刚一柔，对比鲜明。记忆中，张老师是严肃的，即便是笑，那笑中似乎也带着威严。她的数学课，再调皮的小鬼也不敢捣乱。当她双眉一皱，长沙腔提高八度时，教室里的蚊子也不敢哼哼了。

杨老师是柔和的，但这柔和却如软布剪一般，自带威力。她那么好看的脸，那么好看的眉眼，只须眼神稍带几分冷，我们便乖乖地，个个坐得跟棵小松树似的。她常在脑后系一根乌黑粗大的长辫子，那辫子随着高挑的身材、轻盈的步子晃呀晃呀，把我们的小心脏晃得像打了鸡血似的。

我小学时在学校算是"名人"了，主持节目、领操、唱歌、跳舞，加上期期考第一，被老师同学们捧上了天。但在张老师面前，我可怕得紧，丝毫不敢放肆。为何呢？因为我是一只跛脚的鸭子。语文从未考过全校第二，数学常是见不得人。

记得有次期末，先看了数学，72分，心里拔凉拔凉的，脑子"嗡"了一声：这回第一泡汤了。但终究还是全校第一，因为语文考了满分。

看过张老师年轻时的小照，标致的五官，饱满圆润的脸庞，眼睛里满满都是喜悦憧憬。记忆中，张老师从不化妆，但高挑苗条的身材穿什么衣服都素净别致。在那个没有美颜的时代，素颜的张老师美得像九峰山上的白玉兰花。细看她大气的脸庞、眉眼，竟与港星陈慧琳颇为神似。

两位老师在学校里是教书育人的旗帜，在家庭中是贤妻良母的典范。读她们的故事，你不得不相信爱情的力量。说说张老师吧，谁能想象，那张满是欣喜的青春飞扬的脸，会为了爱情，离开长沙望城，来到这偏远的九峰山脚下。守候爱人的老家，守候与爱人共生的三个孩子，这一守，守了将近三十年——直到退休，张老师才与远在衡阳市工作的爱人团聚。

老天感动于他们的痴情，让他们携手走过金婚，走进钻石婚。她用自己稚嫩的肩，撑起家里家外两方天空。一边独自带着三个孩子，耕地、种田、洗衣、做饭、喂猪，另一边守护着上百个孩子，备课、上课、阅卷，每月拿着几十块钱的民办教师工资。放下教鞭扛起锄头，脱下蓑衣拿起钢笔。当她累得眩晕症发作，一头栽进冬日刺骨的溪水中，爱人是不知道的，年幼的孩子们只会哭泣；家庭中，她是半边户，丈夫远在城里；工作上，她是民办教师，没有捧铁饭碗的硬气。她必须坚强，甚至刚强，除此之外，没有退路。

她是女人，更是女汉子，她要像女人一样当家理事，照顾孩子吃喝拉撒，她还要像男人一样锄地耕田，样样精通。九峰山村人对她干农活儿最出名的评价是：你看那张锡纯老师，搭一上午田垄干子，身上冒点儿泥巴！

当她受尽委屈，一次次卷起铺盖准备离开校园时，村支书几句好话哄得她心软如泥，重新抱了铺盖回去。她干农活儿认真，教书更认真，学生拖欠作业是不敢的，上课胡来不听讲是不可能的，她教过的班级考了多少次第一，她自己怕也是记不清了。她长期和杨老师携手，担任九峰山村孩子们的启蒙教学任务，可以毫不夸张地说，经她们调教出来的孩子，潜力都是无穷的。

譬如我，虽然低年级时数学差了点儿，但小学毕业时，语数单科成绩都是全区最高分。初中毕业时，不仅是全区最高分，据说在全县也是最高卷面分。1995年，张老师被评为"湖南省优秀教师"，1996年，当了三十多年民办教师的张老师终于转了公办。

许多年前，我在一次婚宴酒席上偶遇了张老师。我奔过去叫她，她满面春风，很是开心，但没来得及多说几句，接亲的车要走，于是匆匆告别。

后来，因为参加一次征文大赛需要投票，许多亲友老乡为我摇旗呐喊，投票拉票如火如荼，竟于网上邂逅了张老师的闺女亚芬姐。这位从小被我妈挂在嘴边当作榜样的神仙姐姐，这位笑起来让全世界都感到温馨甜蜜的神仙姐姐，当时正拼命为我在网络上厮杀呼喊，让我好不感动！

芬姐发给我一张照片，那是七十五岁的张老师与爱人在荷塘边，拍的一张合影。满池的荷花映着老师的笑脸，那张脸上皱纹稀少，不见半点儿沧桑，唯有喜悦和慈祥。看老师的照片，不得不感慨：美容保养的力量是多么渺小！真爱就是世间最神的美容魔方。

这些年，工作与生活皆让我心力交瘁，许多年不见老师，心底一直有挂念。

2018年，一直关心家乡建设发展的乡贤邱锡光先生在市区邀请两位老师及家人们聚餐，我当时因为公干，无法抽身前往，后在照片上看见那一张张熟悉亲切的脸，瞬间回到童年。

时至今日，张老师与先生双双已过八十岁，杨老师也八十有余。祈愿我的启蒙老师们百岁不老！祈愿老师们阖家幸福安康！

三十年后重聚 / 唐亚芬供图

行走乡间的医生

九峰乡农校（原九峰小学校址）/刘望春摄影

　　有人说，现今优秀的中医如同古董，极其稀少。也许此言有些偏激，但与古人相比，望闻问切等诸多实操技能于当今中医而言，也许并未提升，而是走向退化，大概是因为仪器检测的兴起。

　　许多年前在乡下，听说有位老中医祖上是豪门大户，老人家早年曾留学日本，"文革"中受迫害，狱中自学中医。出狱后悬壶济世，是十里八乡有名的老中医。我和先生曾去拜访过老人家，走过石洞口老街曲折的古石板路，踏上一条草木密布的小径。一路松竹摇曳，溪水淙淙，鸟鸣花香，鲜有人迹。走了数里后，依稀记得路的尽头有一口池塘，池塘边立着一排砖瓦房。七十来岁的老先生不戴眼镜，还能在处方笺上写出漂亮的蝇头小楷，这让先生好不惊讶。

如今老先生已作古多年，他的儿孙继承了他的医术，也继承了他那手漂亮的小楷。

小镇上只有一家诊所，开诊所的医生，上天给了他一张英俊的脸，一支文采飞扬的笔，却没有给他一条健康的左腿。去年大疫，小镇上的老人，哪怕是八十好几九十好几的高龄老人，都无大碍。他的小诊所，算是功德无量了。

诊所旁边有位大爷健康欠佳，不久前曾因肺心病呼吸衰竭而住院。阳了后，当晚高烧以致神志不清。第二天，老伴儿带着他到诊所输液，儿女赶到后，又让他在诊所输液，并服中药汤剂数副。如果未能在第一时间采取干预措施，结果如何，不可想象。

我偶然路过他的诊所时，正在肺部感染后续治疗中。他替我把脉后，结合小青龙汤开出的处方，解表散寒止咳平喘的效果很好。这十八块钱一副的中药让我想起城市里动辄上百元一副的中药，我常想：当医生眼里只有金钱时，其实已经不是医生而是屠夫了；可当医生眼里没有金钱时，医生可能就是天上的神仙了。

在他的小诊所里，我看见他一边忙碌，一边接听求救电话。诊所里的药物非常有限，大凡有一点儿风险的，他都不敢使用。将病人医好了是他的本分，将病人医坏了，他哪里赔得起。

他说年轻时胆子可真大。有一回，一户人家请医生上门输液，医生离去后，病人药物过敏，陷入昏迷，于是找他急救。他背着药箱，摸黑赶过去，给病人打了一针后，救活了一条命。他说，若是现在，他是断然不敢去打那一针的，万一——针下去，人死了咋办？现在想想，真是后怕得紧。

他的怕，我一点儿都不陌生。许多年前，一位表姐嫁到一个极其偏远的小村。生孩子时，请了接生婆在家。产妇高龄，胎儿太大，子宫大出血，奄奄一息时，家人慌作一团。危急中，请了一名乡村医生前来抢救。那医生赶来后，操起注射器，对准表姐心脏打了一针。打针之前，表姐尚有呼吸，一针过后，表姐便魂归西天了。

那时我尚在校园，什么都不懂。后来方知，心脏注射是多么危险的事，即便是大医院的医生，轻易也不敢如此操作，真是无知者无畏啊！

但不管怎样，医生的初衷是想救人而非害人。可若学艺不精，害人也是分分钟的事。天堂在左，地狱在右。精则成佛，不精成魔。医者本是父母心，但愿医患之间能多一份理解，多一份体谅；但愿全民免费医疗的春风能早日吹遍神州大地。只有在那样的春风里，天使才能不染纤尘，不沾铅华，活成众生仰望的白莲花。

石牛山顶好风光 / 常乐摄影

远去的大红轿子

石洞口大庙 / 刘望春摄影

在乡下，能够坐上大红轿子的，不只是旧时的新娘子，还有今天远行的乡魂，死与生皆是人间大事！

藏区盛行天葬或水葬，内地城区要求火葬，乡下多为土葬。土葬的仪式感极强：人落气，要请水、抹装、入棺，棺椁通常要在自家堂屋停放数日，年龄愈长，时日愈久，以示敬重。未在家中咽气的人，不得入堂屋，棺椁只能停放于偏室或户外。所以，上了年纪的老人极怕自己客死他乡，特别渴望叶落归根。

在乡下，人倒地，要烧倒地纸，要请吹鼓手吹鼓、戏班子唱戏，请好劳力挖金井眼，要请礼生写对子上家祭。死者为大，常年在外漂泊的乡邻，此刻大多会回乡帮忙。家中至亲，要准备打响器，响器奢华程度不一：有牵了全猪全羊的，但无一例外，都必须请纸马工扎纸马。

纸马名目繁多，房子、车子、电视、衣鞋……大凡人间有的，尽可请纸马工扎出来。最多见的，是用各色彩纸扎成的经幡。每根经幡上，有彩纸扎成的菩萨，服装面貌各异。响器愈隆重，经幡数量愈多，花式愈丰富。

经幡上有剪出的花、写好的字、画好的画，所以，一名优秀的纸马工，首先必须有良好的书法美术功底。曾经，有些村民便是靠着这门精湛的手艺，日赶夜赶，养活一大家子人。

乡下，老人仙逝后风光大葬是儿孙孝顺与成功的象征。有钱的人家，连摆七八日豆腐饭，山珍海味，让乡邻拖家带口来吃，不仅不收礼金礼品，还会分发礼物。曾经，这攀比之风让乡人不堪重负；现今，由于政府倡导，婚丧从简，重养不重葬，这攀比之陋习才渐成过去式。

现已很少听见老母亲念叨：某某屋老人，那酒席！那排面！啧啧！现今的老人，更愿意攀比谁年寿更高，谁儿孙满堂，谁家子孙书念得好、有出息。

抬柩上山的前一天称为"成佛"，抬柩上山的日子称为"出门"。"出门"必须绕路，"出门"有个惊险的仪式叫"转车"，即抬着灵柩原地转圈，此刻孝子孝女下跪，鞭炮锣鼓齐鸣。小时候，每见"转车"，我的小心脏便高高提起。只消看那十来个抬杆的壮汉的模样，便知那是一项极其考验体力、耐力与协作能力的技术活儿：个个胳膊上肌肉鼓起，额颈上青筋暴突，发际汗落如雨。

灵柩出门后，自乡里绕行一圈，所过之处，家家户户必放鞭炮烧纸钱。我曾见过县城附近某乡镇的丧葬仪式，颇感惊讶的是："出门"那日，棺椁上仅仅搭一床毛毯。与老家的大红轿顶相比，这仪式感真的不知逊色了多少倍。

比"转车"更惊险的是上山，有时坡陡路窄，如遇雨雪交加，抬棺椁后面杆子的汉子便有受到砸伤的危险。如果脚下不稳，有一人打滑，失去平衡的灵柩将有可能侧翻，那将是一场触目惊心的灾难：棺椁摔落砸开，尸身抛出，石灰满地，一众抬杆者皆受伤。那样的场景虽罕见，却并非没有。在乡下，这将被视为极不吉利的预兆。

灵柩顺利到达山上的金井眼边，众人合力将棺木放入金井眼里，如果时辰得当，则即刻撒土安葬，如果时辰不当，则只用花圈雨布等遮盖棺木表面。此时，那些制作精良的纸马全都投入火中，送给阴间的乡魂，递送经幡的人两手空空而返，不得回头张望。

未安葬的逝者，亲人择一"黄道吉日"，将棺木用黄土覆盖。如果家中兄弟众多，这个时辰便极难抉择，今年不宜，明年不宜，拖来算去，等上十余年的也不足为奇。

衡南泉溪王氏宗祠 / 刘望春摄影

小年吉祥

衡山岳北农工会旧址／刘望春摄影

农历十二月二十三日，是北方人的小年；农历十二月二十四日，是南方人的小年。在小年这一天里，无论南北，都有大搞卫生、祭灶神的习俗。北方习惯用火烧、糖瓜、饴糖、麻糖等，南方常用水果、糖果、各色糕点，还会自制斋粑当祭品。

小年至，远方的游子，该归家的此刻都已归家，未归的，且在他乡遥想一番老家的热闹光景，红一会儿眼眶。我常想，小年为何而小呢？大抵因它是为大年而准备的吧。

于父母而言，小年最是忙碌。一大早的，母亲便手执一柄细竹枝捆扎成的大扫把，先扫房子门前的马路，后扫房子后面的空坪，阶基阶沿、屋里屋外，均要扫得不落一片纸屑或树叶。扫了一轮地面后，母亲戴上棕斗笠，从竹子堆里，抽出一根细长的竹竿，然后挑一把打完了高粱的高粱穗子秆儿，用细棕绳将高粱穗子秆儿一圈又一圈地绑在竹竿尾端。门角落里的蛛网、木楼板上的灰尘，高粱穗子所过之处，瞬间清清爽爽。

童年的我很乐意帮母亲干这活儿，踮起脚，举着长长的扫把，左拂右扫，看高粱穗子粘走蛛网，看灰尘扑簌簌落下。举得久了，手臂开始发酸，脖子开始发胀，扫把在空中摇摇晃晃。顽皮的我不愿意戴斗笠，常常一次卫生搞完，人便成了小花猫，伸手一摸，两个鼻孔里都是黑的。

在南方，小年有一项非常重要的任务，俗语叫"祭司命老爷"，北方称之为"祭灶神"。这一天，厨房是卫生大扫除的核心场所。烧了一年柴火的厨房，锅底、灶角、瓦面、烟囱……无一处不被黑色的尘垢占据。这是柴烟消散后留下的黑垢，中医学名"百草霜"。明代《本草经疏》记载："百草霜乃烟气结成，其味辛，气温无毒。"后《本草纲目》又载："止上下诸血，妇人崩中带下、胎前产后诸病，伤寒阳毒发狂，黄疸，疟痢，噎膈，咽喉口舌一切诸疮。"但在九峰山村，祖祖辈辈称呼其为"浓墨"。我曾好奇地问祖母：为何一定要将这些浓墨除去？祖母告诉我：浓墨太厚不除，可能会起火；另外，浓墨掉落蛇肉锅中，会让人中毒。爷爷的爷爷当年便是吃落了浓墨的蛇肉汤，全身发肿后死了。

啊！我小小的好奇心此刻受了莫名的惊吓。

开始扫浓墨了，母亲扎了长长的扫帚，先扫灶门前滤筒钩上的浓墨。农村的柴火灶烧得越久，钩子上浓墨越厚。铁钩子挂在一截圆竹上，高低可自由调节，铁钩个数悉由主人随心设计。这钩子用途多多，挂上炊壶烧水，挂上鼎锅煮饭，再往上一些，挂上一串串猪肉、鱼肉、鸡肉可熏腊味。柴火在钩子下方噼里啪啦地响，烧火的手持火钳夹送干松木、干杉木，干竹枝……一家人围着钩子烤火。红红的柴灰堆里，有红皮黄心的地瓜、芭蕉叶包裹的猪肝或瘦肉、荷叶包着的鸡蛋或鸡腿……我喜欢拿一大张圆圆的合折（地瓜淀粉制品），靠近柴火堆，看高温将它烤到膨胀，先前半透明的浅褐色一点点地变白、变黄、变得完全不透明。烤完正面烤背面，要烤得不留一点儿死角，同时又不能烤黑烤焦，这是极其考验耐心与细心的技术活儿。有时不小心离柴火太近，合折会立马粘上火，呼啦一声，熊熊燃烧起来，很是吓人。

扫完滤筒钩后，母亲会搬开大铁锅，继续清扫灶膛壁上的浓墨，甚至用铲子刮去铁锅上厚厚的浓墨，厨房的瓦面、烟囱，照旧用长长的高粱穗子扫把清扫。母亲忙着搞卫生，父亲则脱了棉袄，高举斧头，就着粗大的柴砧，将一截截圆竹木劈成均匀的条状柴块，然后紧挨着脚屋的青砖墙，整整齐齐码成一堵厚实的柴墙。九峰山的冬天，柴火是烧不完的。一场大雪过后，山上满是冻爆的竹子，冻坏的杉木。雪一停，山民们便一板车一板车地将它们往家里拖。

劈完柴火后，父亲上楼去翻看他悬挂在木楼上的风干肉。九峰山村人不单喜欢熏制腊味，还喜欢制作风干肉。按父亲的说法，做风干肉一定要选择在冬至这一天，早了晚了都不行，猪肉会变质起蛆。把新鲜的猪肉切成长条，用棕叶穿了，悬挂在楼上通风的地方。历时近一年的风干肉，肥的晶莹剔透，入口毫不油腻；瘦的色泽暗红闪亮，融入时光风日之香醇。

待所有的清扫工作结束，吃过晚餐，母亲将斋粑及各色零食摆在干净的灶台上，点香、烧纸、放鞭炮，母亲说："打发司命老爷上天。"鞭炮响过，"老爷"上天之后，我们个个欢欣雀跃，那些斋粑和零食已经让我们等得太久太久了。

千年银杏连理枝 / 刘望春摄影

山村里的年味：年年有鱼

金溪柿竹水库 / 刘望春摄影

过年不杀猪太冷清，过年不打鱼太无趣。年味就在猪们的嗷嗷大叫里，在塘中鱼儿的活蹦乱跳里。这叫声、这蹦跶让辛苦了一年的山里人神经格外亢奋。家中自留了一口池塘的，可以扯着网子干塘打鱼，脸上更是流露出小康之家的富庶神气！

打鱼得选个好天气，出太阳最好。先把塘水放去八九成，待到塘水浅下去，周边露出黝黑的塘泥时，塘岸上观望的娃娃们、堂客们像枝头报喜的喜鹊，一片笑语欢腾。他们早就穿好长胶靴、提了木桶候着呢。

年边时节，干塘的主人十分慷慨，小鱼虾、石螺、蚌壳……这些小美味就当是给左邻右舍送福利啦！为了抢到这个福利，捋起衣袖子下塘的村民们像一群闹腾的水鸭子。有点儿小北风，不打紧；有点儿小寒冷，哪里还记得？眼前都是宝啊！塘泥上面是白花花的小鱼，塘泥下面是肥硕的石螺和蚌壳。塘壁或塘中石头愈多，石螺、蚌壳愈多；水草愈多，则小鱼、小虾愈多。不一会儿，桶子满了、脸盆满了，低头继续捡，这种捡到的欣喜远胜过塘鲜的美味。

通常，村民们只在塘边的浅泥里捡鱼虾、石螺、蚌壳，但也有少数胆大的，会一步一步往池塘中间走。八叔便是这波胆大中的一个。那年腊月二十七，曾家岭的大塘干了，这池塘里石螺、蚌壳特别多。八叔捡着捡着上了瘾，双腿不由自主地往前移，待他发现已到池塘中央时，根本无法往回走了。淤黑厚重的塘泥像沼泽一般，牢牢地吸住了他的双腿。每挣扎一次，身子就往塘泥里下陷一截。八叔在池塘中央急得像被胶水粘住了的蚂蚁，脸上一半是塘泥的黑，一半是恐慌引发的白。

捡石螺的妇女们吓得大喊：妈得了咯！赶紧救人咯！但谁也不敢走过去，谁都害怕成为第二个八叔。就在大家束手无策时，村里九十岁的莫老爷扛着一根粗大的楠竹来到池塘边：莫动！越动陷得越深。老爷子发号施令，气场十足。接着，大家抬着楠竹，将楠竹的尾端伸到八叔跟前：抱紧楠竹，爬上来！莫老爷在塘岸上冲八叔招手，几个壮汉在塘岸上，按压着楠竹的另一头。八叔摊开双手，一个熊抱，紧紧地箍住楠竹，拼命往上蹬腿，终于像个大泥萝卜似的爬上岸来，捡回一条命。十几年后，莫老爷活了一百零二岁，驾鹤西去，八叔则成了头发花白的八叔公。

自那以后，每逢干塘，池塘中间，外人都不去。

池塘中间是留给主人去的，大鱼都躲在塘中央的水洼里。主人穿了连体长皮裤，拿了网子去捞。大鱼在水里的劲道非同一般，常常拼命地挣扎扑腾，弄得塘泥水花四溅。上了十斤的大鱼，剽悍得像匹野马，一个成年男子休想徒手制服它。这时池塘边上捡鱼虾的村人便会自发上去帮忙：有的摁鱼头，有的捉鱼尾，有的伸出两只大手，从上面按着鱼脊背，下面托着鱼肚皮，喊一声"走起"，只听见"啪嗒"一声巨响，白光一闪，那条嚣张的大鱼被甩到了塘边的枯草堆里，彻底凉快消停啦！

池塘里的鱼，根据喂养方式不同，也是要分三六九等的。最上等的，应是山塘里的鱼。池塘在高山上的树林间，塘水由清澈的山泉汇聚而成，鱼虾在那里自然生长，每天呼吸新鲜的空气，与草木翠影相伴。鱼儿长得慢，肉质非同凡响。这种鱼，开膛破肚后，毫无腥气，只需一把花椒、几只干红椒、一勺山泉水即可烹出天然的鲜美；次一点儿的，应是黄泥塘中的草鱼，每天吃主人打的鲜草，条条长得膘肥体壮；最次的，应是猪屎、牛粪或饵料喂养的塘鱼。这种鱼有浓重的腥气，即便放足了各色香料、调料也不能完全遮盖它的腥气，而且肉质疏松，鲜味寡淡。老家村民，很少买第三种鱼吃，他们总是带着几分炫耀、几分调侃的口气，揶揄集市上的外地鱼贩子：这鱼，你们卖给城里人去吃咯！

九峰山多，池塘较少。九峰山脉自金溪庙柿竹水库起，绵延数十里。老金溪涵盖溪江、金溪两个乡镇，所以提起九峰山，金溪人、溪江人都算是她的儿女。柿竹水库是老金溪最大的水库，它像是崇山峻岭间一个天然的湖泊，有漓江的清澈，九寨的碧翠，不见丝毫人工斧凿的痕迹。距柿竹水库不到三十里处，有一座名叫八亩坎的小水库。它位于九峰山脚下，群山环抱，水质优良，是九峰山村民重要的饮用水源。它没有柿竹水库那样宏大的气势，似乎体现了"浓缩便是精华"的哲理。

这两个水库都盛产大鱼，重达数十斤的草鱼、青鱼屡见不鲜。20世纪七八十年代，传说还有蟒蛇、水怪。鱼的鲜美与水质密不可分，这两个水库所经之处，皆为高山、树林、山泉、涧泉悉数汇聚水库，所以，鱼的极致鲜美是老金溪人一辈子难以忘却的故乡记忆。

九峰山翻古

九峰山森林公园指示牌 / 刘望春摄影

梅奶奶生于1914年,十岁来到夫家,做老虞家的童养媳。虞四爷比梅奶奶年长十岁。梅奶奶说:我到他屋里时,讨米的袋子挂在墙上,打狗的棍子靠在墙边,伸手能扯着茅草屋檐。

虞长叫化是当地有名的人家,不是因为穷,只因这户人家本事了得。摆一大竹盘箕于地,中间插一筷子,虞四爷端坐一旁,口中念念有词,片刻工夫,大蛇小蛇弯弯扭扭,悉数从四面八方爬到盘箕中。虞四爷精通医道,救人无数,不收银钱,一旦家中无米下锅,便背起长叫化的袋子出门去。村人热情打发,四爷一一接了,致谢,待讨够三五日的生活物资,再外出行善救人。

虞四爷救人无数,唯独没救下自己的大舅子长生。梅奶奶说:我五岁时死了娘,十岁时疯了哥。那时的人,命不值钱,若是得病,则比草贱。梅奶奶的母亲去世时全身浮肿，无药可救，可怜那位极其贤惠的妇人。每餐吃饭时，她总说自己吃过了，吃饱了，她把吃食都留给丈夫和儿女，然后自己偷偷煮一碗糠皮野草充饥。

那个遭了饥荒的年成，没有全家饿死，已经很幸运。长生生病时正值盛年，他在许多个夜里不眠不休，第二天依然精神抖擞。

传说那时九峰山石洞口有一座宝塔，塔很高，生了病的长生打一声号子，便从塔基爬到了塔顶。春日里，新搭的湿漉漉的田埂，他一路走过，居然不见脚印。

村人说，长生是被狐狸精附了体。一个大雪纷飞的清晨，长生爹请了猎户来收精，猎户把长生放在火里烧，五花大绑沉入水塘里泡。

长生是怎么去世的呢？许多年后的今天，我读到余华的《活着》，读到小团圆媳妇的死。我仿佛看见了长生的身影：在火里哀号，在水里挣扎。

梅奶奶说，1941年左右，九峰山石洞口发痢疾。病人先是拉稀，后是屙血，再后来精疲力竭死去。这病具有传染性，往往家中先是一人染病，继而多人病倒。唱戏的莲二奶奶素来洁癖严重，挑水回家只喝身前的那一桶。她和二爹生了两个极为聪慧俊俏的儿子，这一年不幸双双染病。拉稀屙血折腾了个把月后，百药无效，莲二奶奶只得把孩子放在屋外的小厂棚里，每日里送汤送水，没出一个星期，两个孩子都夭折了。村子里屙血而死的太多，活着的都是上天庇佑。

因为痢疾，生活在金溪庙的九岁的唐翼明永远失去了小他一岁的妹妹。这个早慧可爱的小姑娘接连几天严重屙血后，最终从马桶上栽下来，死了。

梅奶奶说，那时三十六弯的崎岖山路将金溪庙与二十里外的九峰山相连，那时进出九峰山石洞口，只有沿溪一条一尺多宽的石板路。日本鬼子在金溪庙陡山、隆兴等地大肆烧杀，但马队走到石洞口的洞门前便返回了。这阴森森的洞口，这怪石密布的溪流，这平静的溪流中发出惊天巨响的深潭……所有的元素叠加，形成了恐怖特效。

日本投降后，梅奶奶的几个儿子都已长成了树的模样，梅奶奶开始了提心吊胆的岁月。

她时常半夜惊醒，梦见抓丁的抓走了她的儿。很快，梦境变为了现实：一天夜里，抓丁的进了村。

梅奶奶究竟花了多少白花花的光洋换出了自己的儿？这个秘密跟随梅奶奶进了坟墓。七十多岁的梅奶奶偶尔回忆念叨：不晓得谁替了去呢？梅奶奶说这话时，她的几个儿子已经因病离世多年。

山那边的官老爷子是梅奶奶的同年老庚，他活了一百多岁，喝了一辈子自己酿的米烧酒，直到庚子年正月仙逝。梅奶奶年近九旬辞世，官老爷子比她在这世上多停留了二十几年。在这二十几年的光阴里，他享受着国家给予的老龄补贴、高龄补贴。九十八岁时，他因为上山砍竹背竹健步如飞，被驴友发现并进行报导，慕名来看望的人络绎不绝。

他说现在的生活是真的好啊！种田有补贴，养猪养鸡有补贴，外出坐公交不要钱，旅游景区免票，生病可以住院报销。他的确比梅奶奶幸运太多。

梅奶奶去世后的第二年，刚刚大学毕业的孙女病了，是白血病。三十年前，此病是绝症的代名词，《血疑》里的幸子就是得这个病走的。桂花婶子年轻时便有慢支哮喘，中年丧女的悲痛让她的病雪上加霜。在寻医问药数年后，她最终因肺心病离世。她很少住院，也住不起院，长年服用一种黑色的小丸子，说是民间偏方。

倘若那时的住院费用可以报销，倘若那时有今天这般完善的社会救助体系，也许她们依然活着。

我只能眼睁睁地看着她们离去，没有谁可以承受如此高昂的医疗费用。

我最后一次见到桂花婶子是在一个秋阳灿烂的假日。地里的高粱红了，割去红穗后的高粱秆忧伤地矗在田野上，残留的叶片像一条条或青或黄的经幡。那些秆子，有的如甘蔗一般清甜，我折了一根秆子，经过婶子的土砖屋，她笑着冲我打招呼，问我讨要一截高粱秆吃。当时她的脸已经浮肿，眼皮浮肿得似乎睁不开眼睛，不知是因为疾病还是因为哭泣。我后来才得知，其实，她已经好几日不沾饭菜，仅喝一点儿稀粥，只有即将离世的人才会如此渴求某种食物的滋味。

那些将要凋零的叶子，一场大风可以吹落，一场大雨可以打落。在并不漫长的岁月里，我目睹这些叶子一一飘落，重重叠叠的悲伤早已钝化了痛感。

时至今日，唯一可以告慰他们的是：活着的都很好，而且——越来越好！村庄早不是从前的模样，阳光洒遍了每一个角落，再也不会有无房可居的百姓，再也不会有贫困失学的孩童，再也不会有病倒不敢住院的老人。村民一心想要逃离的故土，正在变成天堂的路上：万亩竹海、新鲜的空气、清澈的山泉、没有污染的蔬果……

在距离曾国藩故居不到二十里的地方，有一座省级森林公园，它的名字就叫：九峰山。

雨母山上弄清影 / 玲玲摄影

第二章 山河阔远

西渡高铁去凤凰

西渡高铁站 / 刘望春摄影

2018年12月26日,是一个注定被载入衡阳县史册的伟大日子!

衡阳县人迎来了县城西渡高铁站首趟动车,从此飞驰的动车载着千年蒸阳的山川风物、名人轶事驶出湖南,奔向全中国,奔向全世界!

一批又一批游客乘坐动车来到船山故里寻幽揽胜:千年伊山焕然一新,万古蒸水浪奔浪流。一江蒸水孕育名人志士无数,一座岣嵝留下大禹传奇万千。九峰竹海尽显"南岳少祖"之秀,黄门寨丹霞地貌更添险峻绮丽之幽。曲兰镇的王船山"湘西草堂"故居、渣江镇的"玉麟故居"、金兰镇常大淳的"瑞芝堂"、洪市镇的"明翰故居"、石市镇的"曾熙故居"、三湖镇的"琼瑶祖居"……蒸阳大地走出了著名学者、作家唐翼明、唐浩明兄弟,著名院士方智远、聂建国、邹学校、刘仲华，国家级美术大师钟增亚，著名花鸟画家黎政初，著名青年篆刻家文佐等。

自去年冬季以来，天空似乎过于矫情，雨水从未停歇。春来已久，然雨水并无归意。烟花三月已去，人间四月又至。多雨的季节适合阅读、静思、寻幽。觅得短暂的几日晴好，我背上背包从县城西渡高铁站出发，春光写满诱惑，诗和远方都在招手。

清晨7点，我从家中出发。在县城新正街搭乘K2路公交，三十几分钟后抵达西渡高铁站。小站不小，气势恢宏，绿化美化工作都很到位。

候车室宽广整洁，没有喧哗，没有异味。D7234次动车准点抵达西渡站后，旅客排队过闸。我平生第一次感到乘车是如此轻松愉悦，旅客不多，不拥挤，没有焦灼、惶恐。家门口的动车，带给出行者家的安全感。

满是空位的车厢没有孤独感，反倒让人有种乘坐专列的错觉。这份悠闲舒适与许多年前南下的体验有云泥之别。盛夏季节，阳光的曝晒与人类自身的体温共同发酵，拥挤的候车队伍里有人尖叫，有人晕倒，叫骂声与哭闹声此起彼伏。当我仗着身高优势，成功突围人流登上绿皮火车时，车上已没有座位，连席地而坐的地方都相当有限。我亲眼看见倦极又无处可依的高大汉子一头钻进座位底下，弓背如虾，缩起双脚，和衣侧卧。那一刻，我深切感受到生而为人的艰难不易。

动车平稳又安静，睡眠不够的我却不能入睡，独行的女汉子习惯了保持警惕。每过一个小站，我在便笺上记下抵达时间：8：16分西渡，8：45分邵东，9：05分邵阳。经过邵阳的时候，心念小动：这里是师姐的老家，有个美丽的风景区叫崀山。9：24分隆回，10：09分安江东站，10：26分怀化南。

出发前，有朋友问我去哪里？我笑答：有目的，无计划。旅途的动车和人生的列车一样，起点和终点有时是无法确定的，费尽心力的设计倒不如随心随性的惬意。但对于D7234动车来说，怀化南是终点站，我必须下车了。下车后，步行一小段距离，可以看见一块牌子，牌子上列出一串景点。此刻站在牌子前的我犹如待字闺中的少女，眼前有很多种选择，但最终只能选择一个。

凤凰城里有碧绿清澈的沱江，有依江而立的吊脚楼，有熊希龄、沈从文、黄永玉成长生活的踪迹；吉首是湘西州府，这里既有闻名世界的矮寨大桥，还有"小张家界"之称的德夯风景区。麻阳的冰糖橙好吃，花灯戏好看；溆浦有世界级自然遗产——山背花瑶梯田，我国海拔最高的梯田；靖州苗乡的美丽，支教的小姑不止一次提过……

我终究是选择了路途最短、车费最少的凤凰城。上了车，邻座的男子求我帮忙支付40元车费现金，他微信转账给我。我支付之后，他非常感激，加了我的微信，嘱咐我种种注意事项。原来他是凤凰城的导游，而且是英文导游，看他那憨厚淳朴的面相，我突然想起凤凰城里二十余年未曾谋面的老同学。这麻姓导游叮嘱我下车后坐2块钱的公交去凤凰古城，不必理会那些主动提供车辆服务的本地人，还提醒我要理性消费。

对这个世界的陌生与熟悉只在一念之间，就像我对他的信任，答应他的求助；就像他对我的关心，主动为我想到种种。上得公交坐定，迎面过来一个学生模样的小伙儿推着拉杆箱来到我跟前，说是没有一块钱现金，求我帮忙支付，他用微信转给我。我从兜里掏出一块钱递与他道：不用扫了，我帮你付吧。然后我自己忍不住笑了，莫非我面有良善慈悲相？为何陌生人总是求助于我呢？下车的时候，小伙儿冲我笑得甚是暖心。

进得城来，踏着古城的石板路，看那老旧的木窗上精美的雕花，看那飞檐翘角里藏着的余韵，我感觉自己穿越到了明清。

就在一条古旧的石板巷子里，有一家酒店。经过店门时，看见几名美女围着一名红衣女子拍照。女孩儿手捧硕大的酒葫芦，皮肤白皙，五官精致，脸型圆润饱满。她这一袭红装举壶欲饮的情态，令我想起林青霞的经典造型"东方不败"来，我赶紧举起手机抓拍。拍完后，红衣女子过来看我的手机，看完后尖叫："拍得几好喔，比你们拍得好多啦！"她打趣她的其余几个姐妹。"你一个人？"女孩儿吃惊得瞪大了眼："跟我们走吧！"。于是女汉子的独行变成了一群女汉子的狂欢。

这个下午，我成了她们的专职"御用摄影师"。一只摄影菜鸟遇见一点儿阳光自然会拼了老命去燃烧。

清澈的沱江畔、夜晚的酒吧街，我用老旧的手机记下了她们的美丽与凤凰古城的多姿多彩。

我以为真心喜欢艺术的人，是必须来一趟凤凰古城的。且不说沱江的清幽，吊脚楼的别致，单看那林立的店铺、那密布江畔的酒吧，你便知道风景、故事、沧桑这座古城都有。伫立江畔，随手一拍即是美图。我遗憾自己不是画家，无法用线条或水墨丹青把眼前的画面定格。

碧绿的江水、古旧的白塔与阁楼都是入画的极好素材。瞬间就想起以画吊脚楼闻名的蒋定文先生来，蒋先生画中的吊脚楼同湖湘著名花鸟画家黎政初老先生笔下的麻雀，皆是美术界公认的佳作。不知蒋先生是否来过凤凰城，长沙距凤凰城不远，先生想必是来过的。倘若没有，于今定居于澳大利亚的他怕是留下人生一大憾事了。

说到绘画，不能不提到国宝级艺术大师黄永玉老先生。

毕业于凤凰小学的老先生是世间自学成才的典范，十二岁做童工，十四岁发表作品，十六岁以绘画、木刻谋生，十八九岁提着一把小号俘获了将军的女儿。2023年6月13日凌晨，这位"无愁河上的浪荡汉子"走了，享年九十九岁。

黄永玉老先生捐建的风、雪、雨、雾四桥横跨江面，桥影典雅婀娜，平添沱江无尽秀色。在古城一座僻静的小山上，他为表叔沈从文刻写的石碑静静地立于绿荫之下，石碑上有些青苔，青苔下镌刻着绿色的字迹：一个士兵不是战死沙场，就是回到故乡。这是沈从文先生自己说过的话，也是他对自己一生的概括。他的骨灰就在不远处的一块五彩石下，没有墓碑矗立，没有鲜花环绕。这位为家乡带来巨大殊荣的战士此刻安详地睡在凤凰城的"听涛山"上，山脚下是滔滔沱江。

凤凰政府曾想在此修建听涛公园，修建气势恢宏的凭吊公墓，以示对先生的尊重。然而，先生的家人坚决不允，说是有违先生生前的叮咛。回到故乡即是回归初心与安宁，浮华盛名皆去，无论你官阶多高，财势多盛，即便名满天下，回到故乡，你就是当初村头玩泥巴的娃娃。

五彩石的正面刻着先生的话：照我思索，能理解我；照我思索，可认识人。背面刻着妻妹张充和的话：不折不从，星斗其文；亦慈亦让，赤子其人。

每句尾字合成一句：从文让人。无须详查先生生平性格，单从这四字，便可看出先生身为战士的血性与身为文人的温良。

　　清明将至，无以为祭。静立五彩石下，默哀先生片刻。"一辈子走过许多地方的路，行过许多地方的桥，看过许多次数的云，喝过许多种类的酒，却只爱过一个正当最好年龄的人"，"在青山绿水之间，我想牵着你的手，走过这座桥，桥上是绿叶红花，桥下是流水人家，桥的那头是青丝，桥的这头是白发""我明白你会来，所以我等"。

　　于今，先生终于不用等了！三三与二哥，你中有我，我中有你，他们的骨灰同依五彩石下。

沱江春色／刘望春摄影

从十八洞村到边城

十八洞村 / 刘望春摄影

我从未想到去十八洞村，去边城，就像我从未想到会在凤凰城里邂逅多年未见的老同学；而更令我想不到的是，十八洞村、边城都在老同学工作的花垣县。这场意外就像漫长的人生，明天你会遇见谁，你将身在何方，其实完全由不得你自己。倘若需要一个理由，那只能说，缘分真是个神奇的词。

一切都没有计划，但一切都是最好的安排。

追随习总书记的脚步，我们来到花垣县排碧乡的十八洞村，这是一个纯苗族的聚居村。车行至半路上，你能明显感觉出地势的奇险高峻。山高、谷深、瀑急、水甜。十八洞村果真是别有洞天的世外桃源。

这里是习总书记"精准扶贫"理念的首倡地。2013年，当习总书记初来时，据说村子里有些老人从未看过电视，对于网络和纸媒等更是陌生。日出而作日落而息，十八洞村的人们几乎与世隔绝。老人们甚至不知道眼前这位和蔼可亲的干部便是国家最高领导人。

待他们知晓后，激动已不能形容那时的心情。淳朴的苗民们以这种方式来表达对习总书记的敬意：给总书记坐过的椅子系上红绸，把与总书记的合影挂在屋中正对大门的墙上。他们和他们的后代乃至世世代代永远都会记得那场改变了他们命运的座谈，那位改写了十八洞村历史的人。这里的人们记得，这里的石头铭刻，这里的山川云雾草木都沐浴着吉祥喜庆的光。

今天，这里的人们有了电视、网络、农家书屋。苗家阿婆一边扫地一边烧水，密密麻麻、层层叠叠的湘西腊肉在火坛上方闪烁着黑色的诱人的光，而火坛对面是宽屏的液晶彩电。

今天，这里的人们有了自己的农家乐餐馆。源源不断的游客带来了山外的风景，也带来了山外的财富。十八洞村最有名的"巧媳妇"农家乐餐馆生意最红火的时候，一桌难求。

今天，这里的人们有了自己的山泉水。一瓶250毫升的"十八洞村天然山泉水"售价三元。

今天，这里的阿婆在家门前摆个小摊，便可卖出好多的烤糍粑。用木炭火烤熟的糍粑，三元一个。两面白中带点儿黄焦，入口喷香，表皮酥脆，内里又软又糯，正是童年记忆中祖母带给我们的味道。

今天，这里的木秋千虽然寂静，但是它承载过的欢乐会让你不由自主地想起那些美好的画面。每逢苗家节日，这里是欢乐的海洋。每架木秋千上可坐四人，地面站着一人晃动秋千，秋千最高处的那一位便是节目表演者。

今天，这里虽然名满天下，但山谷还是那样幽深，云雾还是那样缥缈，亭台、阁楼依旧……有喜悦但更多的是满足与安详，你在阿婆、阿公、阿妹的脸上找不出尘世里的倾轧与艰难。

阿妹个子不高，但清纯可爱，《边城》里的翠翠是否就是这般模样？在《边城》没有诞生前，花垣是没有边城的，有的是一个名叫"茶峒"的小镇，小镇山清水秀，地处湖南、重庆、贵州三省交界，俗称"一脚踏三省"。

边城有个"三不管"岛，旧时官府平息不了的民间纠纷，便来此岛了结，无论胜负死伤，三省官府皆不管，"三不管岛"由此而得名。

来到边城，方知何为"天然去雕饰"。其景观与凤凰古城有相似处，但是商业气息远不及凤凰古城繁盛，这里遍布溪流、渡口、楼阁、店铺，多的是一份原生态气息。

　　来到边城，不吃一碗米豆腐定会留下遗憾。衡阳人习惯将米豆腐下汤吃或是炒了吃，边城人们则是将它凉拌了吃。豆腐丁不大，味道由上面的调味酱决定，辣椒、芝麻、花生、葱花等的荟萃，让豆腐入口香而不腻，辣而不烈。

　　来到边城，你便是来到了重庆古城洪安，来到了当年刘邓大军的指挥中心。

　　来到边城，你定要来看看"大佬"与"二佬"。他们与翠翠岛上的翠翠像隔溪相望。距离产生了美，距离也留下了遗憾。

　　那条用石头作河床的小溪真的很清，清得让你不忍亵渎，清得让你想要留下。小溪行至茶峒便形成宽广的河流，正如《边城》中所描述的：即或深到一篙不能落底，却依然清澈透明。

　　对婚事失望的"大佬"天保从这河里驾着船外出，结果闯滩翻船落水而亡，天保的父亲顺顺因此记恨着老船夫，哀恸不已的"二佬"傩送从这里出走，他"也许永远不回来了，也许明天回来"。没有一个坏人的世界，居然衍生出罪恶，《边城》实则是一曲亲情与爱情交织的悲歌。翠翠的父母如此，翠翠或许亦是如此。

　　风景如画的地方大都是艺术爱好者的天堂，边城正是不可错过的风景。当我看到青年学子们在溪畔、在绿荫下撑起画板潜心创作时，便禁不住从心底里深深感叹文艺的力量。如果没有1931年沈从文创作的小说《边城》，或许直到今天，茶峒还是养在花垣深闺里无人识的寻常小镇。如果没有这么多文艺爱好者的追逐膜拜与传播，边城也许永远只是纸上的《边城》。

　　文艺不死，梦想永存。一个国家、一个民族的兴盛不单是要通过精准扶贫解决物质层面的问题，精神层面的熏陶、感染、提升也是至关重要的。当基本的温饱问题得以解决后，决定人们幸福感的也许并非物质财富的多寡，而是人们对于外界思想上的认知度，对于幸福精神上的理解度。从某种意义上来说，文艺提升了人们对于幸福的感知。

黄门寨中不思归

千年银杏与宇石禅寺 / 刘望春摄影

石市不是一座城市,黄门寨也不只是一个寨子。

在衡阳西乡,石市是个有点儿偏远的乡镇,但交通非常便捷。益娄衡高速横贯石市,一车直达黄门寨。

作为衡阳地区唯一一座省级地质公园,黄门寨的地位不言而喻。

十年前的3月,县里举办油菜花节,组织机关单位工作人员及一批文艺爱好者前往黄门寨参观。

那是我平生第一次看见丹霞地貌,且是水上丹霞奇观。峡谷、奇峰、秀水,名家、禅寺、传说,黄门寨坐拥自然与人文两大资源。天上岣嵝也好,九峰竹海也罢,谁不羡慕黄门寨中这一湾灵动的碧水?

石市紧邻溪江，老家石洞口从来不缺石头，但在石市的石头前，石洞口的石头就小巫见大巫了。

　　我疑心，石市的地名便是因为这些石头。不，是一座又一座巨大的石山。它们裸露着红色的肌肤，周身密布一轮轮灵芝般的纹路，六个浑圆的山头相依相偎，组成黄门寨天家坨丹霞峰丛。山顶部稀稀拉拉覆盖着草木，间或有小杂木顽强地钻出石缝。青苔、地皮菇密布石山顶部。山顶采摘地皮菇相当危险，因为一不留神，可能会滑下悬崖。

　　那时，攀爬洋木岩一线天的过道尚未硬化，同行的夏莲穿着一双三四厘米高的中跟鞋，上山爬坡如履平地般轻松，看得我们心惊。也难怪，乡镇工作二十余年的她，估计早就练出了穿中跟鞋能爬山，穿高跟鞋能跑步的本事。

　　一线天名副其实，只容一人通过。最窄处，甚至须侧身挤过。爬到尽头，崖壁溜光，崖顶垂下一根粗麻绳。几个大汉站在崖顶，晃动绳子，吆喝道：握紧啦！然后，一二三，扯石头般，将我们一个个扯上去。有胆大好挑战的，不要扯，愣要自己爬上去，运气好的，成功登顶；运气不好的，滑下来，坐一屁股泥巴。现场尖叫声、欢笑声不绝于耳。

　　黄门寨内，这样的峡谷有好几处，它们分别被命名为马蹄岩峡谷、黄门寨峡谷、鹞子岩峡谷、跳十步等。

　　步行于山顶，遇见两位植树的老人，他们着装素朴，面容慈善清雅。上前攀谈，老人说，他们夫妻俩自长沙来，看中了黄门寨这块风水宝地。他们以前每年都来这里烧香，退休以后，索性定居在这里。每日里，打理寺庙、栽花、植树、种草。看他们超凡脱俗的样子，我当时不禁心念小动，如果能长住于此多好。

　　老两口邀请我去他们栖身的寺庙喝茶。穿行于林木花草中，但见一湖碧水如蓝宝石般镶嵌在丹山翠色里，老妇介绍道，此水名叫"万源湖"。

　　这大约六千五百亩的湖区，湖壁皆为紫红色岩石。根据其形状特点，地质专家和当地百姓分别将它们命名为海螺岩、丹霞十拐、苏家岭崖壁、癞子皂崖壁、鲸鱼岩、牛鼻岩、莲花崖、老虎崖等。湖中有桃花岛、菠萝岛等数十处岛屿。桃花岛面积最大，将近八十亩。湖中泛舟，可远眺南岳。湖边的山体，林木茂密，翠色倒映湖中，美不胜收。

湖边有一堵形似金猪的岩壁，名为珍珠崖。崖壁下部有个大岩洞，洞口有两层多楼高。不是很深，但洞口很宽，宽到差不多可以并排停放十辆小轿车。洞旁用红漆题着"珍珠禅寺"几个大字。建在石洞中的寺庙，平生第一回见，退休的夫妻俩居住在此。

如此小巧精致的寺庙与先前看过的宇石禅寺形成鲜明对比。十年前，南岳演明法师募资了一千万元修建宇石禅寺。其工艺之精巧，气势之宏大，放眼衡阳地区，并不多见。尤为珍奇的是，禅寺后的岩洞，面积达百余平方米，冬暖夏凉。那株一千零一岁的银杏，枝叶稠密，形似华盖，掩映着寺庙半个屋角。各类寄生藤蔓将树干上部包裹得严严实实，仿佛一截厚实的绿圆柱子。底部树皮裂开，仿佛是树干太大，撑裂了树皮似的。

修建宇石禅寺的地方原名宇石寨，据史载，1899 年，清末农民王甲聚众起义，一把火烧了渣江丞署。兵败后，在此垒石筑寨，据山自守，故名"宇石寨"。禅寺后的山洞，便是起义军最初栖身的地方。1971 年，宇石寨内挖出各类铁质兵器及铁圈、脚镣等刑具。

宇石禅寺后山，形似一把巨大的绿色太师椅。同行人告诉我，这绿色覆盖之下是一人多高的石头墙，后山还有一座石头堆砌的城楼。寺门百米开外的正前方，一些上了年纪的石头静卧在草木间。紧挨山体处，有一小截青黑色的石基，据说，那是宇石寨残存的寨门。

这不是一个寻常的寨子。

1911 年，闲居石市老家的曾熙是否常去寨中拜访好汉王甲呢？否则，山寨内怎会留下他的墨宝？寨内南墙正门上的"宇石山村"石匾系曾熙手书。

带着这样的疑问，我询问禅寺内的法师。法师道：岂止是来过？修筑寺庙之前，岩洞的前坪里都是棚子，曾熙当年就在这岩洞里教乡间的孩子。

今天，走过石市街，不远之处，有一处青砖黛瓦的建筑，上面题着"曾熙故居"几个大字。这位民国时期的著名书画家、教育家，海派书画的领军人，一生桃李满天下，张大千视其为恩师。

1930 年，曾熙病逝于上海后，张大千以孝子礼扶灵来到衡阳县，将恩师安葬于青山绿水的岘塘村，并在曾熙墓旁筑一草庐，守孝一月后方离去。

　　在山茶花盛开的季节，我再次爬上黄门寨的山顶，丹山碧水就在脚下，湖心有一尾小舟。松针轻拂我的脸庞，山风送来无限清爽。

　　我渴望邂逅那对长沙来的老夫妇，十年过去了，他们是否修成了仙风道骨的模样？

宇石禅寺一角 / 刘望春摄影

再见伊山寺

伊山寺旧照 / 刘望春摄影

如果没有伊山寺，杉桥镇这个名叫伊山的偏远小村大抵是没有多少人知晓的。如果没有淝水之战，没有桓伊，没有《梅花三弄》，伊山寺这座千年古刹或许早就消逝在历史的尘烟里。头顶"六朝圣境"的光环，伊山寺从不缺乏顶礼膜拜的香客和我这般虔诚的观光者。

我曾不止一次去过伊山寺。

在岣嵝峰的余脉——云锦峰下，这座破旧的古刹静立千载。无人知晓它过去的钟鸣鼎盛、恢宏大气，现存于世的它与任何一座山间小庙无异。也曾有过简单的修缮，但修缮的结果令人啼笑皆非，左右山门上天蓝色的菩萨像俨然村宅大门上的门神。

虽破旧至此，然大凡来过伊山寺的无不慨叹周围风景之秀丽。寺庙三面环山，前面云锦峰上曾遍植梅树，花开时节名满天下。相传南朝陈后主之爱妃张丽华曾入寺修行，因迷恋云锦之梅欲长居于此。后有日华峰，左有凤岭山，山不甚高，却有重峦叠嶂之姿。溪水潺潺，林木参天。桓伊幼时在此读书习武，晚年归隐于此。伊山寺鼎盛时期建筑面积达万余平方米，宋徽宗曾钦赐"伊山景德禅寺"匾额。奈何岁月无情，古刹亦如美人迟暮。

多年前中秋节前夕，听说县里准备重修伊山寺，我再次走进了伊山寺。庙墙上贴着伊山寺的重建规划图，颇有南岳大庙的气度。周边农舍依旧，拆迁尚未启动。进得山门，院中金钱松挺拔，年过六旬的女居士慈眉善目。大庙的名声，小庙的风骨。庙内空间似乎有些拥挤，大小菩萨们挤挤挨挨或立或坐姿态不一。这也好比那些百年名校千年学府，校舍的陈旧并不影响其知名度和美誉度，只是令千辛万苦奔它而来的学子多少有些失望罢了。

我不是虔诚的佛教弟子，但对于庙宇道观有发自内心的亲近，也许是喜欢这些地方环境的清幽，也许是身在红尘却有一颗超脱的心。譬如那位年过六旬的居士，尽管背已有些佝偻，但身材颀长，面目清秀，年轻时必是风姿绰约的美人。我所认识的一些熟人朋友，有的身家过亿，有的才华横溢，皈依佛门或虔心向佛的似乎不在少数。也许人生到达一定的高度之后，便会觉得生命真正需要的东西其实很少。高楼华厦、锦衣玉食，然而殚精竭虑的生活似乎远不如庵堂道观里晨钟暮鼓、青灯黄卷、粗茶淡饭、寡欲少思的日子过得惬意。

这个世界，有人开豪车、住豪宅、浑身名牌，有花不完的钱也有还不完的债。那名在华山舍身崖跳崖自尽的男子，开的路虎车已被抵押，跳崖前被人追债，身上却连一百块都拿不出了。

我想他的人生绝对有过无比灿烂的巅峰，可是爬得愈高摔得愈重。摔下来的人里，有的粉身碎骨，有的绝地反弹。那名男子若不是去了舍身崖，而是踏入眼前这小小的伊山寺，也许他依然活着，余生还有精彩可续。

千年古刹尚有落败的今日、复兴的明日，何况人生呢？就算人生最终空空如也，那又有何要紧？我们来到这个世界时，本就两手空空。生命是虚空的轮回，没有什么是你永恒拥有的。你最爱的人、最爱你的人都会先后离去，财富如水，存于账面的是死水，花出去的是流水，它们往返于天地间，或为雨雪，或为霜雾。你所拥有的是这一路上看过的风景及看风景时的体验。就像桓伊，他又何曾料到，他魂牵梦绕的圣境，千年之后会落得如此凄凉？他无心谱下的《梅花三弄》，却在人间万古传唱。

正如唐代诗人张祜所云："晋代衣冠梦一场，精蓝往是读书堂，桓伊曾弄柯亭笛，吹落梅花万点香。"

再见伊山寺！愿人们再度走近时，你已彻底作别今天的模样。

雨母山十里荷塘/冬虫夏草供图

伊山寺旁酸枣黄

重建中的伊山寺 / 彭国伟摄影

转瞬寒露过，霜降近。枫叶快红了吗？银杏叶黄了吗？秋分时节，我在伊山寺旁邂逅的那棵酸枣树呢？此刻，秋风裹挟着冷雨，它满树的果子是否早已落尽？是否连叶子也弃枝而去？

秋的悲凄就是让人伤感：什么都不是你的，什么都会离去。秋的悲壮就是让人坦然：花开了，果结了，叶黄叶落，什么都经历过，该走的留不住，该留的挥不去。我惦念着这棵酸枣树，如同惦念与我一面之缘却已神交多年的老友。那个下午，我走出伊山寺的大殿，与满地黄澄澄的酸枣不期而遇。惊喜涌上心头，多年来，人们只知伊山寺内有棵金钱松古树，却不曾留意寺旁这株华盖般的酸枣树。寺中的女居士见我如此欣喜，过来递给我一个布袋。她只是慈祥地看着我笑，一言不发。

　　三分之一的寺院在酸枣树的荫庇下，果子肆意落在大殿外的空坪里，落在红砖砌的香炉里，落在灰黑的纸钱灰中，也落在我身上。一阵风来，果子雨下得更密。寺旁宅子里走出一位中年妇人，不解地问："这果子是酸的，你捡它做什么？"我说："不酸，熟透的酸中带甜呢。"妇人摇摇头，过来帮我捡果子。细看那些果子，黄色的表皮上有隐隐的墨绿，仿佛生了锈似的。太黄太软的不要，怕是落地太久，果肉已腐；青青的硬硬的果子像是初出茅庐的后生，通体都透着硬朗劲儿、新鲜气儿。

　　自然界的万物似乎都遵循着青涩熟软的道理。看这眼前的中年妇人，看那寺中的老居士，瞬间就能感受到那种明亮而不刺眼的光辉，良善、圆润、通达、从容、淡定……众多美好的词汇一齐涌来。

　　伊山寺旁的酸枣树，今日我拣了你的果子去。将你的果肉做成饼，将你的五眼六通核串成手串或毛衣链。你本是山中佳品，深山寂寞也就罢了，哪知移步红尘依然知音寥寥。如果我也算你的知音，那也是相见迟迟的那种。我出生于九峰大山中，酸枣树本最常见。可我平生第一次看见你的果子，竟然是在离开家乡数十年后。

　　记得小学二三年级时，听说老操场边有株酸枣树。我在树下兜兜转转好几天，一粒酸枣未寻着，很是气恼，因而连同那株树的模样都忘却了。后来听得父亲念叨，小溪对岸的邱伯种了两株酸枣树，都是公的，一粒酸枣不结，我瞬间就消了气。

　　几年前，跟随一群艺术家去衡南岐山采风。岐山古木参天，环境甚是清幽。归途车上，有个画家变戏法似的掏出一捧黄色小果子来，我问："这是啥？"他答："酸枣，山上捡的。""哇！"我尖叫一声，那是我平生第一次看见酸枣和吃酸枣。《本草纲目》载，南酸枣味甘、性平。归脾经、肝经。功能：行气活血、养心安神、消积、解毒。主治：气滞血瘀、胸痛、心悸气短、神经衰弱、失眠、支气管炎、食滞腹满、腹泻、疝气、烫火伤。虽是佳果良药，可因为太酸，并不招人待见，所以零落满地，鲜有人拣拾。仿佛世间姻缘，孤独千年，只为候一人至。

我在同行人的催促声里，依依不舍地起了身，提起沉甸甸的布袋和沉郁郁的心。山墙上贴着县委、县政府重建伊山寺的规划图，这棵三十多年的酸枣树是否可与重建后的伊山寺共存？是否还有和我重逢的那一天？这么多年的晨钟暮鼓，这么多年的香烟缭绕，这么漫长的相伴是否可以相守永恒？如果不能，那也就像人世间的有些夫妻，注定只可共苦不可同甘。

如果主持重建者能想方设法留下伊山寺旁这株酸枣树，或许将在这座千年古刹的史册上留下一段佳话。许多年后，参与重建的人们以及写下这篇文字的我都已在这个世界上灰飞烟灭，而伊山寺还在，酸枣树还在。每年秋分时节，会不会有无数游客、香客参观朝拜完毕，走到巨大的酸枣树下，在满地的绿荫里捡起一颗颗金黄的酸枣，然后低眉颔首，想起远在天国的我们？

菩提树下 / 旷野摄影

岣嵝峰上大禹魂

岣嵝峰国家森林公园 / 杨志伟摄影

在高耸入云的南岳七十二峰里，有一座山峰。它东临湘江，南接雁城，西对九峰，北揽祝融，这座山峰名叫岣嵝峰。在云雾缭绕、古木参天、千余种植物汇聚的岣嵝峰上，有一个人。他为了制服洪魔，拯救黎民百姓，三过家门而不入。岣嵝峰上，有他睡觉的石床、他避雨的石洞、他解渴的清泉、铭刻他功绩的石碑。这个人的名字叫大禹。

千百年来，人们感动于大禹舍小家为大家的自我牺牲精神。这种精神激励着中华儿女世世代代艰苦奋斗、无私奉献，激励着中华民族锐意进取，不惧险阻。

今天，在新时代的旗帜下，在大禹精神的感召下，岣嵝峰国有林场的职工们，怀揣崭新的梦想，追求全新的作为。我们与青山做伴，以林海为家。我们栽下一棵棵苗木，完善一处处设施，处理一次次险情，凝聚一股股力量。

我们的工作是典型的5+2，白+黑，手机必须24小时开机畅通。逢年过节，千家万户享受合家团圆的温馨时，我们却必须坚守林场，时刻绷紧每一根神经，不放过每一缕青烟，每一丝火光。为了森林的安全，为了千家万户的平安，我们无法与亲人团聚，只能默默承受着父母的责怪和妻儿的抱怨。

自1958年岣嵝峰林场成立以来，我们保持了岣嵝峰林场六十多年无火灾的纪录。林场有一支四十余人的扑火队，不管是深夜还是黎明，哪里有火情，哪里就有我们扑火队员的身影。他们是森林的眼睛，也是森林最有力的守护神。

前不久的一天傍晚，林场职工正在晚餐，突然接到求助电话：县里其他地方森林起火。队员们立即丢下饭碗，奔赴火灾现场。现场浓烟滚滚，火光冲天，大风时而向东、时而向南，队员们随时面临着生与死的考验。但是，没有一个人畏惧，没有一个人退缩，大家一直奋战到晚上11点。凌晨3点，疲惫不堪的队员们睡得正香。电话又来了，队员们立马翻身下床，再次奔赴火灾一线。从凌晨3点到晚上8点，他们在火灾现场坚守战斗了十几个小时，忘记了劳累，忘记了饥渴，忘记了危险。

由于地理位置偏远，我们的干部职工吃在林场，住在林场。上有老人的无法尽孝，下有小孩儿的无法照管，自己有病的无法医治。去年10月单位体检，黄科华书记被发现有甲状腺肿瘤，肿瘤直径大于1厘米，医生建议马上手术。可是每次约好手术时间后，他都因为各种突发事件而无法前往医院。这位年近半百的汉子，自1990年于湖南林校林业专业毕业后，便开始了与苗木相伴，与山水为友的诗意人生。

2011年到2014年，他连续荣记三等功，连续两年被评为"县优秀共产党员"和"优秀党务工作者"；2014年，被评为"湖南省扎根基层优秀人才"；2015年，被县政府授予"县级劳模"称号。的确，他是一名赤诚的森林卫士，是一名优秀的共产党员！但他却不是一个好丈夫、好爸爸、好儿子。参加工作至今，他所有的节假日都在林场度过，很少回家。每当家庭需要他的时候，他都不在；每当林场需要他的时候，他时刻都在。

自古忠孝难两全，自古小家大家难两顾。舍小家顾大家，这是千古流芳的大禹精神，这是社会主义新时代的无私奉献精神。我们怀揣着"绿水青山"的梦想，扎根森林，坚守森林。有梦想就有动力，有动力才有作为。在全体干部职工的不懈努力下，湖南经视频道栏目组来了，他们走进岣嵝峰国家森林公园，拍下苍松翠竹，拍下飞瀑流泉，拍下珍禽异兽；全国各地的游客来了，他们追寻大禹、嫘祖的踪迹，他们陶醉在古木古迹中。

　　这是一个伟大的时代，这是一个崭新的时代！我们怀揣着全新的梦想，披星戴月，八方奔走。我们穿林跨溪，赤诚相守。2018年，在全省森林公园质量管理评估中，岣嵝峰国有林场获得"十佳森林公园"的光荣称号。荣誉凝聚了林场全体干部职工的心血与汗水，见证了岣嵝峰林场人秉承大禹精神、胸怀梦想、敢于牺牲、勇于作为的豪迈气概。

　　我的演讲完毕，谢谢大家！

　　此文为2019年湖南省林场系统"新时代、新梦想、新作为"演讲大赛参赛稿，选手洪沛娜获此次省级大赛二等奖

山里火坛 / 刘望春摄影

清花湾里清风悠

清花湾江面 / 刘望春摄影

纤柔的清花河自衡南岐山脚下款款而来，雄健的蒸水河曲臂折腰相迎，河水互吻处，便有了清花湾——这温柔辽阔的湾，像女人温软的怀抱，弥散着夏日荷花的气息。

河畔垂柳依依，河水清澈宁静。每有清风拂来，柳丝飞而不乱，柔而不媚，波光轻漾，正是江南女子的模样。许多年前，匆匆而来的，大多是远航靠岸的商贾与水手，或长袍马褂，或衣衫褴褛，或斯文白皙，或黝黑质朴。靠岸第一事，便是去码头边的杨泗庙里祭拜河神，拜毕再寻食宿之处。烟草味、烧酒味、汗泥味……经清花湾里河水漂洗一宿，浑身上下清香清爽。

船泊在湾里，湾里密布垂柳，根桩扎进水底，柳条轻吻水面。清风拂柳，柳拂人面，这细腻的撩拨常令水手想起岸上的小娘子。

那个临窗的月夜，美人身披一袭清辉，手提一把锡箔酒壶盈盈而来。低眉斟酒的刹那，黑缎子似的发丝便是这样轻柔地拂过他的面，一丝两丝……丝丝电流潜入躯体，全身的血瞬间涌向脸。年轻时，水手的脸常为美人而红；后来，水手的脸常为美酒而红。

许多年前，这古老的湾有八处码头，米铺、油铺、染铺、铁铺、当铺……不计其数。每年秋收过后，商铺老板们轮流做东请戏，戏场坪的戏台上足足有两个月的时光吹拉弹唱。每个星月朗照的夜晚，村民们摇着大蒲扇，纷纷涌向戏场坪。秋老虎的余威还在，人们正好借着看戏的机会，出来享受湾里悠长的清风。如果你读过沈从文的《湘行散记》，画面将更加细致真切。密集的船只，林立的酒楼、商铺，船只带来货物、商贾与水手，商贾、水手带走故事与记忆，甚至带走湾里的女人。

后来，时光带走了一切。只剩下这湾碧水静静地映照蓝天，只剩下红色岩石堆砌的老房子沉默地望着河面。

老房子是湾里辈分最高的老人，朽坏的木门像是老人缺损的门牙。房子依山而建，时光改变了岩石与木柴的色泽，但木窗依然厚实坚挺，木制的碗柜在角落里发着黝黑的光。

一蓬蓬仙人掌倒悬于屋檐之下，一棵棵紫藤纠缠于山谷之中，清花湾里万物深沉不语，就像湾畔那棵巨大的阴沉木。它来自蒸水河畔那座俗称寺岭的黄泥山，山的历史或许比水更悠长。数十年前，这山曾出土过新石器时代的石斧，出土过汉朝的砖瓦器皿，据传20世纪80年代还出土过青铜器。山上曾遍布古木与寺观，最出名的当属释伽寺、海慧庵。山上有一刘氏大姓，聚居的屋场名叫"刘大屋"，相传他们于后汉时期迁来至此，皆为刘邦后裔。

这是一棵幸运的阴沉木，四五年前，它被村民从河床捞起，重见天日，接受明月清风的洗礼，接受万千游客的瞩目。它自然不知，四五年前，还有一棵两倍于它身躯的前辈，因实在太大太沉，打捞的村民不得不让它继续沉于河底。

前辈在河底并不孤单，青鱼、鳜鱼、鲫鱼、螺蛳、河蚌、水草常来做伴。那条重达五十余斤的野鲫，已经很久不来陪它聊天了。两个月前，渔人在石鼓嘴畔的湾里，布下诱人的饵。

河面每天都有故事，鱼鹰和翠鸟盯上了同一条鱼，野鸭子带着天鹅招摇而过，桥上跌落车辆、牛羊与少年，他们的尖叫声不过是场虚惊，惊醒阴沉木在水底的清梦。这么多年来，桥上跌落的生灵无一伤亡，人们说"新桥"是座"幸运桥"。

新桥其实一点儿都不新了，你现在所见的七孔桥是光绪年间的作品，它经受抗日战争和解放战争炮火的洗礼。传言最古老的新桥建于雍正年间，是由四块石板拼接而成的单孔桥，它位于清花河的支流新溪之上，故名"新桥"。那时的人们视修路架桥为人间第一善事。这座单孔桥至今保存完好，桥身石板上刻满诸多信士的姓名。那些名字背后的故事，有的流传民间，有的如阴沉木般永沉水底。

新桥居住的人们大多姓谭，许多年前，富庶的新桥百姓修建了规模宏大的祠堂兼做学堂——济宇学堂。抗日战争时期，学堂更名为"振兴学校"，是成章中学的临时教学点，也是衡阳市孤儿院的临时托管点。人杰地灵的新桥，数十年间，名人辈出。中国社会科学院巨匠谭家健、国家级名师谭青峰、核研究专家谭善交、对越自卫反击战英雄谭运国、年轻有为的大学教授谭月明等无不是沐浴着清花湾里的清风长大，清风赐予他们清气与灵慧。

新桥不只有"新桥"，还有"狮子桥""七孔桥""道仙桥"等大桥小桥。清花湾不只是一个湾，它有很多个大湾小湾。

清花河边有道仙桥，道仙桥头有个道震湾。百余年前，十六岁的少年周明清，独自一人挑着二百斤谷子，从衡南县来到距新桥村三百米远的道震湾，白手起家建立了自己的商业帝国。后来，他出资从湘潭金枝湾购来长麻石，历时两年建成道仙桥。祁阳、祁东、衡南往来的商人抄近道来往道仙桥，必经道震湾。方便了他人，兴盛了自己，清花湾的先祖们将精明与厚道融合得如此得体。

漫步于清花湾里，目之所及，微波粼粼，如同有一双玉手轻抚过四肢百骸。我每一次来都步履匆匆，无暇与码头洗菜的老妪或扫地的老翁详细攀谈。我说河水好清，他们说，那时候，河水更清；我说阴沉木好大，他们说，那时候寺岭满山都是这样大的矿木；我说河风好舒爽，他们说你晚上来会更舒爽。

仅此而已，琐事缠身的我不得不速速离去。第二次来时，头顶烈日似火，湾里长风醉人。在码头滚烫的石阶上，洗净的黄瓜、辣椒、豆角排得整整齐齐迎接客人。浩荡的河风撩起我的裙裾，将我米白的渔夫帽几乎吹落水中。这可人的风儿呀，令我想起许多前年三亚的夜晚。当海风自海面呼啦而来时，海神便在你身体里下了蛊，诱惑你露宿于椰子树下。

我突然很想留下，择一户湾里人家，白天随他们打鱼、种菜；夜晚席地而坐，静观星空渔火，看萤火虫提灯忙碌，听水鸟叽哩咕噜梦话连篇；累了，便拥着浩荡的河风沉沉睡去。

在梦里，我或许可以看见那座名叫宝芝塔的古塔，它曾立于清花湾里数百年。它挺过了世间无数风雨，却没能挺过"文革"的烈火。今天的人们在石鼓嘴山上又修了一座塔，命名"刚直塔"，纪念清廉正直的彭玉麟公；修建了"悠然亭"，徜徉亭内，人人皆可"悠然见南山"；铸刻了国宝级文物提梁卣的模型，这远古时代盛酒的宝物，似乎还有西渡湖之酒的余香；那座俗名寺岭的黄泥山上，7D黄金玻璃桥正在修建……

完美的康养体系、宏伟的田园综合体建设相中了清花湾这片风水宝地。生活在这片土地上的人们何其幸福！肥沃的冲积平原上，四季蔬果飘香；山上有塔有亭，河中有鱼有虾；河面流淌着故事，地下埋藏着传奇；空气是如此清新，河风是如此悠长，它仿佛来自遥远的天边，又仿佛来自幽深的河底，它浩荡而不粗暴，清凉中自带花香。在古老与现代的交汇里，清花湾集万千宠爱于一身。它以"六宫粉黛无颜色"的风姿一次又一次征服我的感官，"最是清风知我意，总携波光留我心"。在清花湾的柔波里，我甘心做一条水草。

秋来藏经殿

藏经殿侧影 / 蒋福宝摄影

初来时，积雪在石径两旁、在草叶间躲躲闪闪，银杏在枝头寂寞；再来时，阳光热烈得不像是十月，银杏叶叶成蝶披金戴彩，似要飞离藏经殿前的清冷。

该走的终会走，该来的还会来，就像我，又一次来了，没有预期地来了。

满坡艳阳金风，满目深绿，间或浅黄间或深红。碧蓝的天空下，金色的阳光、金色的大殿、金色的佛像……一切的一切，像赴一场梦中的约会，这么近又那么远，这么绚烂真切又那么素净缥缈。我身披正午的暖阳，走在热闹的作家队伍中，灵魂却游离了肉身。

这样静谧美丽的地方容不得丁点儿喧嚣，这浮光一瞥的采风怎能穷尽她的秀色？那棵连理的青冈树呢？它是在山前还是在山后，是否像我老家九峰山上千年银杏连理枝的模样？还有珍稀的摇钱树和绒毛皂荚，它们是在祥光峰的哪一个山坡或者谷底？那位在我饥渴难耐时慷慨布施的僧人呢？他俊朗的眉目、矫健的步履像极了《少林寺》中的武僧。长廊尽头，他会僧袍飘飘，端着水果、饼干再次迎面而来吗？

殿内经书佛像林立，与墙壁齐高，念经的方丈慈眉善目。无人知道，我在众人离去的瞬间，悄悄地向他要了一个电话号码。

有些地方，不是旷野的长风，来了就来了，去了就去了。有些地方，是床前的明月，无论举头或低头，它都是你灵魂的故乡。

南岳四奇：祝融峰之高、方广寺之深、藏经殿之秀、水帘洞之奇。到过南岳的人很多，上过祝融峰的人也多，但来过藏经殿的人怕是不会太多。王安石《游褒禅山记》中云，世之奇伟、瑰怪、非常之观常在于险远，而人之所罕至焉……藏经殿正是契合了这句话。

也许正是因为这般美丽和这般险远，它才成了南朝陈后主爱妃张丽华的避难栖身之所。那位法号慧思的禅师、那部朱元璋御赐的《大藏经》、那青苔密布的石径、那朱颜斑驳的梳妆亭、那林立的经书佛像、那神秘幽深的谷底、那些从未谋面的奇花异草珍木……藏经殿盛藏风景与故事。

我深信，来到藏经殿的若非有缘人便是有心人。不比登南天门，有索道可上；不比爬祝融峰，爬累了有轿子可坐。车子到了藏经殿站的大马路上，你是权贵也好，乞丐也罢；你大腹便便步履艰难也好，你玉树临风身轻如燕也罢；管你是开奔驰的还是蹬人力车的，统统下来，一步一步丈量脚下久远的石径，走上两三里路，方识得藏经殿的真面目。

它像是遗世独立的美人，隐匿于偏远的祥光峰下。不求香火热闹，不问世事浮沉，不计前世，不虑来生。没有熙熙攘攘的朝拜者，没有纷飞的纸钱香灰，没有呛人的鞭炮硫黄味。鸟儿在殿前殿后婉转清唱，阳光铺满阔大的前坪，没有幽深，没有阴森，唯有清朗祥和与光明。这份清暖不光刻在佛像的面部，也写在殿内僧人的脸上。

我从来相信相由心生，更相信心地澄明的力量。在这样清暖的面容前，那些打着菩萨名号变相讹诈的所谓高僧，那些为求富贵显达不择手段的小人，那些终日为欲念所困的凡夫俗子……没有谁不会感到心灵的微颤。为僧人们做饭的厨师来自长沙，在藏经殿做了多年义工。扫地的中年人是南岳本地的，住在山脚下经商，但每年都要到藏经殿做一段时间的义工，并赠送一些日常用品给僧人。殿内有僧众或信徒抄写的各类佛经，纸质精美，细看那小楷，一笔一画，功力非同寻常。方丈告诉我们，这些佛经客人若喜欢，便可免费拿走。我心下大喜，选择了一幅蓝底金粉写成的《心经》小楷，细看落款：丁酉秋佛弟子释觉云恭书于藏经殿。他会恰好是给我布施的那位年轻僧人吗？书法原本可以看出一个人大致的年龄与性情，可面对这样中规中矩的小楷，我竟一筹莫展了。

思忖间，进来一个香客，他双手合十跪拜于蒲团上，神情极为虔诚，动作极为舒缓轻柔，小心翼翼屏息凝神，似乎生怕扰了殿内的这份清雅。他是第一次来还是经常来，是特意还是偶然？

就像我，初识藏经殿竟是因为饥渴迷路而邂逅。坐在殿前的长条石上，啃着僧人布施的苹果，苹果的甜香湮没了美景留下的记忆，但却深深刻下了内心的悲悯与美好。

我深信美好的力量，也迷恋世间一切美好的事物。无论是容颜、身姿，还是风景、情感。

我有深深的预感：有一天我还会独自来到这里。不做匆匆过客，不为前程富贵，只为这一棵棵穿越了许多年代的古树，只为这一个个流传了许多年代的故事，只为这悠久的殿宇所释放出来的美好的力量。

独步藏经殿

藏经殿雪凇 / 传舜法师摄影

据资深驴友介绍，南岳最美的雪凇有两处：一是藏经殿，二是曾国藩古道。看一场南岳藏经殿的雪凇，是我多年前的夙愿。这份执念像是痴心男女对初恋情人的渴盼，寒冷孤独也好、班车停运也罢，没有什么可以阻挡一颗坚定热切的心。一次说走就走的旅行，独步是最轻盈、最浪漫的风景。尤其是去藏经殿这样幽远的禅寺，喧嚣显然不合适。我像一朵晶莹无惧的雪花，飘飘悠悠，辗转乘车三个小时，等候索道两个小时，背包疾行三个小时后，终于飘落在藏经殿前的雪地里。此刻，天色近黑，殿内灯光隐约，大殿雄姿依稀可辨，出寺来迎接我的传舜法师给人以亲人一般的温暖和贴心。

卸下行囊，也卸下这一路的疲惫。平生第一回在冰天雪地里负重登山，平生第一回独自去一个陌生的地方，我心怀感恩：没有摔伤，没有迷路，没有遇上坏人，且在天完全黑下来前成功抵达。

生平第一回夜宿山寺，许是斋饭太饱，许是水声滴答，许是心绪起伏，零点后我方入睡。次日醒来，迫不及待出门观望。一声尖叫囊括了我全部情感。当时 7 点 40 分左右，天地之间云山雾海，雪气弥漫，我如同置身太虚幻境。大殿在仙境里朦胧缥缈，侧面观望，除却飞檐、除却殿前三个巨大的香炉依稀可辨，其余都被云雾雪藏。殿内灯光若隐若现，钟声悠扬。这平和坚定的钟声似乎有穿云破雾的力量，它让人感到无比的喜悦、安定。

放眼望去，没有一棵树木不被征服，没有一片绿叶可以张扬，没有一株杂草可以展颜。厚重的积雪像一床巨大的棉花被铺满了一切，包裹了一切。我戴着半截露指手套拍照，拍了一分多钟，手指头感到钻心的疼痛，不得不进屋取暖、喝茶。

煮茶的阿兰气质不凡，眉清目秀，个子高挑，厚重的僧服遮不住身形的窈窕；做饭的阿香，个子不高，一脸富态，曾坐拥千万身家。年纪轻轻的她们为何在此？她们的笑容是那么平和坚定，我无法想象这笑容背后的故事会有多么沉重。也许一切都是世人的妄测，什么都没有，什么都不是。就像踏入藏经殿的我，只为赶赴一场雪凇的约会，并非想要皈依；就像千余年前的南朝贵妃张丽华，皈依于此并非发自内心的虔诚，不过是避难的无奈。

10 点 40 分左右，云岚散尽，大殿真容始现。红墙金匾在洁白的天地间遗世独立，桀骜不驯与端庄持重完美统一。我突然就有了踏雪起舞的兴致，踏着这洁白厚实松软的地毯，就着这明艳清丽的背景。阿兰为我设计造型，传舜法师举起手机抓拍。

这位 70 后的年轻法师远离广东故乡，在南岳山上清修了二十年。说话不紧不慢，既睿智又诙谐幽默。没有车辆直达山寺，每一份物资都得靠他开车去山下购买，或者托人捎运。这样的季节，寺内每月仅电费开支就达四五千元之多，如果没有宣传推荐，没有香客信众供奉，不要说改善僧人生活待遇，正常运转都是问题。

我亲眼见过夜宿山寺的游客接过毛巾、牙刷时的激动，在离别的清晨，法师又拿出雨衣相送。

大殿后右侧是"古华居"，这铁瓦石屋系国民党少将刘膺古 1937 年所建，取其名中"古"与夫人李爱华之"华"合而为名。伉俪已乘黄鹤去,石屋深锁旧时情。传舜法师带领我们一行五人来到"古华居"前,此处地势更高,雪凇景观更为独特。厚厚的雪凇压弯了无数枝干,压不弯的依然直指云天。我们沉醉在洁白晶莹剔透的世界里,沉醉在雪凇枝条交织出的图案里,忘记了奔跑、跳跃、欢呼。我甚至叮嘱扛着相机的摄影师,穿行树林间,轻一点儿再轻一点儿,小心蹭落了枝条上的雪凇冰晶。

阿兰手持自拍杆一次又一次匍匐在雪地上取景,美景当前,严寒是可以忽略的。

前行200米左右至允春亭,积雪已将石亭化作冰雕。该亭建于1935年,系国民政府湖南省建设厅厅长余籍传为母祝寿所建。这世间的恩爱与孝心倘要流传总是少不了外物的凭借,或是实物或是文字或是习俗。而那些沉默的则如云岚消散于天地间,无迹可寻,无忆可追。流传或消逝都是好的,张扬与归隐并不矛盾,只要是你内心深处真实的声音。

山风在耳旁呼啸,皮靴在雪地上咯吱,这幽远的山寺并非寂静的童话世界。贵妃的梳妆亭和美容池还在,朱元璋钦赐的《大藏经》还在,大殿脚下的红尘小道上似有伉俪并肩而行的踪迹……他们穿越了时空的风雪与我相拥。

我仿佛是在藏经殿内修行了千年的白狐,千年守候千年祈盼,只为最初的心动与眷恋,只为这一刻与雪凇的遇见。

寻聚衡山

南岳中山沟 / 宋林芝摄影

记不清第几次来到衡山，在我心中，南岳与衡山从来没有被严格地区分。萱洲的花海、古渡，老龙潭的飞瀑、流泉，呦呦谷的奇石、异草，藏经殿的云岚、雾凇，中山沟的险峻奇峭、岳北农工会的风云突起……这个春天，乘着春风，再次来到衡山，有觅芳的雅兴、问道的虔诚，还有寻亲的憧憬。

萱洲花事正盛。里石村里，粉红或玫红的桃花与纯白的李花、金黄的菜花交相辉映。花在梯田里层层叠叠，错落有致，异常灵动。相较于一望无际的花海，萱洲的春花独具天然雕饰的韵味。花正热闹着，经霜历雪的桔仍在枝头顽强。有花有果的世界，是人间最美的景。

眼前桃之夭夭，灼灼其华；梨花带雨，明净动人。数月之后，桃熟李香，又是另一番盛景。早就听说萱洲的红脆桃（又名猪血桃）很有名，作为国家级地理标志产品，它悠久的种植历史虽不及皮影、纸雕那般久远，但亦有百余年的历史。

衡山皮影起源于清朝顺治年间，传承至今已有近四百年的历史。2006年，被列入湖南省省级非遗保护名录。2014年，被联合国教科文组织列入《人类非物质文化遗产代表作名录》。

在省级非遗传承人欧阳新年先生的皮影展览馆里，满屋制作精美的皮影仿佛在述说一个又一个古老的故事。老人家七十五岁高龄了，唱起皮影戏来，依旧精气神十足。

如果说欧阳新年先生是演唱皮影的大咖，现年八十岁的刘武阳先生就是皮影制作的祖师爷。两位老搭档，一人演唱，一人制作，合力将衡山皮影推上了人类历史文化的巅峰。

来到萱洲，必去瞻仰刘锦公祠。一笔难写两个"刘"字，五百年前一家亲。伫立在萱洲古渡旁的刘锦公祠前，看那雕花飞檐，斗拱彩绘，历史的悠远沧桑仿若祠堂前浩渺的江面。刘氏子孙，有的毕业于西南联大，信奉共产主义；有的信奉三民主义，在解放前夕去了台湾。

当我听到刘氏第21代传人，刘锦公的第7世孙刘东山老师讲起那一段手足分离的历史，立即想起老父亲讲过的家史：民国时期，祖父的长兄刘明玠为了躲壮丁来到衡山，最终在衡山成家立业。生四子，分别为孝益、孝菊、孝青、孝吉。长子刘孝益曾参加过抗美援朝战争，隶属于空军某部。其子大婚时，祖母尚健在，父亲当时无法抽身，伯父、叔叔等人前往衡山赴宴。接待很是热情，还打发了价值不菲的衣料。

后来，家庭屡遭变故，生活的艰辛将这份千里迢迢的血亲一直搁置在父亲心底。听叔父追忆，似乎是衡山新桥堆积大队。几年前，我曾委托衡山县委办的一位副主任打听，可惜未有音讯。血缘便是如此奇妙，即便从未谋面，亲切感与挂念从未改变。

祠堂前立着白马将军塑像，纪念不幸遇难于衡山的革命党将领黄少泉先生。因此，萱洲古渡又名"黄公渡"。

我曾以为萱洲是衡山最闪亮的名片，当我参观完永和乡的湘江大源渡二级航道工程及开云镇的民族乐器生产基地，俯瞰过中洲岛上的中华秋沙鸭（国家一级保护动物，世界濒危物种）、细读过松坳村的龙狮赞文化墙后，我觉得我对衡山的了解真是肤浅了。

开云镇的师古桥村恐怕是衡山最魔幻的村子了。在育贤文化有限公司的民族乐器展厅里，五花八门的民族乐器令人目不暇接。原来民族乐器种类如此丰富，原来一根弦的琴果真存在。我一直以为笛子、胡琴、葫芦丝等这些阳春白雪的乐器必是来自云南、广东等遥远的异乡，没想到此刻就在我眼前，就在师古桥村民的手中加工成型。这里的村民仿佛人人懂音律，个个是匠人。仅凭一双制作乐器的巧手，便圆了发家致富的梦。

衡山于我，常来常新。十年前，我首次随红叶乐团的朋友们到访萱洲。那时码头边所有的房子顶着原汁原味的"脸"，古石阶两旁全是木质的老雕花窗。在萱洲的江畔，我踏歌起舞，身形幻化成江面那只悠游的白鹭。

多年前，我随女作家群的朋友们再次来到萱洲。那天下着细雨，一群女子撑伞观花，亦别有一番诗意。至今记得地皮菇的细柔，艾草粑子的清香。

今天，当我随衡阳市作协的文友们走进衡山深处时，目之所及，花海、美食、江水都算不得重点。在开元镇师古桥村，我想买一把葫芦丝，请作坊的老板帮我试音挑选。老板随手操起一个，放在嘴边一吹，便是可与专业媲美的《月光下的凤尾竹》。在松坳村的龙狮赞展厅里，唱龙狮赞的村民即兴演唱，出口成章成腔。

萱洲古渡的江面还是那样温柔，它温柔地带走了衡山世世代代子民的喜怒哀乐和爱恨情仇。那些它无法带走的，便以文字、音乐和图像等形式流传至今，譬如影子戏、纸雕、龙狮赞、古建筑等。

衡山境内有一条非常美丽的河，名叫涓水河，河上曾有一座饱经沧桑的木桥。清朝雍正年间，有位乡绅将木桥换成了石桥，从此改名为"新桥"。百余年前，这里是曾国藩湘军团练进出湖湘的必经之路。我从未去过新桥，也许有一天，当我踏上这座石桥时，迎面而来的就是被老父亲挂念了一辈子的血缘至亲。

常宁山水自空灵

连理枝下 / 唐东平先生留影

我是个爱屋及乌的人，对于常宁的好感，首先源于对常宁人的好感。同窗姐妹、文朋笔友……周边的常宁人无不热情、淳朴、厚道。这让我对常宁早生亲切向往之情。

曾去过常宁的庙前镇，那儿有中国印山，它是常宁吸引天下目光的闪亮名片。此处的山是险峻的，石是奇怪的，山上树木稀疏，五千余枚鲜红的印章像是在点缀又像是在昭告：看！我们永恒了！许多人因为印山而走进常宁，这是常宁的财富，也是人类的财富。如果世世代代传承完好，有一天，中国印山也许会像永顺的老司城遗址那样，最终被列入世界文化遗产名录。

倘若说印山是自然与文化的天作之合，那么石马地质公园就纯属大自然的鬼斧神工了。这是一个完全原生态的景点，我们去的时候，没有售卖门票，我们请了村里一个导游，是个小姑娘。常宁是石头与清泉的世界，石头或趴或卧于草丛，或拔地而起，兀然成山。石旁或石下常有清泉涌出，水质甘甜可口。足下所经，皆为山泥杂草丛生路，小姑娘像一只轻捷的小燕子，走走停停，在前边引路。竹海长大的我从未见过如此奇特的石林，一座座姿态各异，密布山谷。石林中，层层落叶枯腐成松软的山路，深绿的兰草、暗褐的灵芝、肥白的树蘑……随处可见。途中经过一山洞，伸手不见五指。我打开手机的手电筒，只见四壁亮光闪闪，随手一抹，满手银光。常宁多矿产，这石林可能正是某种矿产的富藏地。

石林最狭窄陡峻处，名为一线天，是一道从上而下的石缝。单瘦如我，也只能侧身挤过。

因为时间关系，我们来不及参观附近的财神洞，但是常宁的美，从此便在我心中根深蒂固了。

后来，我又去了常宁的柏坊、胜桥、大义、白沙等地，常宁之美在我心中日益厚重。

常宁白沙昆帽峰上，有一古庙，庙门两侧有对联：乾坤都到眼，日月正当头。当中刻四字：果是名山。传言对联为明朝正德皇帝手书，庙中曾有一女尼，姿容绝美，系正德皇帝生前红颜知己。站在庙前坪地里俯瞰，山水尽收眼底，颇有王者至尊气象。

参观完毕，我们冒雨下山，山路原始崎岖，苔藓密布，极为湿滑。自幼长在山中的我，也从未行过如此崎岖滑腻的山路。前边一位男士，摔倒数次后，裤子磨出两个窟窿。我跟随其后，小心翼翼，暗生几分得意：这一路上，我可没摔过。心念小动时，脚下踩着一蓬糯米草，"噌"地一声滑出老远。幸好身手敏捷，未着地，又抓了一把山藤立起。这一滑，把身后的朋友吓得个个大叫。

常宁山多险奇虚幻，水则秀美可人。境内有宜水，水面不宽，两岸青绿枝丫掩映，有多情亲昵者，延展至河心，枝叶入清波，清波濯绿叶，相亲两不厌，好不欢喜自然。

河水清浅处，石头露出河床，溪底砂石、游鱼、水草历历可见。河水幽深处，水色碧蓝如玉，似有漓江之静美，九寨之神秘。宜水不似耒水，汉子般辽阔浩荡；不似蒸水，妇人般曲折深远；它像不谙世事的少女，穿林而出，脚步轻盈腼腆。

我与宜水的遇见，一见倾心，再见倾情。为何如此钟爱于她？因她元气满满的少女感吗？因她两岸葱茏的林木与植被吗？从没有哪一条河流让我如此心动！无论是浩荡的雅鲁藏布江，还是蜿蜒曲折的沱沱河；无论是秀色夺人的沱江，还是闻名天下的漓江。

这种心动让我对常宁念念不忘，后来每遇见常宁人，我都要提起宜水，提起她的清澈秀美。这种心动一直持续到我邂逅舂陵水的时候。

那年8月，我随衡阳日报社消费扶贫自驾车队走进常宁白沙。去之前，便被阿兰预告了舂陵河的清澈，眉毛酥的可口，白沙烧饼的地道。尽管早有心理准备，当我沿着古码头的石阶一步步下去，直至看见舂陵水的全貌时，我还是忍不住"啊"的一声惊叫起来。

这不是一条河，而是一泓巨大的泉。清凌凌的水倒映着蓝蓝的天、白白的云，青山在河畔也在河心。河对岸是耒阳，一齐耳短发的小姑娘划着舟，自对岸而来，转瞬行至岸边。她跳上岸边的石滩，一阵风似的，跑到白沙古街的铺子里，买了一大包眉毛酥。上船时，她掂出一只金黄的酥来，背着阳光，抛向空中，仰起头，贝齿一叩，那只酥便准确落入她粉嫩的小嘴里。小姑娘冲我眯了眯月牙似的眼，嘴里咬着酥，双手划着桨。短发一晃一晃，笑容一漾一漾，小舟一点点远去。生女若如此，今生有何憾？我突然嫉妒起那只酥来。

三百多公里的舂陵河，流经蓝山、嘉禾、新田、桂阳、耒阳、常宁、衡南等县市，以此河为界，左边是耒阳，右边是常宁。

如果我的泳技足够高超，此刻，我便可一个猛子扎入河中，几分钟内游到河对岸的耒阳，呼朋引伴饱餐一顿耒阳粉皮、大和鱼、喙螺后，再横渡舂陵河，回到常宁白沙古码头。曾经，与一位耒阳老司机聊天。我说，你们耒水河的水来自郴州东江湖，水质真的不错！师傅先点点头，后又不以为然道：比起我老家仁义镇的安河，耒水河就不算什么了，你知道在泉水里游泳什么感觉吗？安河即是耒阳仁义人对春陵河的别称，这种别称就像蓝山人称其为钟水，桂阳人称其为灌水。

　　这辈子，我是没有机会成为一个常宁人了。但命运是如此恩宠，安排我成为诸多常宁人的好友，让我一次又一次踏上这片美丽神奇的土地，领略它的山水空灵，兰心蕙质。

常宁白沙春陵河 / 唐晓衡摄影

田螺姑娘嫁常宁

常宁印山／崔建华摄影

喜欢螺蛳粉的朋友一定不会忘记广西柳州，那里是螺蛳粉的原产地。田螺是螺蛳的近亲，在广西梧州，人们对于田螺的热爱保持了数百年的热情，田螺排档遍布梧州大街小巷，梧州因此成为田螺养殖重地。2021年，常宁竹塘村人"爱"上了梧州的田螺，他们将"心爱"的田螺姑娘连同养殖技术从梧州带回常宁市官岭镇竹塘村。

竹塘村山环水绕，环境清幽，但留不住外出务工的人们，弃耕弃种的农田山丘遍布杂草和杂树，一片荒芜冷清。为了安置好田螺姑娘，村民们不惜下血本。他们在衡阳市委宣传部派驻竹塘村乡村振兴工作队及官岭镇党委政府的大力支持下，成立了常宁市辰星田螺农业专业合作社，先后投资一百多万，开荒、挖塘、弄灌溉工程。晒脱几层皮，磨破好多衣，终于将荒田荒山开辟出三百余亩镜子般的小池塘。一层一层，梯田似的布满房前屋后。

池塘水深二尺多，可以清楚地看见田螺姑娘懒洋洋的睡姿。青苔、菜叶、米糠、麦麸、玉米粉、豆渣……每天吃饱喝足后，就寻找荫凉之处静养一身圆润。她像贵妃般怕热，水温超过30度，她便热得啥也不想吃；水温超过40度，那等于要了她的小命；她又像黛玉般怕冷，水温低于10度，那就钻进草丛或泥巴里藏起来吧，水温若是再低，那就藏得再久再深一些。总之，严寒无法对她构成致命的威胁。

这么热的天，村民们盯着曝晒之下的池塘，胸口有点儿发紧。养一池荷花为田螺姑娘遮阴降温，但是今年，种植荷花的季节已经错过。

她是否也害怕孤单？将鳝鱼、泥鳅、草鱼、禾花鱼等投放池塘。鱼儿们很厉害，它们快速消灭塘中的水草，免得水草与它争夺水中的氧气与养分。田螺姑娘是无比羞涩的，白天她像禁足的闺秀。太阳落山后，月亮升起时，她才在夜色的遮掩下出来觅食，甚至爬出水面乘凉。她蠕动着圆滚滚的躯体，一步一步爬上池塘壁，缓缓地移开厣皮，露出肥白的身子，甚至惬意地伸出两根触角，自在地招摇。她万万没有想到，敌人就在不远处窥伺，当月光映着她的丰腴时，藏在黑暗中的老鼠像利箭般射出，一口咬住她的肥白就往岸上蹿。为了保护田螺姑娘，合作社胡总特地购买了高科技产品——声波灭鼠器。

没有人会怀疑田螺姑娘的鲜美，就像夜夜窥伺的老鼠，它们已经中了田螺姑娘的蛊。在追求轻盈苗条的时代，如果要食用一种食物，营养丰富又不会导致肥胖，田螺姑娘将成全你的梦想。她富含维生素A，可以清热明目，提高视力，缓解眼部疲劳，预防夜盲症；在治疗黄疸病、痔疮、狐臭等方面具有良好的功效；她能够醒酒安神，加速酒精在人体内进行分解，使其快速排出体外；她安神助眠，对神经衰弱、精神紧张有缓解作用；她消炎止痛利水消肿，对于肾炎和妊娠造成的身体水肿、风湿性关节炎、湿疹、中耳炎、胃痛、胃酸、身体局部肿痛等病症，田螺姑娘都可以起到良好的缓解作用；她滋阴补肾，产妇由于妊娠面临身体水肿、腹部疼痛和子宫下垂等病症，均可以通过田螺姑娘缓解；婴幼儿食用田螺可以补充钙质和磷质，促进生长发育。

她丰腴的肉身每100克约含蛋白质10.7克、脂肪1.2克、碳水化合物4

克、钙 1357 毫克、磷 191 毫克、铁 19.8 毫克、硫胺素 0.05 毫克、核黄素 0.17 毫克、烟酸 2.2 毫克。

池塘养田螺，塘角种紫苏。没有紫苏相伴的田螺姑娘人气是不够的。将她洗刷干净后、沥干、掐尾，用紫苏、蒜泥、姜末、豆豉、花椒、辣椒等作料腌拌一会儿入味，茶油烧滚，倒入田螺及作料，一边翻炒，一边加少许泉水，以免螺肉老硬，熟后鲜香四溢；喜欢喝螺汤的，可加入一两勺山泉水、酸笋、酸藠头及魔芋之类一锅焖，焖至汤汁浓白时出锅，尝一口，酸辣甜鲜嫩皆备，胜过世间无数珍馐。故梧州民间有谚语"鸡汤甜，鸭汤腥，饮着螺汤不抬头"。

远嫁常宁的田螺姑娘在竹塘村开心地繁衍生息，衡阳市委宣传部的领导们亲自来看望她，央视频"看见湖南"及"人民交通网"等众多媒体纷纷报道，学习强国有她的踪影，今日头条有她的介绍⋯⋯她一年繁衍三次，将为竹塘村百姓带来源源不断的财富。每亩水塘可收获田螺姑娘 1000 公斤，按 10 元/公斤的价格计算，每亩的收入约为 10000 元，剔除人工、饲料等一切成本，每亩纯收入不低于 5000 元。

我曾好奇地问合作社的胡总："养这么宽的面积，你就不怕有人偷吗？"他大手一挥，豪气地回答说："不用偷，谁需要就送给谁，让村民们入股分红。"

常宁竹塘村田螺基地／刘望春摄影

神游相市

洛夫故居 / 陈学阳摄影

相市是适合神游的。

逆耒水而上三千里,场景切换到一千八百余年前的东汉。蜀相孔明手执鹅毛羽扇,长衫翩翩,乘一叶扁舟飘然来此。他登岸的渡口,相市人称"相公渡",渡口的江滩相市人称"相公滩"。千古名联横空出世:相公堡,相公滩,相公坐船相公撑。据传千余年来,至今无人对出上联。

联虽寂寞,相市却温热长存。虔诚的相市人为孔明修建了相公祠、相公塔,世代维护坚守。相公祠旁,一株古樟枝干遒劲,华盖般荫蔽着祠堂一角。祠内塑有孔明金身,千百年来,孔明在老百姓心目中神明般的地位由此可知。建筑占地近两千平米,前为孔明祠,后为观音寺,红墙翠瓦、飞檐彩绘,石狮、石香炉，甚至庙旁的垃圾回收箱也是石头打制，足见建筑者用心之精细。

欲寻孔明之踪，祠堂右墙上有文字，清泉县志载：蜀相诸葛孔明，督赋蒸湘，常泊舟信宿于兹。"常"字言往来之频，"信"字言往来之随性适意。相市之于孔明，莫非如水与鱼的相遇？凝视眼前这条耒河，它的宽阔与平静令人惊叹！没有波浪的江面像饱经忧患的人生，经历愈多，接纳愈多，反倒愈加平和宁静。江中遍布水草，水色幽暗不知深浅。江心的小岛，树木葱茏，像是笼罩着遥不可及的秘密。江边漂浮着紫花凤眼绿叶的水葫芦，它们一夜之间漂来簇拥，一夜之间又散去无踪。

我终是没能登上那个小岛，有些美景只能远观，有些圣地只能神游，有些先贤只能神交。此刻面临耒水的我，穿越千载直抵东汉。耒水悠悠，孔明乘舟踏浪而来，饱经战事的孔明，出蜀临湘督赋，想来是有出差休假般的惬意，没有文字具体记载他是如何亲民爱民的，但相市人千百年来种种缅怀已足够证明孔明的人格魅力；明崇祯十年（1637年），徐霞客移舟而过，其日志记载"乘月随流六十里，泊于相公滩，已中夜矣，盖随流而不棹也"。乘着月色泛舟耒水，满载一船星辉，顺流而下，这面美得令今人神往；甚至不难想象，当年的杜甫出成都入湖南，也必然是舟行于耒水，经过相市滩渡，这是杜甫人生中最后一次舟行耒水，也是最后一次欣赏"星垂平野阔，月涌大江流"。热情的耒阳令用牛肉好酒款待远道而来饥肠辘辘的诗圣，竟无意间要了诗圣的老命。

来到相市，我不得不留下叹息，叹息我出生得太晚太晚！错过了一千八百年前的孔明，错过了一千二百五十年前的杜甫，错过了三百八十二年前的徐霞客，就连名满天下的"诗魔"洛夫先生，我也不幸错过了。

我所能见的，是先生的遗像。在洛夫故居的青砖墙上，悬挂着洛夫先生及其家人不同年代的照片。堂屋正中，老人家满面笑容，慈祥地看着每一位来客，看着青苔一天天爬上近沟的地面，看着燕子在扎实的房梁下一点点衔泥做巢，看着蜘蛛在屋角一根根吐丝织网……我站在老先生的遗像前，恭敬地鞠了三个躬：对不起！老先生，我来得太迟了！因为风的缘故，我来寻找芦苇弯腰喝水的地方，顺便请雁群在天空为我写一封长长的信，捎给远在天国的您。

这时节，故居外的柚子树和橘子树全都挂满了果，红的黄的，像一盏盏热闹的灯笼。每一棵树下，都有落下的柚子和橘子。树上的无人采，树下的无人拾，我心疼这些果子。钻进果林，捡了四五个柚子抱在怀里。果林的女主人热情打招呼：摘树上的吧！反正不摘也掉了。我笑着说谢了，捡是意外、是爱惜、是惊喜。相市人家家户户土产多如牛毛，四季蔬果、五谷杂粮、茶油、菜油、烧饼……吃不完的送人，送不完的喂猪喂鸡喂狗，喂不完的再或晾干或腌渍，无暇晾干或腌渍的，那就任其自生自灭吧。这富有的女主人大抵是一辈子也难得体会到我这种"捡"的快乐的。

我乘车载柚而去，吃完中饭方觉，脖子上的布帽不见了。这顶布帽陪伴我赏过神山冰川、走过可可西里、拜过布宫……我立马丢了碗筷，租了一辆摩的，直奔故居而去。寻遍了故居每个角落，甚至钻进先前那片果林，终是一无所获。女主人站在屋檐下冲我朗声招手：妹子，进屋吃个中饭吧！这份淳朴好客亲切得像我娘家人。

我的懊恼瞬间消失得无影无踪。车子在洁白的油茶花间穿行，我牵挂的布帽竟然落在坐垫上方的靠枕上，这种失而复得的兴奋让我成了花海中的无忧蝶，扯过一朵朵油茶花，拨开细密的黄蕊，吮吸正中浓香的花蜜。

这片茂密的野茶树林，孔明来过吗？倘若来过，相市油茶之盛是否也有孔明的功劳？杜甫与徐霞客途经耒水，想来是没有时间光顾茶林的，但漫山茶花的清香和满街榨坊的油香，氤氲于耒水烟波之中，他们泛舟而下时，记忆里一定烙着相市的花香油香。

来到相市，携一只月光宝盒是必须的。在宝盒启闭之间，纵情穿越今古，放空思绪，放松四肢百骸，放下俗世纷扰，让灵魂飞离笨重的躯壳，飞向高远的天际。我们将看到：历史的天空里，群星璀璨，那些最灿烂的都曾在相市的上空留下永不消逝的光。

耒阳竹海

耒阳竹海 / 刘望春摄影

早就想去耒阳。

想去耒阳不是因为蔡伦、因为耒水，而是因为竹海。

许多人带着向往而去，而我却是带着三分好奇、五分挑衅。

耒阳竹海到底有多大？有多美？美得过咱老家九峰竹海吗？是宣传推介工作做得好，还是竹海确有动人之处。这心态好比街头偶遇美女，若非亲身考证，我是不会相信她天生丽质的。这年月，原生态美景和原生态美女都是稀缺资源。

去竹海的路有两条，一条是高速公路，一条是沿耒水而行的普通公路，我们选择沿耒水而行。耒水的宽阔令人惊叹！竹林沿耒水逶迤前行，不高，但是优雅娴静，层次分明。竹林倒映江心，水色碧翠。说耒水有漓江之静美，也不算过分的；说耒水有雾漫小东江之幽秘，也不算虚妄的。耒水有多悠长，竹林有多悠远。仿佛乐曲的前奏，尽情地舒缓着、悠扬着，只为铺就中心景区的高潮。作为我国最大的连片竹林，作为举世闻名的蔡伦造纸术取材地，耒阳竹海想隐居深闺都很难。

竹海长大的我对于竹子是百看不厌的，对于竹笋是百吃不腻的。一路行来，目之所及，除了竹林还是竹林。深深浅浅的绿在秋阳的照耀下格外夺目。莽莽苍苍的绿色使人忘记了晚秋的缤纷，误以为跳过寒冬，直接步入了春的世界。在所有苗木里，我以为竹子是风姿最美的。可以刚直，可以婀娜，能屈能伸。一切跟竹子有关的都是美的。七贤纵情的竹林、郑板桥的墨竹、黛玉潇湘馆外的竹林、洞庭的斑竹……"宁可食无肉，不可居无竹"，同行的云生兄家在竹海深处，看他硬挺的身板、清朗的神韵，不得不感慨山水风物对人影响之大。再细究他的名字——云生，"白云生（深）处有人家"，想来他的父母乃是诗情画意之人。

我们沿着景区旁的公路上山，山路有些陡峭。饥肠辘辘的我们来到一户竹海人家，主人生意很好，院子里坐满了客人。木质的圆桌，竹制的椅凳，抬头是竹子搭建的凉棚。石阶边有个木炭烤炉，烤炉上搁着一溜儿小竹筒。进得屋来，一个大方木桌上摆满了翠绿的大竹筒。"石阶边是竹筒饭，这是竹筒酒。"驾车的帅哥告诉我。菜端了上来，我最爱吃的笋干居然是鲜嫩辣爽中透着酸劲儿，与九峰老家口味大为不同。关键就在这个酸字上，这酸虽酸，但酸得平和清淡，不像柳州螺蛳粉里的酸笋那般呛人。我向来无酸不欢，于是赶紧向店家讨教酸笋制作技巧。云生兄很热情，特意点了一个竹筒饭给我。店家拿过刀子劈开，一股竹香伴着热气扑面而来，盛进碗里细看，原来是糯米、腊肉、杏仁、核桃、提子干的大杂烩。入口绵软香甜，让人不忍速咽。我一边品尝，一边思忖：如此成熟的竹海农家乐，九峰山中怕是还没有吧。

为了节约时间，我们将车子停至半山腰。眼前有人影晃过，原来是游客乘竹海索道下山。这倏忽而过的身影突然令我想起电影《卧虎藏龙》中的镜头了：竹浪滔滔，章子怡扮演的玉娇龙施展绝世轻功，亭亭玉立于竹梢之上，眉眼间尽是杀气。如果没有竹海的衬托，这部影片恐怕要减去三分之一的美与险。听说片中的竹海取景于浙江安吉、安徽黄山翡翠谷、四川宜宾的蜀南竹海。可惜，导演李安没来衡阳，若来，他也许不必奔波三省取景了。

山路曲折蜿蜒，愈来愈陡。满目翠色里，一座红色的阁楼高耸于蓝天之下。"到顶了！"驾车的帅哥介绍道。我不得不承认：和老家九峰一坡顶上那座被风吹雨打了数十年的瞭望台相比，眼前这座阁楼的确美丽了太多。阁楼很高，貌似有七八层。站在楼顶凭栏俯瞰，每个角度都是翠色长卷，间或有些留白，可能是竹海中的民宿。

下山的路格外轻松，云生兄带领我们走到竹林间留影。我看见不少竹子上刻了字，忍不住吐槽游客的素质。云生兄笑道："这些字都是竹海中的山民自己刻的呢！"原来是刻字标明所有权呢，看来世间有些牢骚大可不发。

站在这片竹林间细察，我诧异于竹林间的干净，除了绵密的竹叶，几乎再无其他。如此纯粹的竹林，我平生第一次见。

"挖了，连根挖了，以前这竹林里全是野花、野果、杂树、野葡萄、藤李子、脆米果到处都是。"我听完，忍不住心头一颤，当下就想起封建社会里女子的裹足来，为了追求弱柳扶风的美，硬生生将足骨拗断、包裹成型。"你看，这片竹子叶色偏黄，大自然是讲究生态平衡的，强行破坏不得。"云生兄的声音里分明有叹息。

我们来到他的老家，古朴的抖墙屋[①]，右侧是竹制的长廊，两位老人坐在堂屋前晒太阳。我端详了一番长廊，不得不佩服能工巧匠的智慧。飞檐翘角极为精致古朴，连瓦面都是用剖开的竹筒拼接而成。想我老家那满山的竹子，年年岁岁，枯荣随意。看了云生兄家的竹廊，真的很想即刻飞回老家，打造一幢竹木小屋。

听说竹海中还有天然的喷泉，有古朴的石板路。可惜，步履匆匆，无法一一体会。我这颗好奇、挑衅的心在收获了美景、美食及众多感想之后，已经变得非常熨帖，甚至还生出几分留恋来。

---

① 抖墙屋：湘南地区一种古老的建筑物。

又见耒阳柿子红

鹿岐峰观音禅寺 / 刘望春摄影

　　向来以为，柿树是北地的风景：黄土高原的山谷沟壑，一树树红灯笼映着窑洞土窗。树下走过几头毛驴，系着白羊肚毛巾的老人蹲在树下吧嗒吧嗒吸着旱烟。

　　时隔数年，再赴耒阳，步入余庆办事处东塘村。秋阳下，一树又一树红灯笼在青山绿水间招摇。

　　南方竟有如此高大的柿子树！我平生第一回见。数年前来耒阳，那个名叫泗门洲的地方，有座气势恢宏的佛寺，大雄宝殿空间之高，非一般寺庙能及，令人深感震撼。

　　从佛寺出来，我瞥见寺旁的后山上，一树树通红。当下心生好奇，那是什么？过去看看？同行人道：走，去看看！后山几乎没有路，我们拨开荆棘杂草，绕过一座墓地。近了！近了！我忍不住惊呼：柿子树！一棵又一棵柿子树，红彤彤的，遍布整个山头。野生的柿子树不是很高，但柿子极红极大。

我们当了先锋，后面一行五六个人闻风而来，欢笑惊叹充满了山林。我们先用手摘，手够不到之处，用棍棒敲打。一高人道：莫敲莫敲，我来吧！只见他轻捷如猿，三两下蹿上树，踩住粗枝，一摇，落柿纷纷，我们在树下争相捡拾。

提了二三十斤柿子回家，坚硬的柿子日渐软和。但奇怪的是，它们一边柔软一边发黑，最后成了一摊柿水。我这才反思，许是采摘方式有误。外表坚硬的柿子像那身披铠甲的女子，内心无不向往人间极致的柔情。但凡受了一点儿磕伤，最后都无法成熟定型。

一晃数年，那些红灯笼一直在梦里明明灭灭，去年的邀约今年方才成行。今年摘柿的地方不是泗门洲，而是一个名叫东塘的小村。离城区一个小时左右的车程，路愈来愈陡窄，林木愈来愈茂盛。山野间散落着红瓦白墙的别墅与青瓦黄墙的土砖屋，道边是缀满柚子橘子橙子的果树，偶有几株栗树夹杂其中。

车轮在村道上翻滚，车窗外的山头上，晃过一树又一树高大的通红。女人们大呼小叫：停车停车！拍照打卡！开车的是个"耒阳通"，一脸不屑道：这些小树，有什么看头？！

这些树无一不比泗门洲山上的柿树高大，我暗想：难道还有百年古柿树不成？

到了目的地，方知司机真有不屑的理由。位于村部下方的屋场，那棵巨大的柿子树，树干比一个大澡盆子还宽大，树身密布青苔，满树果子在秋光里灿烂。不远处的路旁，立着一株栗树，栗球不大，栗子却不小。这一堆，那一堆，无人问津。我弯腰拣了几颗圆滚滚的栗子，又捡了一大堆栗球，用马丁靴的鞋底旋开咧嘴的栗壳，弄了大半斤栗子。我奇怪村人的淡定，村支书笑道：没人要没人吃，都看腻了咯！村人瞅着我们的眼神，很像大观园里的主子打量刘姥姥。吸取几年前摘柿子的教训，东道主真是用心，特地网购了两根五米长的摘果器。柿树真高啊，摘了一会儿，五米的长度已经不够。一人噌噌地上了树，身手之轻捷，常人望尘莫及。树下张望的人，心也跟着悬在空中。这古树少说也有一百二三十年，树干上全是溜滑的青苔，这还不算，偏偏它的底部还少有分枝，大些的枝丫全开在七八米高的树身。底部有一根小枝，脚刚上去，树枝就咔嚓一声断了。像那饱经风霜的老人，身子骨很脆。

树上的一双脚左探右探，找不到安心的地方。树下的高喊：下来下来，小心摔了！

开车的最忌讳坐车的讲撞车，爬树的最讨厌树下的唠叨摔跤。老家门前有一株枇杷树，每年上树摘果，母亲在树下喋喋不休。我虽知她挂念我的安危，但心中甚为厌烦："莫唠叨了，好不好！"我在枝叶间探出头来，吼道："念经似的，我注意力分散，很容易摔的！"母亲吓得立马闭嘴。

树上的大抵也是我那心情，听到一个"摔"字，原本兴高采烈的脸拉长了三分：叫什么叫？净说乱的！一半是惧，一半是气，悻悻然下了树。一队人马，提了长棍、短棒、纸箱等转战他处。

终于觅得一棵宝树，汉子们一上一下，背靠树身，手持摘果器摘果。摘果是个体力活儿也是技术活儿，偌长的杆子，臂力倘不够，拧上七八个就得休工。箱子袋子渐满，众人仰羡惊叹，勇士们潇洒下树。

他们矫健轻捷的身姿，让我想起顽劣的童年。祖母手植的那株板栗树，树干像一个小面盆，栗树离地两三米处，开一个大枝。我时常爬上老屋后的栗树，骑在大枝上，背靠粗壮的树身。譬方说，因为我淘气，母亲要揍我，或者觅得了一本好书，栗树是我的避难所，也是我的空中书屋。

这株底部分出一个大枝丫的柿子树，让我心头生出温习功课之念。奈何织针衫太柔，马丁靴太高，即便有数位好汉相助，我也没能上得了那棵树，仅在牛仔裤的膝盖上蹭了一块黑乎乎的印子。

下树时，定睛一看，树下都是宝啊！一根根壮硕的黄精苗绕着树织了一块大垫子。这熟悉的药材遍布老家九峰山每个山头。这时节，山上的野柿子熟了，很小，圆圆的，比龙眼大一点儿。村人不摘，鸟儿甚喜，所以又叫"鸟柿子"。几年前，在常宁崑帽峰上，目之所及，也是这种金灿灿的"鸟柿子"。

我原以为衡阳地区的柿子都是这般娇小。

然而在耒阳，柿子却长出了北地的特色。如果东塘村单单只有百年古柿树，那也不算惊奇，令人惊奇的是，它还有许多生长于20世纪50年代的板栗树，壮硕的身姿，藤缠叶绕，野性十足。

如果你以为耒阳的魅力就是蔡伦、古树、竹海，那你真是肤浅了。悠长辽阔的耒水孕育了一个又一个奇观。在鸭婆洲附近的码头边，耒水骄傲地展示它的清澈，这来自东江湖的水啊，让喜欢游泳的耒阳人尽享鱼的欢乐。东湖的温泉，大河滩的天然喷泉，南岳七十二峰之一的鹿岐峰森林公园，矿山……耒水滋养着丰饶多姿的土地，也滋养着当地的人们……"耒牯子"的刚烈、犟直绝非虚言。耒阳人若把你当朋友，那就是一辈子；若把你当敌人，那也是一辈子。非黑即白，爱憎分明。后来，认识的耒阳人愈多，越加深刻认识这种品性的两极。谦和儒雅的耒阳人的确是雅到了极致，勇猛刚烈的耒阳人也实在是烈到了巅峰。翻开中国革命史，耒阳籍英烈顶天立地：伍若兰、伍中豪、陈芬、贺恕、蒋啸青、刘泰、邝鄘……百年沧桑，英魂何在？眼前这绚烂的柿红让我想起长眠于地下的英烈。他们是否化作了一株株高大的柿树，燃起山林间生生不息的火种。

耒阳西乡，东塘村里，栗子落尽，柿子正红。秋阳极炫，秋光多好。写下此文不久的11月4号，衡阳第二届旅游发展大会耒阳开幕。一株株老树提着红灿灿的灯笼，静候游客光临。2024年，第三届湖南省旅游发展大会将在衡阳拉开帷幕。帷幕后，那鲜艳的柿红将会吸引多少目光。

解读新市

新市古街 / 刘望春摄影

新市不新，这千年古镇的前世，倘要溯源，且看《徐霞客游记》的记载："午后至新城市，在江之北，闤堵甚盛，亦此中大市也，为耒阳、衡阳分界。"文中"新城市"就是今天的新市。泛舟耒水的徐霞客，停靠码头后，踏上新市的市井街道，目之所及的繁华其实已经大打折扣。

只有悠长的耒水知道，这座繁华的古镇，两千多年前便赫然标记在大秦帝国的版图上。当徐霞客走过新市的街道时，新市已经被明太祖宣布撤销县制数百年。数百年后，徐霞客仍用"围堵甚盛"一词概括所见。可想而知，当其鼎盛时，三千繁华的新市该是何等壮观震撼。

九街十三巷，三圕十二桥。从未见过这么庞大的古街，大到让我一度产生幻觉；从未见过如此真实的古街，真实到令我产生某种错觉。只须换一袭古装，即可开拍古装影视剧，场景和道具皆无须布置。推开高大老旧的木门，锡铁匠坐在小木凳上,手举铁锤,叮叮当当地敲。青砖墙上,密布着一排排钉子,钉子上挂满了手工打制的锡铁盆子、桶子、盘子等,锃亮锃亮的,闪烁着银质的光辉。写着"陶罐店"的木牌随意摆在门口,满屋的坛坛罐罐泛着幽亮的光……手捧奶茶的娃娃歪靠着木门,天真好奇地打量着我们,圆脸堆出一个顽皮的笑。我冲他点点头,用同样天真好奇的眼神打量他身后的木柜子、木风车、大竹筛子……行至古街,一位中年男子捧着碗蹲在门口扒饭:"左边是耒阳,右边是常宁。"他扬起筷子指指点点。

刹那间,我想起数年前的场景。在常宁白沙古镇的春陵河边,一个猛子扎入清澈如泉的河水里,十几分钟后,是否就到了耒阳新市的码头?

青苔弥漫的青砖,青石板平平仄仄的巷子,青黑的木窗……青、黑、灰是新市三种主色调。街道转角处,拱形的天主教教堂挺拔着高大的墙体。青砖之上,覆盖着一层浅黄的砂泥。大门之下,砂泥剥落,大门之上,完好无损。长长的木窗外,嵌着四根锈迹斑斑的钢筋,就是这几根钢筋,让它在周围清一色的纯木窗中,添了几分另类的神韵。

街道真长,巷子真多,弯弯绕绕中,看见一堵青砖墙上挂着"新城端风团旧址"的牌子,这可吓了我一跳。心社1921·衡阳文化书社里有一款好喝的奶茶,取名"端风"。原来如此,真是不期而遇的惊喜。

一百多年前,进步学生廖焕星、廖砚秋等在新市黄氏宗祠成立了衡阳最早的进步团体——新城端风团,并创办发行了衡阳最早的进步刊物——《端风》。关于"端风团"的历史意义,党史文献中是这样评价的:"它是新文化运动之后衡阳地区乃至整个湘南的第一个革命性的社会进步团体。"

这座三进两厢的宗祠,坐东朝西,商铺、厢房、天井、回廊、阁楼等一应俱全。步入宗祠,寂静空旷。凝神瞻仰间,空中飘来祭奠先祖的线香、纸钱香,还夹杂着淡淡的油墨香。祠堂正中的地砖,高低凸凹里,藏着无数次进进出出的足迹。我以为一百年前的风雨激荡和一百年前的热血沸腾,是在这座古老的宗祠里,悄悄转变为一个个文字,像一颗颗子弹,射向敌人的心脏。而事实上,《端风》杂志的编创是在武汉完成,再运到衡阳发行,一年发行一次,弥足珍贵。

"一切无人性的风俗，务必铲除，使之无复存在的余地。同时，创造一种合理的风俗，以供新陈代谢。"记载于党史文献中的这些文字，便是以"端风"二字命名的缘由了。作为湖南省第十一批省级文物保护单位，新城端风团旧址的纪念意义不同凡响。

新市有诸多闪亮的名片，"端风团旧址"不过是其中的一张。

2014年7月，新市镇被国家住房和城乡建设部等七部委确定为全国重点镇；2017年11月，新市镇入选第三批湖南省美丽乡镇示范名单；2023年1月，湖南省"十四五"乡村振兴示范乡镇创建名单公布，新市镇入选。

参观新市，我的心情是矛盾的：既希望它能古色古香，历千万年不朽，又希望它能名副其实，日新月异。

在新市一座农庄里，数千亩柚子给我们讲述"新"的传说。

入口绵糯的蜂蜜柚子茶并非主角，主角是庄园里酿造的酒。大米、高粱、红薯、葡萄皆可酿酒，但用柚子酿酒，平生头回见。进入酒室，地上数排大陶缸，一律用红布密封缸口。"十斤柚子才能酿出一斤酒啊！"主人一边说，一边打开陶缸，浓浓的柚子香随之弥漫整屋。对于喝酒，我向来反感，外出聚餐，很少端杯。这一回，好奇心令我忘记了原则。酒色清亮，不甜，甚至有些辣喉。一问，将近五十度，大概属于酒仙们都喜欢的高度酒了。半杯柚子酒下肚后，浑身开始发热，脸颊有点儿发烫，但头脑没有晕乎乎的不适感。头天晚上，我本有点儿受寒，喝了这酒后，伤寒反胃的症状竟然消失了。

参观新市，徘徊在悠长的雨巷，不得不慨叹多少风流总被雨打风吹去：青草密布的码头，贴上危房标识的旧居，摇摇欲坠的砖瓦，坍塌开裂的木梁……这庞大的古街，像静观耒水三千年的老神仙，骨架松动，但精气神还在，稍加养护，似乎随时可以返老还童。

一个人的旅途

厦门南普陀寺 / 刘望春摄影

仿佛已有很多年不旅行了。原因很多，时间、心情、财力……

太多东西牵绊了脚，于是日复一日，年复一年，我把自己养成了负重的蜗牛。可是这一次，没有计划，也未作思考，我一个人背着行囊便上了飞机。机窗外巨大的机翼在夜的云霭里若隐若现，突然觉得人生其实没有什么不可以，只要你愿意放下。

出发前，有朋友不信，因为我是如此喜欢热闹的人，怎会一个人踏上旅程？他其实不知，我正是奔着这份孤单而去的，我需要一个独立的空间来思索我走过的路、看过的景，我需要在一个完全陌生的地方尽情释放。见过的人愈多，经历的事愈多，便常常需要定期清空记忆。到一个完全陌生的地方，与一群完全陌生的人同游同乐，也算是清空记忆的一种方式。

对一个心地柔善的人而言，最怕的不是陌生人的伤害与欺骗，而是亲近的人背后算计与诋毁；是信任后遭遇背叛，付出后得到了冷漠。在喧闹的人群里，本来你心地澄明，本来你兴致勃勃，但那丝笑容背后的冷，那句话里的刺，转瞬间让你心头添了几分堵。所以，在漫漫旅途中，我情愿一个人孤单上路。没有同性的攀比，没有异性的暧昧，在一群陌生人中，可以这么近，可以那么远。

这么多年，回首走过的路，诚心助我的其实非亲非故，狠心伤我的人却是至亲或挚友。有些亲人，走着走着，你便再也感觉不到亲近了；有些朋友，走着走着，你再也感觉不到亲密了，甚至变成面目狰狞的敌人。

所有的一切都在提醒我，这个世界，永远存在距离。那些表面的亲密，有几分是真又有几分是假？那颗当初纯真的心可以持续多久，是否永不蒙尘？我相信一切又怀疑一切，我原谅了一切又清晰地记得每一个细节。譬如那位与我一同长大被我视作知己的友人，他说出来的话足以让我心生悲凉了。原来，他并不了解我。

我曾经绣了几幅十字绣晒在圈内，引起惊呼一片。在亲友们心中，我大抵是能歌善舞、能说会写、片刻也闲不住的大忙人，每日里高速旋转，何曾有时间静下心拈针绣花？

正因为如此，很多时候，我宁愿孤独。一个人逛街，可以从街头踱到街尾，有钱时打包名牌，没钱时扫地摊货，无人埋怨无人嘲笑；一个人睡觉，可以横躺直卧，三更眠五更起；一个人做饭，想啥吃啥，不必担心众口难调。再譬如此刻一个人身在海滨的我，任海风拂面，海涛吟唱，仰卧于床，跷起二郎腿，腿上架着笔记本码字，无喧闹无干扰，这是何等快意！那些以为孤独便是寂寞、便是痛苦的人真真误解了孤独本身。孤独是世间最美的风景，它是树梢上的一朵花，最夺目绚烂也最易遭受风雨摇落。但是，那又有何妨，生命最终都要扑向大地。

"子非鱼焉知鱼之乐"，一个人的旅途快乐只有一个人清楚。已婚的常觉得离婚的悲苦，其实那只是他们自己的臆测，无论男女，结束一段不如意的情感，或许更多的是一种解脱后的快乐。再说世界之大，总有一双适合自己的鞋，就算找不到，也比穿一双日日夹脚的旧鞋好。所以，看见身边那些离异多年依然单身的朋友，我丝毫不觉得奇怪，或许她们不是找不到，只是她们已经习惯并爱上了一个人的旅途。

人是群居动物，需要温暖，需要交流，但人也是孤独的动物，孤独地来到世间，经历酸甜苦辣与爱恨情仇，最终孤独地老去。事业有成、家庭和美的也会有高处不胜寒的孤独；前程黯淡、夫妻不和、儿孙不孝的更是四面楚歌的孤寒。没有人可以代替你去感受，尽管有些事会有人替你分担，但是关键时刻你会发现，其实你没有几个真正的朋友，也没有几个真正的亲人。当人与人的交往不再需要投缘，有利便有交情，无利一拍两散，世间的亲情与友情还有多少含金量呢？放眼官场，少数盛年时呼风唤雨居高临下的领导，年过半百后，往往不由自主地谦恭起来、平易亲切起来，他们是唯恐自己卸任后陷入门可罗雀的境地吗？一个习惯了前呼后拥的人自然是害怕冷冷清清的孤独。

世间美丽又有才情的女子很多，世间美丽、有才情却孤独的女子很少，所以，张爱玲成为难以复制的传奇。我常常凝视她的头像，揣摩她孤高、清冷表情背后的种种心理。除却身世，是孤独提升了她的才华，还是才华令她更加孤独？她闭门谢客，足不出户，她名满天下，却害怕与人相处。她孤独地老去，孤独地死去，她的孤独胡兰成不曾见，赖斯不曾见，她那已在天国的生母也是无法理解的吧。

俗世喧嚣，知我者寥寥，倘若能自知自惜，他人知或不知都无关紧要。外人只见缥缈孤鸿影，怎知孤鸿内心之丰盈？

在异乡街头翩然起舞，在海鲜店里大快朵颐，听陌生人倾诉情感故事，与小店老板畅谈人生规划与理想……

一个人的旅途是怀揣着一颗野马般的心，在湛蓝的海天间做一次自由驰骋。一个人的旅途是怀揣着一颗修女般的心，离俗世很远，离天堂很近。

大美新疆

楼兰之春 / 李桦摄影

  我没有去过新疆，但我始终记得水运宪老师说过的话：走过世界不少地方，最美的风景在新疆。

  对于新疆，我最原始的记忆当是来自梁羽生的武侠小说《七剑下天山》。天山是新疆境内的圣山，也是无数神话传奇的源头。天山童姥的灵鹫宫隐藏于天山缥缈峰上，卓一航冒着生命危险，采摘天山雪莲送给练霓裳，七剑在这里修炼绝世神功。

  天山有野生动植物三千余种，各类珍稀濒危动植物近五百种。山顶有天池,池水碧如翡翠,水温夏天3度,冬天零下30度。山顶有终年不化的积雪,山脚有无边的花海。

再一次为新疆心动,是阅读已故彭绍章老先生的美文《柯吾斯奇风情录》。在先生笔下,地处新疆的柯吾斯奇大草原简直是人间天堂,文中鲜活浓郁的异域风情像磁铁一样牢牢地吸引住了我。我一遍又一遍阅读文字,甚至在大街上拦住先生问:柯吾斯奇的风景真的那么美吗?先生哈哈大笑,狡黠地回答我:"我没有去过啦,我是根据班上学生的书信整理成文的。"

我当时骇然又疑惑:没有去过的人,怎能写得如此精彩细腻?直到后来写此文,搜索"柯吾斯奇"四字,弹出一个名为"岳沙子"的博客,头像竟是先生。博文写于2014年,详细记载了先生做客柯吾斯奇大草原的经过。阅读这些文字,仿佛看见先生在草原上奔跑、欢呼、赞叹,在葡萄架下流连……原来文字的魅力,竟是让人得以永生!

我近距离地接触新疆人是在毛泽东文学院第十二期中青年作家培训班上。"毛院"每期作家培训班皆有一个新疆作家班,清一色高鼻、大眼、长睫毛的新疆人。那会儿,因为语言不通,我们很少和新疆作家班交往互动,只是和一两位新疆作家互赠过书。

临近毕业,两班联欢。在晚会上,有位维吾尔族作家带着赶到长沙的女儿一同献舞。受晚会气氛的感染,"毛院"的老师们也跳入舞池中手之舞之足之蹈之。我在舞蹈旋转的过程中,看见不少新疆作家端着手机为我拍照、录视频。维吾尔族是能歌善舞的民族,我这个汉族姑娘在歌舞上也有如此表现,他们大概是被惊到了。

再后来,得知身边一位又一位亲友加入援疆大军,我对新疆的关注里又多了一份关心。且末的红枣、阿勒泰的驼奶、轮台的白杏、鄯善的葡萄酒……不倒的胡杨、金黄的沙漠、神秘的雪山、蓝宝石般的湖泊……是的,新疆不缺美景与美食,也不缺风沙与妖魔般的天气。

远离故土,远离亲人,重任在肩,儿女情长靠边,自古忠孝难两全。曾经七千湘女上天山,如今一拨又一拨教师、医生、公务员奔赴新疆。一人援疆,全家援疆:孩子想念父母,妻子思念丈夫,老父老母日夜盼望儿女回家。

什么时候,可以去一趟新疆,写尽他们的笑与泪、幸福与沧桑。

可可西里的传说

布达拉宫 / 刘望春摄影

  一直向往西藏,终于去了西藏。
  蓝宝石般的湖泊与天空,巍峨的雪山、冰川,飘扬的经幡,雄伟的布达拉宫……耳边传来神秘的诵经声,空气中弥漫着雪莲花般的圣洁。珠峰与天接遇,天路宛如缎带,大昭寺里千年不熄的酥油灯,广场上遍地五体投地、虔诚叩拜的信徒……
  当汽车载着我们穿行于藏族聚居区的天路十八弯、七十二拐、九十九拐时,窗外美景如画,每一帧都是大片。雪山傲立,天格外蓝,云格外白,空气格外清新。
  然而同行的两台车上,已有一名旅伴因为高反严重提前返回了,四个人打点滴,六个人吸氧。两台车共计二十余人的队伍,只有一名90后的姑娘和我成功完成了稻城亚丁徒步往返二十余里的长线跋涉,登天梯而上,行至五色海，再下行至牛奶海返回。

在海拔近四千六七百米的高度连续行走这么久，对心理和生理都是极大的考验与挑战，然而我却未感疲累。

离开拉萨后，一路颠簸，沿途雪山绵延起伏，白云似浓甜的棉花糖浮于碧空。大朵的白云与大片的积雪辉映，色彩对比鲜明。

行至藏北大门，烈日当空，大家纷纷下车打卡。出此门，意即离开西藏。

出藏北门后，天色愈来愈阴沉，寒风飕飕，乌云涌聚天边，乌云与乌云间隙处偶有微光泻下。我们正感慨气温变化之快，突然车窗外雨声大作。惊讶时，定睛细看，那雨点击打着车前的挡风玻璃，但并不流下，而是慢慢地向四周化开，哪里是什么雨点，分明是雪粒。

行至安多县唐古拉山口，气温似乎回升了一点儿，此处海拔5213米。山口石碑处，有女孩儿穿着纱裙拍照，我们赞叹她不惧严寒的勇气。

一日之内，走过春夏秋冬四季。中午车行至当雄县，进面馆吃拉面。隔壁是一家果蔬店，队友们买了几斤黄瓜，叫老板用水冲洗一下。老板用几碗清水洗过一遍后，再不肯清洗第二遍。原来此地没有自来水，居民用水全靠人力搬运。

午餐后，继续赶路，前方堵车，有交警过来，厉声要求司机靠边停车让行，说马上有重型装载车队过来，而后又面色严峻告诫司机：不要随意超车，你载的是人，不是萝卜白菜。前方路段因为超车，刚发生一起车祸，两个老人一个小孩儿，全死了！此地距市区救援中心五百多公里，一旦发生意外几乎必死无疑，救援队根本无法及时抵达。

我们听完，惊出一身冷汗。车行两百米左右，果真见一皖字牌照小车停在路边沙石地里，车头车身四分五裂。车窗右侧是沱沱河，一路跟随我们流淌了几百公里，河面不宽，河水浑浊，河滩遍布石头。

傍晚，终于看见了可可西里草原的标志牌，我们住进草原旁的宾馆。此刻，我感到前所未有的疲惫。酒店的自来水混合着煤油味，有队友洗了澡后，皮肤立马过敏起疹。而我稀里糊涂烧了一壶开水冲了茶喝，舍友没敢洗脸洗澡，用湿巾纸擦了一下了事。好在我皮厚肉糙，洗脸刷牙洗澡，全套程序走

第二章　山河阔远 | 133

完，并未感觉异样。床单颜色不是很白的样子，有姐妹铺开自己的睡袋来隔离床单。我懒得去取睡袋，和衣往上一躺，倒也睡得安然。

农村里摸爬滚打长大的娃便是有这点好，不怕脏，脏了也很难影响心情或是皮肤。这一点富贵之家的少爷千金是不太做得到的。譬如宋美龄，她天生皮肤敏感，外出住宿必要携带丝绸床单；譬如传说中的某位奇人，严重洁癖，外出饮食住宿尽管主家万般小心讲究，最终还是腹泻而归。

继续赶路，天色阴沉。很不巧，茫茫的可可西里大草原没有让我们看见一只藏羚羊，却让我牢牢记住了它的辽阔与荒凉。不要迷信地名，名字叫海的不一定有海，名字叫草原的不一定有草原。就像眼前的可可西里大草原，车行两天整，将近九百公里的路程，我们方看见前方几棵小树的绿影，这一闪而过的绿影之后，是持续的荒凉。

不要迷信文字，甲之蜜糖，乙之砒霜。当年三毛根据自己的生活体验创作了《哭泣的骆驼》《撒哈拉的故事》等系列作品。不少青年人深受其作品感染，他们当中有人想方设法筹集旅费，历经千辛万苦来到撒哈拉沙漠，迎接他们的是酷热、极度干燥与贫穷。文字描绘的伊甸园与现实的反差太大，他们一面嚎啕大哭，一面咒骂三毛是个"骗子"。

一千个读者便有一千个哈姆雷特，对川藏的解读同样如此。

据报道，2020年夏季，一位姓黄的女生独行可可西里，最终成为一堆白骨。这些年，那些徒步穿越可可西里无人区的，最终永远留在可可西里的不止她一人。

不要试图挑战自然！这个道理，珠峰用它的海拔，冰川用它的严寒，可可西里用它的荒凉，一而再再而三地告诫着人类。

只有对自然心存敬畏的人才能得到自然的庇佑。穿行在浩瀚的可可西里荒漠上，依稀的草色与裸露的沙土交错，偶尔闪过的是野马或野驴的踪影，我们恨不得使用高倍望远镜来寻找藏羚羊的身影，但一切都是徒劳。在这无边无际静默的荒凉里，有身着橙色制服的工人、身着蓝色警服的警察、身着迷彩制服的解放军，他们要么清理路障，要么指挥交通。他们当中有多少是来自其他省份的援藏建设者呢？

即便是在如此温润的季节，荒凉的可可西里草原依然高寒缺氧，干旱缺水。"风吹草低见牛羊"的景象不过是人类对它的臆想，它几乎是荒漠与浅草的混合交织，它是如此吝啬它的绿意。这使我不敢想象，秋风过后，寒冬来临，那黄沙漫天、朔风割骨的景象会令多少人却步。

我问随车的姑娘：给你年薪二十万，你愿意来这里上班吗？姑娘立马摇摇头。

目睹窗外那些灰蒙蒙的身影，我突然有一种冲动，想下车去采访他们。能够坚守在可可西里的都是英雄，他们当中绝对有非常精彩感人的故事。高原的白天于我来说与江南无异，只是夜晚让我感觉痛苦。床头一直放着一个盛满水的保温杯，每个夜晚都被渴醒，每个夜晚都要喝完一杯水。因为有咽炎，晚餐不敢沾辛辣、油腻、荤腥。有一两个夜晚没能挡住美食的诱惑，结果半夜醒来，喉咙干痒，似有千蚁进出，难受至极。曾经看见组织部门援藏文件，当时对其中年龄、体质等诸多限制条件颇为不解；现今看来，真的要赞叹组织的英明！

西藏，真不是你有一腔热血便可以奔赴的远方。敢于出发只需要勇气，能够坚守才是英雄。

可可西里藏羚羊观景台 / 刘望春摄影

行走郴州

朱氏家庙 / 刘望春摄影

不止一次去郴州，但每一次都像是第一次。郴州到底有多少种样子？去的次数愈多，我愈迷惑。

山水胜境

几年前，漫游东江湖，薄雾轻掩，如在云端。湖中有岛名兜率，下有溶洞，景象万千。记忆中，有一峡谷，林木苍翠，瀑飞泉涌，当下心动，忆起当年郴州同窗，个个肤白唇红，颜值一流，好山好水养佳人啊！怪不得。有朋友自莽山回，捎我一袋茶。汤色碧翠，幽林秀色，尽在杯中。朋友道：此茶名为青山绿水。水至绿，山是否够青？心生向往颇久，一日寻机前往，于莽莽苍苍中，亲历华山之险、黄山之秀、庐山之奇、泰山之雄、张家界之峻。心满意足之余，心生遗憾：山水皆好，终是过客。好在雁城距郴州颇近，动车半小时可到，又闻高椅岭丹霞地貌迷人，某日欣然前往。绿水红岩，险寨奇涧，这块"被上帝遗忘的地方"占尽奇石秀水幽林，美到如此，着实有些可恨。想我堂堂雁城，五岳至尊，南岳如飞，坐拥佛道二教。多少年来，无数王公贵族顶礼膜拜，无数名家大儒吟咏赞颂，却少有郴州这样的水：日夜奔流，丰盛得近似浪费。清冽甘甜，好像瑶池移步人间。南岳水能与之媲美的，似乎只有后山老龙潭瀑布。

板梁遇见

奇山秀水异石，就在我以为如此时，郴州的古村落站在六月的火热里，嘲笑我的肤浅。如果说郴州是一幅精美的山水长卷，那么，仔细看看这些星罗棋布的古村落吧，它们是长卷上璀璨的明珠。板梁古村、中田古村、上乔古村、金山古村、庙下古村、坳上古村、竹元下村、锦湖村、芦塘下村、大湾村、地界村、阳山古村、吴山古村、溪里魏家村……几天行程，满满当当。不过走了三四处，但梦里梦外皆是雕梁画栋、飞檐斗拱。

对于古建筑，我有不同于常人的痴迷。为古老的伊山寺翻修重建挥笔呐喊，为程商霖公馆的衰落扼腕叹息。九峰山老家曾有一座古祠堂、一座古牌坊、一座古塔，系曾国藩为其岳祖母及岳曾祖母修建，"破四旧"时遭到了破坏。我曾花费数月调查走访，写下《九峰山下节孝祠》，发表于各级刊物。六年前，去衡南宝盖，那沿着池塘而建的大半圈古民居，令我无比欣喜；四年前的暮春，去耒阳大义，站在雕龙冲周家大屋的禾坪里，那巍峨的气势，那精美的雕刻，还有屋后密布青苔的雕龙塔，皆如春风令我沉醉。

这一次，当我走进郴州，这一拨又一拨古老的村落，惊得我眼红耳热，像个妒妇。真想大吼一声：老天不公！山水皆美也就罢了，还留下这么多宝藏。毫不夸张地说，这些村落，随便挑一个，无论规模、质量还是保存完好度，于许多地区而言，都是碾压性的存在。

走进板梁古村，人在车上，远远地见一古塔，拔地而起，古色迷离，像是大片的预告。过了接龙桥，似坠入明清画卷：马头墙、石刻砖雕、庙祠、亭阁、松风私塾、古钱庄……密密麻麻的，不由你思索细品，三百六十余栋明清古建筑，一把将你拽进历史的烟云中。反抗无效，举手投降吧！被这样宏大的场景征服，是多少人梦寐以求的幸运与幸福。村前并排列着上村、中村、下村三座祠堂。祠堂里供奉着刘氏先祖的牌位，这亲切的姓氏，五百年前我们本是家人。作为汉武帝的后裔，整个村落同宗同姓，皇族血脉生生不息。先祖立下家训"见利忘义众人嫌，举义行善家业兴"，仁义之家，文臣武将，人才辈出。

明清以来，村里通过科举应试获得功名的进士、贡生、国学等近千人。青史留名的：刘重、刘参、刘廷检、刘昌松……每一位，都是厚重的长篇。建于明代洪武年间的中村宗祠，现为全国重点文物保护单位。1928年"板梁暴动"，这里留下黄克诚将军的身影。写在历史深处的秘密，每一片青瓦知道，每一块匾额知道，每一根木梁知道，梁上的金腰燕世世代代、口口相传。

踏上幽长的青石板巷道，微雨中，你是否渴望遇见一位撑着油纸伞的姑娘？而我，只想做那位撑伞的姑娘。这些紧闭着木门的宅子，有一天，悄然为我而开。祠堂里，传来先祖慈音：老刘家的姑娘，欢迎你常回家看看。我不知道那一天要等多久，但是现在，我不必等。

双龙泉边，蹲着位中年汉子，双手在水里拨弄，清洗一只拔了毛的鸭子。双龙泉自象岭山脚下涌出，其水量之大、水质之好，世间少有。紧挨着象岭山壁，立着位很是俊朗的小哥。"这水好清啊！"我走过去，"每天能喝到这样的泉水，我什么都不想了。""再过两年，我就可以天天喝这样的好泉水了。"汉子转身冲我笑。"这泉水的确不错！"小哥的笑脸像泉水般明净。泉边有几位小美女，好像是他的同伴。

我们一边聊一边走，踏上空中装饰着彩伞的青石板巷道，兴致大发，不拍几张美照岂不是有虚此行？帅哥拿起手机，我摆了几个造型。摆完之后，余兴未尽，趁机跳了几秒钟舞蹈，帅哥美女们兴奋得"啊啊"尖叫。回衡阳两天后方知，帮我拍照的竟是网红达人"羊毛月"，北大硕士，拥有七百余万粉丝。在他宣传郴州的抖音视频里，朋友们发现了我翩翩起舞的身影。

走马北湖

　　走完板梁，已足够让人难忘，但郴州就是如此魔幻，像那唱曲的名伶，你以为高音高到了极点，她却在高音处换口气，继而一个筋斗，翻上九霄层云。北湖有十大古村，来不及一一寻访，匆匆走过吴山与小埠。

　　吴山村前，挺立着一排古柏，柏树生长缓慢，这么粗的树干，要耗费多少光阴呢？定睛细看，140年。古树是古村落的精灵，栽树人早已离世，树木承载着他们的灵魂与气息。吴山八景不知是否依旧，但花灯小调还在，古戏台还在。古戏台边上，有块雕花木板，我看了又看，最后用手机将它完整地拍下。梅花、菊花、竹子、鸟雀、寿字纹饰……鸟雀情态各异，有的驻足枝头，有的凌空展翼，有的回眸张望，每一根花蕊、每一片羽毛，都用精细的线条表达。古代手工雕刻的立体感和生命感，现今的机雕是望尘莫及的，百余年前的匠人是将他们的观察与感受统统融入其中。

　　我曾无数次想象，老家被毁坏的古建筑，木雕、石雕、砖雕是怎样的精美？尽管老母亲已经絮絮叨叨了大半个世纪。这一次，郴州满足了我全部想象。我拼命地拍啊录啊，我要拍给老母亲看看，那消逝在时空中的艺术是否正是这般模样？

　　郴州的确是一块福地，我至今不明白，这么多的古村落，为何能在岁月沧桑里屹立不倒？宝塔、祠堂、牌坊……它们如何躲过一场场劫难？在吴山村，五十余幢保存完好的徽派建筑向世人昭示：曹氏先祖财力何等雄厚。当我走过裕后街，走过这条郴州城里最古老的街道，青石板、石拱桥、钱庄、会馆、码头……它们带我穿越到遥远的大秦王朝。在化龙桥附近，临江有一排餐馆和旅馆。好客的主人邀请我们上楼小坐，打开木窗，桥在左侧，两岸灯光璀璨。主人说："秦观当年就坐在你这个位置。""啊？"他这丰富的想象力！看我讶异的表情，主人吟道"雾失楼台，月迷津渡……郴江幸自绕郴山，为谁流下潇湘去"。也是啊，秦观住旅店，上楼、吃饭、喝茶，触景生情，留下千古名作，谁敢说，完全没有可能？

　　始建于明朝永乐年间的小埠村，六百余年历史，六十余幢古宅：绣女房、太极屋、定情楼、红军屋……每一间屋子,都有它的故事。那些故事,我没有细听。它们真真假假,哪及眼前亭台楼阁来得真切?古村里有湖有池,有木制的水车日夜不息,有水雾在草木上空氤氲。山是绿的,水是翠的,青砖黛瓦、木桥流水……这样的景致,无非想带人步入仙境。而我,偏不。红尘执念,我是个眷恋当下的俗人。

凝望桂阳

一直以为桂东与桂阳都在郴州,一字之隔,仿若亲邻,实则两地南辕北辙,遥隔数百公里。

在桂阳,田间密植的烟叶正值采收季。大片茂盛的绿映衬着古民居的灰,古朴与生机相得益彰。看见振南书院大门右侧题写着"欧阳海镇振南小学"几个字,好不亲切!衡阳是英雄牺牲地,欧阳海纪念馆、欧阳海灌区,而英雄出生地在桂阳、在振南。这座古色古香的书院,是英雄小时候学习的地方。院中古树参天,银杏、古樟撑开华伞,两株野生的杂木相拥而生,其中一棵毛姆杜荆本是低矮灌木,但风雨百年,竟促成它乔木的伟岸。

永兴有板梁,桂阳有大湾。大湾村位于桂阳县莲塘镇内,占地2平方公里,一百余栋清代古建筑,栋栋飞檐翘角,"一字形"排开。走进榜眼第,想起富厚堂。一个是翰林编修,一个是工部侍郎,都是科举场上的骄子,都是大清朝的股肱之臣。一万多平方米的土地上,完好保存着榜眼第、巡抚居、中丞第、翰林坊、夏时公居等十一栋古建筑。这豪华的府邸,似曾相识。恍惚间,身着石青色官服的老人踱着方步,从书房里走出。他叫夏寿田,是清朝最后一位榜眼,也是周总理非常感激挂念的长者。新中国成立后,周总理令陈毅市长拨款为其重修坟墓,以示敬谢。

夏寿田的父亲夏时,官阶显赫,曾任布政使、江西巡抚、陕西巡抚等职,诰授禄大夫、建威将军。夏寿田天资聪颖,七岁能诗,九岁应试,十九岁中举,二十八岁高中榜眼。清光绪后期,父子二人同建此屋。榜眼第是这十一栋屋子的门面,它的后面,再无超越;它的前面,再无遮挡。像他的主人,以一身仙鹤逐日、蝙蝠环绕的朝服,为清朝的科举画下一个漂亮的句号,也为今天的桂阳写下无数个惊叹。房子既有普通四合院的清静，又有宫殿式的奢华。从外表看，虽然也是青砖堆砌，但工艺暗藏玄机。当年修建时，工人们将豆浆、桐油、细灰等混合搅拌，作为砌泥。所以，砖块之间，线缝很细，其坚固度密封度非普通泥沙可比。

　　六百余年沧海桑田，大湾村里，繁华与衰颓并存。繁华依旧的，似乎是子孙荣昌的明证；雕梁画栋不再的，仿佛是先祖沉重的叹息。在夏家大屋周边，立着几座门庭偌大的院落，看那门楣上精湛的砖雕，便知屋主身份不凡。此刻，它们在时空里静默，只留下断壁残垣，什么都没说，什么都不必说。拨开门口的杂草，我小心翼翼探了半个头进去，里面青瓦青砖皆成泥堆，齐人高的青草丛中，那些巨大的木梁木框像最忠贞的仆人，历经百年风霜还在坚守，几进几横，回环反复，一眼望不到尽头。院中有株菜碗大的杂木，树干很高，枝丫很少，它是这栋房子最虔诚的史官。虽然消逝是万物永恒的归宿，然而，我还是忍不住心存嗔念：希望美好的能够永远美好！希望尘世能竭力留住美好！

七彩汝城

　　汝城是一座有温度的城市，即便没有六月的日头，汝城也有98摄氏度的温泉。几年前，来过汝城。那时，"半条被子"的故事刚刚传开，沙洲的热度堪比十八洞。在这里，让人难忘的，不只是军民之间半条被子的鱼水深情，还有同窗之间舍命相救的侠肝义胆。假如没有汝城，没有范石生的舍命相助……历史是无法假设的，它是偶然与必然相互作用的结果。

　　汝城是一座七彩的城市：红旗猎猎、瓜果流金、谷深林幽、温泉遍地、古建如云、名家辈出……汝城是水果之乡，四季水果丰盛。沙洲村旁，一眼望不到边际的，是兴盛优选蔬果供应基地。扯着铁丝网的上层是已经挂果的猕猴桃藤，下层是结了串串青椒的辣椒树。沙洲村古街挨家挨户售卖桃子、李子、七彩灯笼椒……单是桃子，便有蟠桃、黄桃、脆桃、猪血桃等好几个品种。在"半条被子姐妹店"买桃子，十元五斤的猪血桃，多了将近半斤，小姑娘连连摆手："送你！送你！"汝城是"中国温泉之乡"，热水镇、暖水镇、卢阳镇、土桥镇……遍地温泉。在 4A 级景区热水镇，村民一年四季不必烧热水，挑担桶子，去溪里舀便好。98 摄氏度的热水温泉里，鸡蛋丢下去，十分钟可熟。杀猪宰羊，都来泉边，就地打水烫毛。酿酒洗衣，也来泉边，将配好酒曲的米饭用陶缸装好，搁在温泉边，一两天后，缸内米酒飘香。衣服边洗边干，尤其是夏装，第二件没洗完，第一件已在泉边烘干。泡在官溪山庄的温泉池中，你将深刻领悟到"温泉水滑洗凝脂"的精妙，这儿痛那儿痛，这儿痒那儿痒，一入温泉百病消。汝城是古建筑之乡，大大小小七百余座祠堂，绣衣坊、李氏家庙、叶氏家庙、黄氏宗祠、朱氏总祠……这些气势恢宏的古建筑，汇聚能工巧匠，悉心打磨雕琢，极尽奢华繁复，它们是老祖宗留下的瑰宝。

在叶氏家庙，两位身着蓝花衣裳的大婶正在做糍粑。柴火灶边，一位大婶操起锅铲，翻拌油锅中的南瓜丸、豆沙糍粑。板梁古村里，我们吃了一碗色香味俱佳的蜂蜜桂花凉粉，微甜中有清香、绵糯里有劲道。想不到来汝城，还有这样的美食候着。我一口气吃了五个，仍觉意犹未尽。匆忙之间，我没有忘记拍下叶氏家庙正门上的龙纹木刻。四百多年了，这两条龙还是那样鲜活灵动，金色的鳞、锋利的爪、瞋目相对，祥云缭绕。请原谅，我对一切仿造的景观天生反感，而对于真实的原生态的事物，满怀向往。哪怕是角落里，那块已经腐朽了的木匾，在我眼里依旧泛着迷人的光。时光无情，虫子可恨。三块木板拼成的木匾，中部已经洞穿，只在尾部留有"乾隆壬寅"字样，"寅"下有一字，木板裂开，无从辨认。传言这是叶氏家族里，有人中了进士，皇帝赏赐。

汝城宗祠中别出心裁的建筑装饰首推正门上的如意斗拱，形似官帽，层层堆叠，高达数尺，皆为木质榫卯结构，没有一颗钉子。据说只有族中出了大官，宗祠方可修建这样的斗拱。细看朱氏家庙，这座始建于明朝嘉靖年间的宗祠，像是一座艺术宝库。只说外门吧，官帽似的斗拱，总计八层，上宽下窄，圆形雕花逐层递减至第七层，总计 221 个圆形雕花，内刻花卉、文字等各种图案，两百多个，无一近似。斗拱下刻八仙等各色神仙，衣袂带风，栩栩如生。正中鸿门，三层浮雕，双龙戏珠活灵活现，旁有狮鸟百花相伴。目睹这些雕刻，你会想起故宫，想起大观园，想起那些曾在影视中见过的画面，此刻如此真实地展现在眼前。除了惊叹，除了膜拜，还能对老祖宗的手艺说些啥？

再来瞧瞧宗祠的门神：堆叠彩塑工艺，镶嵌琉璃、玻璃、银片等作为装饰，造型夸张，立体感极强。这样的门神，貌似汝城独有。我曾以为衡南渔溪的王氏宗祠是宗祠界的极品，其精美奢华度，世间罕见。当我走进汝城，走进朱氏总祠，这份傲骄瞬间敛去了五分。占地六千多平方米的朱氏总祠，中西合璧，青砖木楼，主楼少有叶氏家庙、黄氏宗祠那样繁杂的雕工，却自有一股清冷孤傲，自那高耸的八角楼上倾泻而下。它是宏大的，务必采用全景才能拍尽；它是厚重的，那些珍贵的藏品，每一件都在宣告先祖的尊荣；它是肃穆的，青与黑是它的主色，不怒自威的王者气息，无须金碧辉煌映衬。

观宗祠便知，朱氏一姓在汝城是何等显赫尊荣。数年前，夜游汝城，听一朱姓族人扯野史。他说张琼本名朱舜华，她祖上在汝城的势力有多大呢，他伸出一双手，往街道中间比画了一下：三分之一的地皮都是她家的！从汝城到井冈山有一条密道，只有朱舜华知道。我当即哈哈大笑，我那时以为，这些故事不过是他出于家乡情结的杜撰。今天走进朱氏总祠，方知他所说，倒有一点是真：当年在汝城，朱氏家族确实是神话般的存在。

五天行程，加上从前多次到访，我阅尽郴州秀色了吗？仰天湖大草原仰天长笑，不曾到此一游的，也敢妄称"行走郴州"？媛同学在桂东招手，八面山期待与我相拥，桂东之夏永葆23摄氏度的年华。郭同学的名师工作室享誉三湘，匆匆忙忙不及谋面，舜华临武鸭、东江翘嘴鱼捎来他的问候。嘉禾国家森林公园里，有多少珍禽怪兽、奇花异草？苏仙岭上，神仙一去不返了吗？芷江岩画中，谁在画中长生不老？还有安仁，那个名叫"瑶村"的地方，云雾怎样漫上山岗，溪水如何将琴弦奏响。《遍地药香》的村庄，那些《涂满阳光的村事》……我要去看看，究竟是怎样神奇的地方。

第三章　人间烟火

雁南飞

九峰山三十六弯古道 / 刘望春摄影

衡阳雁南非迁徙，衔情只为慰友心。
及待雁影孤空去，留却肝胆泪满襟。

——题记

去广州的前夜，小妮子收到了"湘巴佬"写的这首诗。说实话，小妮子不大想去广州。不是因为广州这个城市，而是因为"湘巴佬"和他老婆在这个城市工作生活了许多年。

很多年前，身在关城工作的小妮子多次路过广州。广州距离关城并不遥远，可是"湘巴佬"一次也没来看过小妮子。小妮子正纳闷呢，后来就收到了

"湘巴佬"老婆气势汹汹的邮件。冤！连找了女朋友的事都没告诉我，居然有老婆找上门来兴师问罪。更要命的是，这邮件还是通过"湘巴佬"的邮箱发出来的。晕！是"湘巴佬"出卖了我，还是他老婆原本是特工科的。小妮子满腔怒火腾腾地烧，第一次觉得"湘巴佬"不厚道。

"湘巴佬"和小妮子写了五六年信，打了七八年电话，书信偶尔，电话偶尔，主题只有一个：考研。"湘巴佬"后来当真考上了研，小妮子自考完专科，自考完本科，考研的事因为结婚怀孕便一拖再拖，后来彻底放弃了。"湘巴佬"在星城读研的时候，小妮子已回到关城。星城离关城并不遥远，可是"湘巴佬"没来看过小妮子，也许是老婆大人管得太紧吧，小妮子想。

今天，小妮子坐火车去广州，看望患了鼻咽癌的"湘巴佬"。在得知"湘巴佬"得病的第一时间，小妮子拨通了"湘巴佬"的电话。"湘巴佬"的声音大大咧咧的，仿佛得了个小感冒。"告诉你老婆，我过来看你。""湘巴佬"答："好！"临去的前夜，小妮子不放心："你老婆啥反应？""湘巴佬"笑嘻嘻地："啥反应都没有。"

小妮子坐上了这趟途经星城开往广州的火车。许多年前，小妮子和"湘巴佬"在这列火车上相识。那时，两个都在星城念中专。"湘巴佬"比小妮子高一届，他就读的外贸学校离小妮子学校很远，可是每到周末，"湘巴佬"常来学校找小妮子。小妮子先是欢迎，后是拒绝，理由是影响不好。小妮子是书呆子，她对和男生卿卿我我的关系很不感冒，甚至很恼火，她只想和书本谈一辈子恋爱。"湘巴佬"虽然爱书，却不呆。他写得一笔好字，一手好文章，还天生一副好脾气。任小妮子牙尖嘴利，"湘巴佬"脸上的笑容始终没掉过。

"湘巴佬"待小妮子自然是极好的，那份细心连小妮子的闺蜜阿兰也感动不已。可是小妮子并不这么认为，小妮子觉得对人好是"湘巴佬"的习惯。

小妮子结婚了，"湘巴佬"来了信，除了祝福的话，信中还附有泰坦尼克号中的英文歌词《*My heart will go on*》。"湘巴佬"结婚了，新娘比他大六岁，但美丽使人忽略了年龄。

转眼间，小妮子的儿子已长成一棵挺拔的树，"湘巴佬"的娃却一直在梦中，也许永远在梦中了。病魔先是剥夺了"湘巴佬"做父亲的权利，继而连他的生命也要剥夺。

　　小妮子蹑手蹑脚步入病房，看见一颗光头匍匐在床上写写画画。没有激动，没有生疏，虽许多年不见，却仍恍若昨天。来不及抒情，小妮子看见了"湘巴佬"的老婆，蓬乱的发，大而黑的眼，瘦尖的脸，脸上挂着勉强的笑。

　　你比我想象中的状态好多了！小妮子说完最后一句，拍拍巴掌起身告辞，"湘巴佬"急急地要送，老婆把他的胳膊攥得紧紧。

　　返回关城的动车上，小妮子掏出手机，删掉了"湘巴佬"的名字：有个足够爱你的人便好，你幸或不幸，我都再不惊扰。

杉桥镇红灿园梨林 / 甜心供图

永州印象

永州九嶷山 / 刘望春摄影

平生第一次听到永州的地名，是因为少年时代在列车上认识的一位朋友。他姓熊，家在永州道县熊家村。因为他，永州人留给我的第一印象便是才华与厚道。许多年后，我认识了一个又一个永州人，一次又一次强化了我对永州人这一印象。

我曾在心中想象过熊家村的模样，是否依山傍水，是否书香浓厚？否则，我那位少年朋友的五个兄弟何以个个都在能中考、高考中夺魁？甚至代养的小妹，成绩都是那样优异。

多年前的端午节，我协助组织县城部分艺术家前往永州参加"衡阳·永州书画联展"。展览在道县周敦颐广场举行，对于永州艺术家们的艺术水准，我丝毫不感到惊讶。因为许多年前，我便从那位少年朋友的书信里，知悉了永州人是怎样把字写得翩若惊鸿、矫若游龙的。我们去周敦颐故居、何绍基故里，观摩一处又一处书法、碑刻,听一个又一个科考及第的故事。在感慨的同时,我似乎瞬间就明白了熊家村的子弟何以如此才华横溢了。我很想去熊家村看看,但听说路途遥远,加之公务在身,只好作罢。其时,我与这位少年朋友别后不相见,已近二十年。数年后,我前往永州文庙拜谒。这座始建于北宋的古建筑,每一处石刻,图像都像在描绘,每一块碑刻,文字都似在诉说,虔诚与感动充溢我的心胸,我仿佛找到了永州人才华横溢的源头。

我来到气势恢宏的九嶷山下,在舜帝陵前追思先祖,也想起那位一生命途多舛的少年友人。其时,他的骨灰不知安放何处,是否回到了道县那个叫熊家村的偏远小村。

五一长假,杜鹃怒放时节,我再次来到永州。在一千六百余米的阳明山上,白色、粉色、紫色的云锦杜鹃已谢,余下的是成片成片的火红杜鹃。它们似晚霞飘落凡间,染红了一个又一个山头。山上游人如织,花下佳人玉立。

目睹这热烈、执着的红,不知为何,我竟心生悲意。杜鹃啼血,这鲜红的血便是那位少年朋友生命最后的支撑。

他离开人世距肿瘤发现的时间不到两年。他是如此年轻,但生命在癌魔面前竟是如此脆弱。这一点,他自己不曾想到,他的亲人更不会想到。但是,向来喜欢琢磨医学的我是想到过的。

所以,我在知悉他病情的第一时间购买了南下广州的动车票。病房里,他的妻,唇边带着勉强的清冷的笑。这是女人的天性,与学识教养并无多大关系。区别是有人伪装得好一些,有人表现得比较露骨罢了。他的妻,真的不是个好演员,演技之拙劣吓坏了我。整个探望时间不到二十分钟,我便逃也似的离开了病房。

我知道,这是作为少年朋友毕业后的第一次探望,也是最后一次探望了。回衡阳的动车上,我删除了他一切联系方式。

去年春节,偶然从一位广东亲戚口中得知,他的癌细胞转移了,他们曾经是邻居是好友。在愕然的瞬间,我再次添加了他的微信。后来,他的妻通过他的微信发来致歉及请求。这位曾一度让我觉得很可笑很愚蠢的女子,此刻显示了她最大的诚意,请求我为她的丈夫寻找血小板捐赠者。因为癌细胞转移,他的骨髓已失去了造血功能。她坚定地守护在小丈夫身边，四处寻找可以延续他生命的机会。

最后一个月的时光，他是在临终关怀医院里度过的。在微信视频里，我看见他面如骷髅的脸，那是一张人皮蒙在整个头颅上。癌细胞破坏了他的造血功能，吞噬了他的肌肉、他的运动神经，也吞噬了他的求生意志。

这位从熊家村走出的少年曾是那样顽强：奔赴省城求学，南下广东就职，重拾书本，跨专业参加全国全日制研究生招生考试。获得211大学硕士学位的他，本是广州一所大学的年轻讲师。但是，健康不再，一切都烟消云散。短短两三个月时间，他从爬山到坐轮椅，最后沦落到无法在病床上坐起。当他得知这辈子再也无法站立或坐起，他便拒绝继续治疗。

他那年近五十的妻，多年来承受着姐弟恋的压力，承受着无法做母亲的痛苦；如今，承受着彻底失去的悲痛。她的坚定使她曾经的肤浅、刻薄在我眼里悉数隐去，余下的是圣母般洁净柔和的光。

我的少年朋友必然是带着对她深深的愧疚离开这个世界的。若非前世相欠，又岂会今生遇见，我相信：生命中所有的遇见都是天意。

就像许多年前，我与他在列车上的相识。他在我的生命里匆匆走过，除了带给我学业上的鼓励、指导，绝大部分时光里我并未意识到他的存在。在他离去以后，那些关于青春的记忆，那些刻苦攻读的时光，才如潮水般漫上心头。

人世间自有一份情谊只关乎青春，无关乎风月。在我心目中，永州永远是一片关于梦想、关于才华的净土。我所认识的永州人，无不质朴有才，然而又无不坎坷。面对命运的利刃，杀不死的，终将使其更加强大；那不幸被毁灭的，风骨永存。

病房琐记

石鼓书院 / 刘望春摄影

父亲又病了。去年四月，父亲入院抢救。

今年四月，我迎来甲型流感病毒挑战：扁桃体发炎、咳嗽，数夜不眠。清明前回乡，扁桃体仍剧痛。家中小坐片刻，父亲从田间回来，唇色乌青。他颤颤巍巍地给我倒了一碗蜂蜜水，眯着眼打量了一下我道：你这嘴巴皮的颜色和我差不多，怕是和我遭一样的病。

当天，我坐车回城。回城后口服了几天头孢克肟和众生片，又将矮茶、碎叶冬青、金银花、鱼腥草、枇杷叶、浮小麦、红枣等熬了满满一大壶。

我必须马上好起来，只有我自己健康了，才有余力去救治父亲。几天后，我彻底康复，立马叫先生开车去接父亲。几天不见，父亲的脸胖了一圈（水肿），眼皮也肿了。他双手颤抖，四肢乏力，步行四五十米也觉得艰难。

肺心病，II级呼吸衰竭，氧分压最高时89。不必问，家中的制氧机几乎是个摆设，父亲使用的时间远远不够，严重缺氧才会导致他病情危重。

七十多岁的父亲一生很少住院，他的病史虽有二十余年，但因病住院总共才三次。

乡下有俗语：哈啰气鼓咳，神仙下凡讲（治）不得。也许正因为如此，我忽视了对父亲病痛的早期治疗，也许正因为曾经很少用药，所以父亲一旦用药，效果便极为明显。吸氧、打无创呼吸机、打点滴、口服汤药……很快父亲便消了水肿，氧分压下降至60左右。

整层楼都是心肺疾病患者，稍有闲暇，我便去找那些八十多岁的老患者打听，打听他们的日常用药及养护方法。

此刻，功名利禄于我皆为浮云，如果可以，我愿立即将这四字换成父亲多在这世间存活二十年光阴。

看着病榻上憔悴的父亲，关于父亲的往事潮水般涌向眼前。

手机里保存着父亲一张老身份证照片，那时父亲四十几岁，棱角分明的脸，标致的五官，只是深邃的眼里有了明显的忧郁沧桑。想当年，二十出头的父亲也是帅得不要不要的，穿一身军装返乡，无论走到哪儿，哪儿都是大姑娘小媳妇的目光。年纪轻轻就当了大队支书、公社团委副书记，正是意气风发、前途无量的时候。他带领村民修建学校、工厂，栽下九峰山村八百亩杉木林。在白糖稀缺的年代，他指导村民种甘蔗熬糖，熬出的白糖、红糖让村民终生难忘。他创办了石洞口第一家加工厂：碾米、磨豆腐和红薯，粉碎秸秆等。父亲是不幸的，因为当初他有太多机会跳出农门：教师、医生、电工、粮站职员、公社干部……可是他要么把机会让给更需要的其他人，要么与机会擦肩而过，他像极了《芳华》中的傻刘峰。

父亲一生不仅仕途坎坷，且饱受伤病之痛。20世纪90年代，溪对岸的邻居建房，父亲去帮工。他挑着一担土砖走上脚手架，只听咔嚓一声，脚下的木头断裂，父亲从几丈高的木架上跌落，几十斤重的土砖将他的左脚踝骨硬生生砸出去。十来年后，华新启动开发。父亲不听我劝阻，执意前往开发区务工。第一天去，第二天井下作业，踩着铁梯下井，下到中途，梯子突然侧滑倾倒。

眼看几百斤重的巨物砸向自己,父亲急忙往旁边一跳,躲开了铁梯,却躲不开石头。井下空无一人,即便呼救,上面也无法听见。摔在石头上的父亲,忍着剧痛爬起来,竭尽全力扶正铁梯,再爬上梯子,出井,回工棚。

当呆鹰岭一六九医院的医生告诉他,肋骨齐刷刷断了五根时,父亲是不相信的。自此以后,原来可以两只胳膊夹两包水泥上楼的父亲迅速老去!再后来,风疹、腰椎间盘突出、颈椎病等统统找上门来。

陪伴父亲住院的日子,世间的喧嚣悉数远去,我仿佛回到很小很小的时候,心中眼中,除了父亲还是父亲。在父亲状态稍好时,我教他使用智能手机追剧,每天嘱咐他:吸氧+药疗+保暖+营养+适当运动=保命。母亲打来电话,不时向他报告蜜蜂动向:昨天在野外接了一窝土蜂,今天家里一箱大蜂群分出了三箱小蜂群。

陪伴父亲住院的日子,我疯狂查找慢阻肺相关救治医案。在古代医典中,此病称为"肺胀",辨证施治分三种。没有信息告诉我,此病可以彻底治愈,但我在写下这些文字时,心里却在祈祷:有一位神医,正巧擅长治疗此病,他的独家秘方,给父亲这样呼吸困难的老人带来轻松与希望。

父亲是不幸的,又是幸运的。2013年,他躲过了腰椎间盘突出的手术;他建的学校培育了千万九峰学子;他栽下的苗木,如今已是参天大树。

他历尽坎坷,但依然坚强地活在这个世界上。

我时常鼓励父亲:什么都不要想,开心地活着,活得比某些算计你的人、蔑视你的人、伤害你的人更健康更久远,便是生命终极的胜利!

老娘与酒

衡南廖苓硕烈士故居室内斗拱 / 碧波摄影

世上谁人无酒不欢？答案：我老娘。世人谁人无肉不欢？答案：我老娘。

老爹说：你老娘是《水浒传》中的孙二娘在陈家铺投了胎。

老爹年轻时也算好汉一条，行伍出身，两只胳膊夹两袋水泥上楼梯如履平地，擒拿格斗都是小菜，两三个人近不得身。老爹英雄一世，独独在老娘面前怂得很。想当年，九峰山村里那么多美女明里暗里恋着俺的帅爹，老娘愣是眼尖手快心眼多，三招两式就搞定了。论颜值，老娘白肤杏眼大黑长辫子，美则美矣，但身高不足一米六，在美女如云的九峰山上，真真算不得顶流；但论胆识论手段，当年的美人堆里，怕是难找第二个。

若干年后，我们都长大成人。一日，老爹喝了二两小酒，仰起头来，眯缝着眼道：找老婆就是要找聪明的，你娘脾气虽大了点儿，但人聪明能干，所以你们都沾了光。

哈哈！看来老爹对我们这些"作品"比较满意。

老娘出生在石洞口陈家铺，那是老金溪无人不知的地方。每逢农历三、六、九，老金溪的百姓都要去石洞口陈家铺赶集。老金溪走出的人才大军里，学者、政要、商人等，若是拐上三两个弯，几乎都能和陈家铺扯上关系。

想当年，我的太外公太外婆必定是相当勤劳能干的。两口子做出的豆腐、熬出的米酒在九峰山脚下有口皆碑，故而才渐渐会有人气、有商机，最终有了陈家铺。也许最初只是木板搭建的一个小铺面，但到了外公外婆手里，那一溜儿铺面已然占据了九峰半边街。

童年的记忆里，外婆家是飘着酒香的。记得电影《红高粱》中的场景吗？灶火红红、酒香浓浓，老娘便是在这样红火的环境里出生长大的。老娘出生时，上面已有好几个哥哥姐姐，但外公外婆对她的宠是任何人都比不得的。卖酒卖豆腐的人家自然不缺酒肉，外公喜欢大碗喝酒大块吃肉，邻里街坊来访，酒肉从不吝啬。在那物资极其匮乏的年代，外公外婆的慷慨赢得了很好的人缘。

老娘很小的时候，外公经常抱着她，让她坐在自己的膝盖上。他一边喝，一边用筷子蘸了酒，递进她小嘴里："满崽，你也尝尝。"

老娘对于酒的喜爱上承于外公，中结缘于老爹，加之当了几十年裁缝师傅，带出的徒弟一个又一个，实在有太多亲近酒的机会。

老娘酒量其实并不大，多饮几杯必面若桃花、口若悬河。在幼年的记忆里，我是很不喜欢老娘喝酒的，尤其不喜欢那些拼命劝老娘喝酒的人。因为见过她醉酒后肝胆俱呕的样子，那样子不单让幼小的我感到惊恐，更感觉到钻心的痛。

在娘家，老娘是被家人们宠上了天的那一个，她要摘天上的月亮，外公也会搬个梯子道：去试试看。出嫁后，老爹也是模范得不要不要的。但一物降一物，我似乎就是老天专门派来收拾老娘那跋扈性子的小坏蛋。我每每跟了老娘出去，就如同她的小保镖。但凡有拼命劝酒的，我就又哭又闹。

记忆中，平生第一次咬人就是在为老娘挡酒的时候。那只提壶的手不顾我的哭闹，坚决要让壶嘴向老娘的杯中倾倒。我急中生智，便捉住那只手的胳膊，狠狠咬了一口。在一声大叫里，我的壮举震惊了满屋子谈笑风生的人。

许多年后，我长大成人，有许多可以亲近酒的机会，但却总是与它保持距离，因为我始终不能忘记老娘饮酒后的情态。

看着她情绪亢奋，滔滔不绝而不自知，我的小心脏每个角落都是恼怒。那时的乡间，饮酒的女人本就很少，抽烟的女人更少。老娘在酒后又夹起了烟，这另类的举止往往让她成为酒席上的焦点。我看着她吞云吐雾的样子，再看看旁人眼睛里并不友好的笑，一小撮怒火腾地引燃了胸腔。我避免生气的方式不是哭闹，而是迅速掉头离去。当她吃饱喝足尽兴归家，欲吐未吐，急需使唤我时，我就慢慢吞吞磨洋工。老娘又急又气，免不了开骂：你个剁脑鬼！

哼！我哪有脑壳剁呢，我就做只缩头乌龟好了。这时，弟弟屁颠屁颠地跑过去，搬篓子、递杯子。老娘于是连声夸赞道：到底还是要养儿啊！

那时，我和弟弟才五六岁吧。有天半夜里，窗外人声嘈杂。当支书的爹披衣起身查看，原来村里一户人家着了火，火光烧红了一角天空。老爹急急忙忙跑出门去，回头叮嘱老娘管好我和弟弟。

老娘从来不是乖乖听话宝，老爹前脚出门，她后脚就跟上了。火势很大，尖叫声哭闹声一片。人们提着大木桶从屋前的池塘里取水，递给木梯上的，木梯上的再传送给屋顶上的。老娘也加入了提水救火的大军，她提着一大桶水走到阶基边的屋檐下时，一只大木桶从屋顶上滚下来，砸中老娘的脑袋，她当即晕倒在水沟里。

老爹把老娘背回家，又生气又心痛。记忆中，老娘吃了很多中药和偏方，喝了很多药酒。每当方子蒸好后，老娘倒上一杯药酒，端出蓝花瓷碗来，扑鼻的香气勾起我的小馋虫。我把小脑袋凑过去，老娘夹起一片瘦肉塞进我嘴里："乖乖崽，来呷点儿。"

天知道，这辈子，我几时乖过？我自幼记忆力超群，小学时老师教课文，一节课快完了,我的课文也背得滚瓜烂熟了,学霸的绰号里有一大半是记忆力的功劳。执教高中时,常与学生同堂竞赛背诗文,几乎没有学生可胜我。即便感冒或疲倦,也不知头痛头晕为何物,想来或许与幼年吃过那么多偏方有关吧。

而老娘在经受了那次重创之后,竟未留下丝毫后遗症。一生好酒的她,如今年过七十,依然思维敏捷,记忆精准,做点儿小生意,心算比年轻人还快。真是上天悲悯,好人自有福报。

如今,我再也不劝阻老娘喝酒,我甚至希望,年过七十的老娘还能像四十年前那样,豪饮几杯,大闹一场。我乖乖地为她备好醒酒汤,递上热毛巾。

然而,除却盛大的节日或聚会,老娘已经很少端杯。高血糖等老年病让老娘自觉远离了酒。祈愿上苍保佑老娘百岁不老,等到她八十、九十岁大寿,我也要痛饮三天,大醉一场。

插秧的老妈 / 刘望春摄影

陈年旧事话蜜蜂

养蜂的老爹 / 刘望春摄影

  父母养蜂多年，准确地说，外公、外婆算是他们养蜂的领路人。母亲回忆说，外公养蜂不用蜂箱，将一只木桶倒扣于地，蜂儿即在桶内繁衍生息，酿造甜蜜。记忆里，父母从未养过桶蜂，他们养的蜂，大多捕获于野外。

  老家山高林密，盛产厚朴、七叶一枝花、五倍子、百合、杜英、刺木等各类中药材。所以土蜜蜂所采花粉，多来自山野果木药材，蜂蜜品质亦非同寻常。

  数年前，溪对岸有一幢坍塌废弃的土砖房。母亲在房子附近锄地，总听得蜜蜂嗡嗡嗡地欢叫。丢了锄头，循声找去，声音的尽头是哥伦布发现新大陆一般的惊喜！在一截废弃的土砖夹墙里，藏匿着一大群野山蜂。母亲设法罩住蜂群后，又从夹墙里取出几十斤黏稠的野蜂蜜，因为岁月与芳香的积淀，它们呈现琥珀般的色泽与光感，入口芳香四溢，这是蜂蜜中的极品。在治疗溃疡、烧伤、咳嗽久治不愈等疾病方面，它有独特的疗效。这样的蜂蜜市价达数百元每斤，可惜母亲并不清楚，依旧将它们当作寻常的蜂蜜卖掉了。

十几年前的秋季，本是霜降寒露、野菊零落之际，但天气暖如阳春，满山满坡的野菊依旧怒放，两三箱蜜蜂竟然取得五六十斤蜂蜜。母亲乘坐客车，用铁桶挑了一担蜂蜜来我任教的高中年级组。打开桶盖，野菊的芬芳漫出整间屋子，这芬芳漫过走廊，潜入隔壁办公室，老师们纷纷跑过来抢购蜂蜜。母亲用竹勺一勺勺舀起，装入倒空的矿泉水瓶里，黏稠的蜂蜜巴在竹勺上，缓缓地落入瓶中。两桶蜂蜜一下子抢光，但分瓶盛装却整整忙活了一个下午。

一晃十几年过去，老家的野菊花年年漫山遍野地开，但是再没有取过那样芬芳黏稠的野菊花蜂蜜。蜂蜜的收成比变幻莫测的大自然更为神奇，自然有时尚可预测，而蜂蜜的获取与否则很难预测。

知我家养蜂，常有朋友找我求购王浆与花粉。王浆、花粉皆为意蜂所产，老爹家养的是山野土蜂，土蜂只产蜂蜜，不产王浆与花粉。蜜蜂并非天生勤劳，野山蜂产蜜量有限，一旦够吃，便宅家坐吃山空。若有吃不完的长年累积下来，则色泽黑亮浓酽如药膏，常为药引，价格昂贵。野蜂为人所俘，即为家养。养至脾满封盖，养蜂人即开箱取之；若不取，蜂则宅家休养，天天吃余粮。蜂之所以勤劳，实为人所迫矣！

有女友言：十三四岁时即食蜂蜜，蜂蜜真假易辨。又言：好想尝尝桂花蜜与茶花蜜。我闻言，讶然又哑然。庭院桂花虽香，却不流蜜；山上的白茶花，黄蕊中虽蜜汁满满，土蜜蜂若采，蜂群则易染上烂仔病而亡。大朵的花卉，如荷花、玉兰等，它们的花粉皆不是野山蜂酿蜜的好材料。反倒是那些细细小小的花，如杜英花、板栗花、荆条花、玉米花、五倍子花……它们的花粉出蜜率极高。

这个世界，扑朔迷离的不只有蜜蜂，神秘的大自然每天都在上演离奇的故事。

真真假假辨蜂蜜

华峰村井干垅——曾国藩夫人故里 / 刘望春摄影

谈到蜂蜜的真假，几乎所有人都会竖起耳朵。借我一双慧眼吧！能准确辨别真假蜂蜜。市售的各种蜂蜜，细心的消费者会发现，有些成分表上标有饴糖或果糖字样，但凡这种有添加的蜂蜜，价格都很美丽，三四十元就能买上一大瓶。市售的蜂蜜通常都很黏稠，之所以如此，要么是添加剂使然，要么是使用机器设备浓缩了水分。养过蜜蜂的人都知，春蜜夏蜜水分较多，秋蜜冬蜜水分较少。外观上的差别是用手摇晃，前者易流动，后者流动缓慢。

有人买了蜂蜜后，过段时间发现：液体状的蜂蜜变成了白色的固体。啊！这是掺假了吗？这是掺了白砂糖吗？多么可笑的判断呀！纯净的蜂蜜低温下大多会结晶，尤其是春天的山花蜜与冬天的枇杷花蜜、野桧木蜜。秋天的野菊蜜及五倍子蜜也会结晶，很难结晶的是夏天的板栗花蜜。这种暗黑的蜂蜜，有啤酒一般的威力。倘若剧烈晃动，会产生密集的泡沫，形成强大的气流，冲开瓶盖喷涌而出。还有一种蜜很难结晶，那就是添加了杂质的蜂蜜，无论存放多久，气温多低，它都永不结晶。

如何判断结晶的蜂蜜是否添加了白砂糖呢？请细看晶体，纯净的蜂蜜结晶后，色如猪板油，晶体入口如同奶油一般细腻；加入白砂糖的蜂蜜结晶后，晶体会呈现白砂糖般粗糙的颗粒。

但是有一种蜂蜜除外。

十几年前的秋季，父亲取过一次蜂蜜。有位女同事购买后，大呼小叫：你父亲的蜂蜜掺了白砂糖，都变成了白色，还有一粒一粒的。回家后，我问父亲缘由。我深知父亲的品性，蜂蜜是绝不可能掺假的，但颗粒状的结晶又如何解释呢？父亲思考了一下说：只有一种可能性，那就是蜜蜂采花粉时一并采集了大量的松针糖。

九峰山是省级森林公园，林间多古松，松针在光合作用下产生淀粉和糖分，随后淀粉又转变成葡萄糖，在这个过程中，剩余的糖分就会裹在松针上形成白色的晶体，外形有的圆，像露珠；有的方，像水晶。

这种糖甘甜可口，清香宜人，具备一定的药用功效：扩张动脉血管，促进血液循环，增加红细胞的携氧量，增强人体免疫力。自然界里一切芬芳甜蜜的都会吸引蜜蜂采集，蜜蜂大量采集了这种糖后酿出的蜂蜜一旦结晶，便会还原出它们最初的模样，原理类似于盐水风干后，依旧呈现出盐的颗粒。

这种松针糖蜜是极为罕见的！因为松林不是每年秋季都会大量分泌这种糖分，务必要连续白天晴好，早晚低温，蜜蜂采够吃饱仍有存余时方能酿成此蜜！

世间多少人与物皆如同这蜂蜜，识之者谓之珍品，不识者谓之草芥。不知者不为过也，常言道：有眼不识金镶玉，何况蜂蜜乎？

蜜制花茶巧护肤

金兰陈坪村水库 / 刘望春摄影

蜂蜜是保健养生佳品，许多人食用蜂蜜，只知它有滋阴润燥、补虚润肺、增强免疫力之功效，而对其美容护肤功能却知之甚少。

古籍记载：常食蜂蜜，颜色如花。古人或许不知，如果能将蜂蜜内服与外敷相结合，将蜂蜜与各种花草相融合，其美容护肤功效不知要强大多少倍。

笔者因老家养蜂，材料丰足，多年前就开始尝试用蜂蜜炮制各种花茶。旧日之同事亲友，每每相聚，常常惊叹我有逆生长之神功，焉知我有如此美颜护肤法宝。

蜜制花茶第一步：材料必须正宗。不要贪图便宜而使用含有杂质的蜂蜜。正宗的中蜂蜂蜜目前市场价百元左右每斤，倘若是意蜂，因为产量高，市场价估计在六十元左右，但意蜂蜂蜜营养成分不及中蜂蜂蜜丰富。

蜜制花茶第二步：材料用具必须无生水。生水含有细菌，是炮制各类食材的大敌。蜂蜜本身是天然的防腐剂，浸泡各类花草，可在常温下存放，多年不坏。可若是沾了生水，蜂蜜的防腐功能便会大打折扣，炮制出来的花茶无法长久存放。

气温高时炮制一个星期后即可食用，气温低时以一个月为宜。

所取材料，宜根据自身体质而异。虚寒淤阻，有乳腺增生者，宜选用玫瑰；阴虚火旺，有妇科炎症者，宜选用红巧梅。生姜切成姜末，鲜柠檬切成薄片，生姜有活血驱寒之功效，柠檬富含维生素C，具有良好的排毒作用，此二者可入各类花茶，谓之"百搭神君"。花茶炮制时间愈久，颜色愈暗，而蜜汁功效愈好，炮制时间一年以上的花茶，颜色暗黑。清晨取温开水冲服一杯，一整天都神清气爽，对于免疫力低下、容易感冒的弱女子来说，其功效尤为明显。

睡前洁面后，用汤匙取一点点蜜汁涂抹于面部，轻轻按摩至皮肤完全吸收后上床入睡，次日起床用清水洗净，皮肤立马呈现明净通透的效果。坚持使用一段时间，各种细纹斑点皆会淡化，比市场销售的许多化妆品效果都好，且完全没有副作用。为了外用方便，可取小瓶装满一瓶，外用时挤出一些，若外出，亦可随身携带。

蜜制花茶内服外用，这是女子修炼健康与美丽的法宝。在各类狐妖鬼怪影视作品中，我们看见狐仙饮甘露、啜蜜汁、啖百花、食万草，与日月为伴，与草木相依，不老不逝，与天地同寿。

人与妖之修炼历程，或许是殊途同归吧。

埃及艳后的秘密

初夏时节九峰山 / 刘望春摄影

芦荟是一种寻常的植物，却拥有不同寻常的魔力。

它是埃及艳后克里奥帕特拉最钟爱的护肤法宝，在艳后光彩照人的容貌背后，芦荟这种小小的植物发挥着强大的威力。

它的胶质叶肉含有芦荟素、高分子多糖、抗炎类物质、多种活性酶、多种维生素、多种氨基酸等物质，这些物质综合作用，使之具有强大的美肤功能。

第一次认识和使用芦荟是在许多年前的三亚。因紫外线灼伤了皮肤，老同学割来一片肥厚的边缘有刺的叶子，叫我剥开绿色的表皮，用里面透明的胶质叶肉涂抹受伤的皮肤。我仅仅涂抹了一次，第二日醒来，伤处便有明显好转，接着涂抹了几次，不到两天，皮肤竟然彻底痊愈了。从此我知道了这种神奇的植物名叫"芦荟"，并亲身领教了它的厉害。

那时和老同学相邻而居的是两位老人，老夫妻在院子里种植了一大片库拉索芦荟，经常割取叶肉做菜。三亚本地人鲜有肤质白嫩者，这对年过七旬的老人却皮肤光洁无斑，比许多中年人状态还好。那时我尚不知埃及艳后的秘密，只是暗自揣度他们的好皮肤与长期食用芦荟有关。

十几年来，我在家中打造了前后两个芦荟阳台，早晚使用芦荟抹面，不定期食用芦荟叶肉，用蜂蜜浸泡芦荟叶肉，用芦荟鲜叶煮茶，即便出差也必随身携带芦荟鲜叶一片。都说眼纹最能出卖女人年龄的秘密，常有美女好奇，叫我摘下眼镜，她们审视一番后，往往惊叹："竟是一条细纹都没有呢！你保养得好好，用的什么眼霜？"我笑答："芦荟牌。"

芦荟原汁能防晒抗紫外线，是天然的保湿滋润乳；含有丰富的胶原，能有效祛除皮肤皱纹；能消炎祛痘、促进组织细胞再生修复，是祛除疤痕的良方；能清热解毒，促进脂肪分解，有利于瘦身及肠道垃圾清除；能调节三高，降糖效果尤为明显……埃及艳后终其一生都坚持内服外用芦荟，若不是因为她在三十八岁时被俘自杀，这个因为芦荟而谱写的美容神话或许将被更多人熟知。

总之，这是一株能为人类带来健康与美丽的仙草。但你若体质寒凉，则要谨慎内服，你若皮肤过敏，则要谨慎外用。在栽培的过程中，要杜绝药水和化肥的使用，发酵的淘米水或豆腐渣水是它最好的养料。它并不喜欢水，也不喜欢曝晒，所以你无须天天浇水。

记住埃及艳后的秘密，种下一株芦荟，从此你也可以做既健康美丽又悠闲惬意的女子。

野蘑菇的诱惑

朱晖塔的昨天与今天 / 傲寒松、熊和平摄影

虽然常以吃货自诩,但我从未想到会在"吃"上栽这样的跟头。

这个秋季,雨水格外丰茂,山野蘑菇疯长。中秋国庆长假回老家看望父母,童心未泯的我便拉了老母亲去山林里采蘑菇。

我们去了屋后一片竹林,竹林里铺满了厚厚的落叶,灰暗的竹叶上,盛开着一朵朵浅灰色的蘑菇,我很快拾了一小袋。

回到家后,我将这堆蘑菇摊在竹匾上,拍照发了条朋友圈,问能吃还是不能吃？微友们众说纷纭，有的说能吃，有的说不能。

也许是我对自己的植物学知识太过自信，也许是我大意了，没注意到那朵菌盖纯白的菇是有毒的。总之，第二天清早，我将这些菇用淘米水泡了一会儿，用清水洗净，再往柴火锅里倒了一碗清水，放了两撮刚从树上采下的红花椒，开启清水花椒炖蘑菇模式。

在开煮之前，爹妈一直叫我别吃。老妈说，当年她亲眼看见胡舅吃了枫树菇神经错乱，花了好多钱才捡回一条命。然而，我的好奇心是如此重，我的自信心是如此爆棚。我煮了一碗菇，没让父母吃。事实上他们也不会吃，只是他们没想到，由着宝贝闺女的任性，这回真的交了学费。

早晨九点左右，我开始吃蘑菇。先只吃了一点儿，一两个小时后见无异常反应，便将余下的吃完。事实上，这菇汤除了口感滑嫩，并无多少鲜美。

中午，父母煮了一只大鸭，我不想吃鸭肉，老妈开始碎碎念：杀鸭宰鸭不容易啊，你却不想伸筷子。我吃了很多地瓜叶，还吃了一个月饼，一个红薯。

吃完后，觉得饱后困极，便上楼去睡觉。二楼有点儿闷热，但我还是睡着了。醒来后，将近下午五点，感觉胃部不适，忍不住呕吐了两口，然后小腹坠胀不已，一个小时内水泻了三四次。打电话告诉爹妈，说我可能中暑了。老爹让我喝了两瓶藿香正气水，老妈叫我下楼，她亲自动手帮我刮痧。刮完后，摸我的额头，额头冰凉。老妈断定我是中暑。但刮完痧后，我依旧内急得紧。

因为早上吃了蘑菇，我怀疑自己可能不仅是中暑，还有可能是中毒。在朋友圈看了微友清夜如水发的关于毒蘑菇的文后，我立马联系我先生，叫他派车来接我。坐在车上，我电话联系了县人民医院急诊科的学弟李孝德，他很肯定地告诉我：中毒！他叫我速去医院，并用灵芝煮水喝。我立马联系药房里的姐妹，说我可能蘑菇中毒了，叫她们帮我用十克灵芝熬好水，凉着。彩虹姐闻言大惊，之后赶紧为我抓药熬煮。车至县城，我直奔药房喝灵芝水，陈大姐左右手各端一杯，对着风扇吹凉凉。此情此景，令我好生感动。

喝完灵芝水后，我步行去医院。新正街正大搞人防建设，车辆无法通行。遂绕道明翰广场，直奔人民医院急诊科。一个多小时内，办住院、测脉搏心率、抽血化验、心电图、B超、粪便化验等统统做完。综合结果显示：我的症状算是轻微，除了水泻，并无其他不适。

一问医生，方知近来因蘑菇中毒入医院者已有二三十例。在我之后，有一家三口均被蘑菇毒翻。老祖母七十多，儿媳四十出头，孙子十三四岁。老祖母说只用了五六个小菇炒了一碟丝瓜，两三小时后毒性发作，头晕、剧烈呕吐、腹泻。当时她在田里捆稻草，自知不妙，急急往家赶。我以为孙子年轻，状况应该会好些。少年说，他刚才便呕吐了二十几次。细看他们带到医院的蘑菇，灰白色，长柄，椭圆形的伞盖，伞盖上有少许鳞片，一副无毒无害的模样。

老友来电说：我吃的蘑菇真不像有毒的。云南盛产蘑菇，一文友老乡看了照片后，也说可食无毒。我自己细看过，无菌裙菌靴，颜色也不妖艳，但我的确是中毒了。

点滴使用护肝护胃药，还输了维生素、钾离子等。清早看了下账单，昨晚上一番折腾，一千元已用完。

躺在病床上，我一边打点滴，一边狂查蘑菇中毒常识。大致说来，蘑菇中毒可分三种：胃肠型、溶血型、神经型。溶血型中毒会导致肝肾损伤，严重者需血透换血还不一定能得救；神经型中毒会令人产生幻觉，胡言乱语，四处奔走。

相较之下，胃肠型中毒算好救治一些。不可忽视的是，蘑菇中毒后的假愈期，与煤气中毒假愈相似，一旦假愈后复发，往往危及生命。所以，但凡食用蘑菇中毒者，迅速入院观察治疗是必须的。

最稳妥的办法是珍爱生命，不采不食野蘑菇。倘若挡不住诱惑，一定要有识菇者带领指导，切不可以身试毒，以命涉险。

九峰夜归人 / 刘望春摄影

极奢与极简

岣嵝乡戴今吾烈士故居／刘望春摄影

一直觉得自己很富有，富有到不需要用奢华来证明。举个例子：当周边的亲友都买了车，我一直没有买，以至于我的老母亲都忍不住嘀咕，你看左邻右舍，谁家没个车？似乎她闺女混得不太好。为了实现老母亲的心愿，两年前，我以月供三千多元的代价，终于让自己活成了有房有车的"成功"样子。尤其听到我还会穿别人穿过的旧衣服，老母亲的声音顿时高了八度：那你莫回来哒！瞧瞧这有虚荣心的老人家，天真得像幼儿园里攀比花裙子的小女娃。

常帮我洗头的姐姐，是非常勤劳、贤淑、节俭的广西女子。许多顾客喜欢她，常送她新的、旧的、半新不旧的衣服，衣服在家里堆得像座小山，有些衣服质地很好、样式很漂亮，可不适合她穿，丢了又觉可惜，于是她一摞摞地拎来店里：西西老师，这个你穿吧，一定很好看！她的慷慨也只是对我，遇着旁人过来挑挑拣拣，她可未必那么乐意。

当她热情为我比量衣裳时，旁人脸上大多会堆上不咸不淡的笑：西西老师哪里会穿这些衣服？她自己的衣服都穿不过来。这些衣服挺好看的呀！我穿一定很好看！此刻我绝不吝啬我的赞美。

不久后，我来洗头，定会穿上她送我的衣服。能穿进别人穿不得的衣服，证明身材在线；能将别人嫌弃的衣服穿出别样的惊艳，证明气质在线。

从前有位女子，我买过她小店里许多衣服，但至今不知她真实姓名。每次去她店里，我一不讲价，二不比划，大包小包地买。那些衣服品质款式极好，但都很便宜，准确地说，也许只是很便宜地卖给我。后来，她大件小件地送，再后来她的店铺关门转让，人也从西渡街上消失了，只在我的衣柜里留下许多她家外贸出口的衣服：套裙、西装、阔腿裤……件件仿佛为我量身定做。

我很少丢弃衣服，因为裁缝的女儿骨子里有动手的基因。手缝蕾丝花边，加流苏，牛仔裤改裤腿口，长裙改短，短裙拼接加长，破洞绣花，漂色、染色……服装带给我的快乐不只是"美"，更在于可以创造"美"。

采来山间的药草，捣碎后取汁，将素白的棉麻浸泡其中。一段时间后，取出漂洗，晾干后，再次浸泡漂染，如此反复数遍，固定颜色。用这样的色布裁剪一袭长裙裹身，女人的身心便驻守在山野花草之间了。

这样的衣裙成本是低廉的，十几块钱的白布，不要钱的药草。当我穿着这样的长裙漫步于人海中，我从女人眼里看到了惊羡，从男人眼里读到了惊艳。世间真正奢华的，都是货币难以购买的。譬如说这样的裙子、甘甜的泉水、清新的空气、灵动的身心、优质的睡眠、良好的关系……左边极简，右边极奢，当我赤脚从中间走过，迎接我的，是天边那朵安详舒适的白云。

不为花事，只为江愁

萱洲刘锦公祠 / 刘望春摄影

再次来到三月的萱洲，不为红桃、白李、黄花，不为艾粑、野蘑、嫩椿，不为它"千年古镇"的美誉，不为它喧嚣的人流车流；只为那无垠的江面，只为那静默的江水，只为那江边人家的爱恨情仇。

刘景公祠守望江边百余年，目睹刘氏子孙繁衍生息，或悠游于江面，或浮沉于商海，或厮杀于政坛，或驰骋于沙场。那位毕业于昆明西南联大的刘仲平，信奉共产主义，几度出生入死，不幸英年早逝。其弟刘锐钢，追随三民主义，大陆解放时举家迁往台湾。兄弟手足，却因信仰不同，形同陌路。

他们的故事与宋氏姐妹何其相似！

面对蒋的暗杀密令，宋美龄疾言厉色，坚决不许戴笠等人擅动宋庆龄分毫。晚年的宋庆龄，生命垂危，奄奄一息，期盼与妹妹一见。其时，宋美龄并非不知姐姐危在旦夕，并非不能从台湾前往大陆，但她终究没有迈出那一步。

百余岁高龄的宋美龄后来叹息说："我活得太久了！上帝让我活得太久了！"是的，达令不在了，姐姐们不在了，许多亲友都不在了。如果没有亲情友情的滋润，人活百岁亦不过是孤独终老，又有何幸福可言？

一边是血浓于水的亲情，一边是炙手可热的权势。我曾以为，二者必然水火不容，事实上，二者从来相争相依。就像曾经热播的电视剧《女医明妃传》，朱祁钰即便贪恋帝位，明知英宗的存在对自己是颗定时炸弹，他可以软禁，可以轻慢，就是不忍心置兄长于死地。这份不忍让今天的我们依然能感受到人性残存的善良、亲情残存的温馨。刘氏兄弟政见不同，却十指连心。

那一别，终生未见，只有江水传情，白鹭含悲。

能够居住在临江古河街一带的居民是幸福的。与浩瀚的江景相比，与厚重的故事相比，那些或浅或深的芽，或红或紫的花，或明或暗的叶都是微不足道的。花事会随季节凋零，而江水与故事却永驻时空。萱洲的花事已看过多次，比这更美的花事在别处也看过多次，这样阴冷的早春雨季，其实并不适合赏花，可是那又有什么关系？你看，江面是如此阔静，江水是如此温柔，文友是如此娇俏，即便再看千遍万遍，宁静、豁达与感动依然充盈心间。

衡山九观桥水库 / 刘望春摄影

花中花

雨母山帝喾祠 / 周莉摄影

几年前,一群女作家朋友邀我去蒸湘区的雨母山,玩开心农场,赏百万花海。雨母山我曾去过两次,雨母良品的果蔬鱼米在衡阳是家喻户晓,百万花海的名字更是如雷贯耳。只是开心农场从未谋面,百万花海从未亲临。

给我打来邀请电话的玲姐因网络相识,伊人娇小,眉眼含笑。可惜,我有事,实在无法脱身。活动结束的当晚,仔细看微信朋友圈照片,算是过了一把赏花的干瘾。

必须承认,我是比男人更爱看美女的女人。男人看女人,或许看得肤浅。女人看女人,往往是带着 X 光的架势。譬如逛街,遇见美女前凸后翘,男人饱了眼福后,会不由自主地想:性感尤物也!而女人则一脸狐疑:胸围作假了吗？面部动刀了吗？就算胸围和脸蛋都是原装，女人也未必认为这就是美女。嗯，眼睛小了点儿，皮肤不够白。啧啧，女人看女人，实在挑剔得紧。

曾经看过云裳不少文字，及至相见，方知造化弄人。面容那样清秀的女子，上帝却不曾给她一条健康的腿。参加市内培训，与云裳同桌就餐后，在转身道别的瞬间，我看见了她握着碗筷的手，其情状令我骇然失色。这样高度变形的手是如何写出那么多美丽的文字的？

看看云裳的脸，除了笑容，不曾见丝毫阴霾，她连我的表情都忽略了。

与女人交，我向来持戒心。可在于飞那里，我方知世间还有这样的女子，坦诚明朗得如一泓清泉。她走过的路，她洒过的汗，她人生中的起起落落，都像泉水般坦荡明澈。拉开衣柜，不是华服，而是一溜儿玻璃酒缸：桂花酒、葡萄酒、蛇鞭酒、鹿参酒……那晚，我们举杯对饮，同床共枕。都道文人墨客好酒，豪饮之士必豪爽，那晚的于飞让我见识了女子的柔情与豪气，一如她的诗文，刚柔相济、曼妙与铿锵并存。

岁月如歌，女人如花。花开花谢，流光易逝。心中若有挚爱，腹中若有诗文，鲜花自会四季轮回，常开不败。

金兰梨花胜雪 / 刘望春摄影

坐看牵牛织女星

富厚堂室外景 / 刘望春摄影

七夕又名"乞巧节""女儿节",是我国的传统习俗。时至今日,它被国人冠之以"东方情人节"的媚称,散发着玫瑰的芬芳,巧克力的醇香。这一天,约会、送花、聚餐、表白……空气中尽是甜蜜,诉不完的郎情妾意,道不尽的山盟海誓。

回看古时的七夕,比今日多三分雅趣。七夕夜,众姐妹月下相约,树叶煮汤沐浴更衣，衣袂飘飘，仿若月宫仙子下凡。香炉焚香，几案供果，对月默祷。拜月完毕，采来凤仙花瓣，捣碎取汁与明矾粉混合，敷于玉甲之上，素手生辉，拈针引线，祈愿沾得织女之灵慧。月下相偎，仰望星空，牵牛织女，脉脉含情。人生若得一痴心人如此，即便一年一会又何妨？

　　这个年代爱情快餐风行，这个年代诱惑无穷无尽。有人说，为坚守真爱而舍弃一切，只能在牛郎织女的故事里追寻。可是，我认得一对年近百岁的老人，新婚后没几天，丈夫就被抓了壮丁，之后漫漫数十年间杳无音讯。亲人皆劝女子改嫁，女子坚决不从。半个世纪后，满头华发的丈夫从海峡那边归来，当两双苍老的手相互搀扶，当满堂儿孙绕膝承欢，这对老人用他们的一生谱写了关于坚贞的传奇。

　　我听说一位年过四十的妇人，为了让自己身患尿毒症的丈夫能够活下去，毅然捐出自己的肾；我看见一位身居要职的官员，十几年间为自己身患绝症的妻子四处寻医问药，不离不弃。

　　真爱是世间的洪荒之力。那些因为分居、因为疾病、因为失业、因为个性而要劳燕分飞的恋人或夫妻，只能说他们不曾真爱过，或者爱得不够深。

　　人生最浪漫的事其实不是年轻时的玫瑰与蜜语，而是有一天，你我华发苍苍，相携相扶，在七夕的夜里，席地而坐，遥望牵牛织女星。

曾国藩故居白玉堂／刘建海摄影

总是酒香醉故人

耒阳盘古大庙 / 刘望春摄影

子云出生于耒阳仁义，长大后走遍沿海与异国他乡。她喝过俄国的伏特加、美国的威士忌、法国的香槟和马爹利，也喜欢茅台、五粮液的滋味。如果说美酒如美人，那么遍览美色之后，令子云终不能忘怀的还是她的初恋——故乡那浓甜的醐酒，子云生命中尝过的第一口美酒。

子云的外祖是耒阳有名的酿酒世家，祖祖辈辈凭借酿酒的独门手艺买下过许多铺面，后来传至子云的外祖时，只剩下耒阳南正街两间铺面了。外祖家的酿酒工艺传男不传女，所以子云的母亲虽然酿得一坛好酒，却无法使这酒持久留香。

酿酒于外祖父母而言，是生计也是爱好，喝酒是最大的爱好，其次的爱好是一边喝酒一边听戏。他们老早就从戏文里知道张飞、庞统,知道桃园三结义,却不清楚他们日夜劳作的醅酒正与戏中人有关。

对于酒,子云有着异于常人的敏锐。这份敏锐,也许一半来自天赋,一半来自遗传。一个酿酒的家族,一个善饮的家族,自会携带某种关于酒的基因。每一种酒,只须喝过一次,子云便能牢牢记住它的滋味与香气。可以毫不夸张地说,她深谙每一种名酒的香型和口感。曾有朋友推荐子云去做职业品酒师,但子云终是摇头放弃。她不想做一个终日泡在酒缸的女子,更不想滥用上苍赐予自己的这份天赋。

子云平生第一次喝酒是在外祖家。当时来了客人,外祖母塞给八岁的子云一个空酒壶,叮嘱她去酒房舀一些醅酒来待客。子云推开酒房的大木门,眼前的景象让她呆住了:一个个大小、形状各异的酒缸、酒壶沿着四面墙壁,一排又一排,排满了好大一间屋子。浓郁的香气扑面而来,令人有几分眩晕。子云在酒缸与酒缸间穿行,像一只快乐的小蝶,揭开这个酒缸看看,打开那个酒缸尝尝。好香好甜的酒呀!她忍不住尝了一口又一口。记不清在酒房待了多久,尝了多少酒,只是隐约记得后来外祖母来酒房找她抱她。那是子云人生中第一次喝酒,也是第一次醉酒。

每年夏季,外祖父母格外忙碌。他们一大早便起来,去竹林里寻找各种中草药,用山泉水洗净后,晾透晾干直至可以碾磨成粉。他们把上好的粳米碾磨成粉,然后加入中草药粉、适量山泉水揉搓成团。在整个制作过程中,双手及各类器具要保持绝对清洁,尤其不能沾上油盐等异物。此刻,要来帮忙搓团子的子云是最不受欢迎的。外祖父拉长脸,故意拿眼睛瞪她,甚至呵斥:去去去,小孩子一边玩去。外祖母则一脸宠溺的样子,抓过一把粉末塞进她的小手:丫丫去那边搓团子哈,搓好了给外公酿酒喝。

事实上,他们从来没把子云搓的团子放进过发酵房。搓好的小团先是全部放在铺满了稻草秆的竹匾上,继而连同竹匾一道进入密封的发酵房,然后在竹匾上覆盖上厚厚的棉被。当室外气温三十度以上时,第二天掀开棉被,一股温热混合着草药香的气味扑鼻而来。那些小团都发酵膨胀成小馒头的形状了。此时,千万不要去动它,否则,它立马散开成糊状。待温热散尽,充分冷却后，抬出竹匾，放到烈日下曝晒，不出三五天，上好的醪酒酒曲便制成了。

外祖家酿酒的日子于子云而言如节日般让人欢欣。这个时候正是秋季，新鲜的红薯刚刚出土。外祖母把上好的糯米筛选淘洗过后，置于大铁锅里蒸熟。红红的柴火舔着锅底。米饭冒香时，子云的红薯也在火灶里飘香了。外婆用铁铲将米饭铲出锅，放进大竹匾里摊开冷却，锅底金黄爽脆的锅巴便成了子云的美味零食。

当米饭冷却至温热时，祖父将酒曲丸子捏碎成粉，均匀地撒在米饭表面，然后用厚实的大手，使劲揉搓米饭与药粉，使它们充分融合。待米饭彻底冷却后，外祖父再用蒲扇般的手掌把它们捧入阔口的陶瓷荷叶缸中，四面八方压实之后，在缸子正中央，用拳头压出一个小窝的形状来。荷叶缸进入发酵房后，盖上木盖棉被密封发酵。在气温较高的初秋，只需一天左右，那小窝里便会溢出香甜黏稠的醪酒。倘若气温较低，则需要多一些时日。

小窝中刚刚溢出的醪酒，是醪酒中的精品，富含多种葡萄糖和人体必需的氨基酸。随着时间的推移，小窝中溢出的醪酒黏稠度及含糖量均会有所下降，但酒精度数却会上升，表现为口感不再那么糯甜，而是甜中带些老涩。酿制不慎的，甚至可能导致醪酒酸败，但即便是酸败的醪酒，仍然是上好的烹饪调料，可以祛腥增鲜、活血化瘀。

女人冬令进补常常食用阿胶，这药材碾碎后，若用醪酒浸泡一两个夜晚，不仅可以完全祛除驴皮的异味，还可以更充分发挥药材的功效。寒冬皮肤干燥易裂，取上好的醪酒，用指尖蘸上几滴，轻轻揉于面部，不仅能极好地滋润皮肤，淡化细纹及色斑，更能极大地提升皮肤的光泽度。每个清晨，喝上一杯醪酒姜枣茶，不仅可以活血、养血、祛寒湿，亦可预防感冒。如果在其中再搁上一枚土鸡蛋，一同蒸开煮熟，持之以恒食用。许多年后，当同龄人都已人老珠黄时，坚持用醪酒养生的你，可能还是那个笑靥如花的女子。

这么多年过去，子云便是那个笑靥如花的女子。她用脚步丈量过世上许多地方，喝过这世上最好的酒，行过这世上许多的桥，也在最好的年华里邂逅过最好的人。她能清晰地分辨出那些包装极尽奢华的美酒，哪一种是原粮酿造，哪一种是原浆勾兑；是蒸馏还是再制，是果酒还是米酒，甚至年份及材料细节。只是再也没有人叫子云丫丫，再也没能见过制作酒曲、酿造醐酒的场景。

她只是在无数个午夜的梦里，听见耒水悠长的吟唱，看见竹海翻滚的绿浪，闻到南正街绵甜的酒香，像天国里外公外婆慈爱的笑颜，这笑颜像醐酒一样，永远甜在她的心坎上。

耒阳大河滩喷泉 / 文心雕龙摄影

高考往事

三个小伙儿烧柴火 / 刘望春摄影

说起高考，九妈立马不淡定了。回忆起高考前后的种种，九妈的二宝梦、小棉袄梦瞬间就冷汗淋淋地被惊醒了。

九同学自小活泼好动，性情温顺。小学最初几年，成绩总是驻足班级十名左右。九妈九爸都很懒，一不陪九同学作业，二不报校外补习班。"学习是自己的事"，这既是他们的教育理念，也是他们为自己偷懒找的借口。

小升初，九同学破天荒地考了全校第二。初中最后一学期，九同学考进了长郡芙蓉中学。一同考进长郡集团的还有几位学霸：带子、正哥、凤姐、朱哥、三妹。

长郡芙蓉中学面积不大，但设施条件不错。对于择优录取的外地考生，学校视若珍宝，恩宠备至。班主任"孙嗲"白白净净，总是春风满面，那份细致耐心，许多亲爹亲妈都不及。除了收取不到四百元的宿舍生活用品费外，海量的试卷及其他一律免费。尤其是篮球场和食堂，这成为九同学心中永远的念想。

九妈每个星期火车来去，一没租房陪读，二没报补习辅导，一个学期下来，依然成功花完了两万元。小学六年加初中的二年半，从未补课的九同学功课学习开支不到两千元。

朱哥的父亲是生意人，衡阳、山东都有房产和门面。朱爹朱妈皮肤黝黑，穿戴随意，开的车子也普通，不像是有钱人的架势。朱妈租房陪读了半年，一个学期下来，五六万元不见了。听说还有一个学期花完十万元的，平均每天七百多元的开支，这种烧钱的速度，九妈想想就直冒汗。

九同学和朱哥成绩不相上下，和带子、正哥同寝。九妈常常提醒九同学：要和优秀的人做朋友。所以，九同学不单和朱哥要好，和两个超级学霸室友交情也都不错。带子妈有一回包饺子，特邀学霸们赴宴。还好，九同学心理够强悍，没觉得自己缺斤少两啥的，只是一米九的大个，消耗了带子家不少饺子。

有一天，九妈又提醒九同学：优秀的人凭什么要和你做朋友呢？九同学醍醐灌顶似的表情，在疯狂打了两个月篮球，享用了两个月的美食后，九同学悲催地发现：如果考不上长沙的好学校，老家的好学校都难得回去了。

最后两个月里，九同学开启疯狂刷题模式。中考后，"孙嗲"拍拍九同学肩膀：如果刚进校就像最近这么拼，不要说四A，五A都没问题嚯。

但可惜没有如果。正哥个子不高，非常结实，英语成绩所向披靡。正爹俨然健身房私教，棱角分明的脸，标致的五官，高挺的身材，鼓囊囊的肌肉。一天到晚和钱打交道的正爹口头禅是：娃念书便是赚钱，念好了能赚大钱！所以，自始至终，只见正爹陪同正哥来来去去。大抵是赚大钱这等大事，正妈来，正爹都是不放心的。正爹带着正哥东奔西跑，最终正哥被长沙市一中提前批考试签约录取。

高考前，正爹带着正哥参加了中南大学的自主招生考试，用他自己的话说：买保险。万一高考筶了瓢，中南大学还有一线希望。正爹原是约了三妹妈一同去买这个保险的，三妹妈阴差阳错没有去。以极好的成绩考入长郡本部就读的三妹，每次联考都在六百分以上，这分数上个211学校铁定没问题。三妹妈本是郴州地区有名的高中骨干教师，长郡三年，两口子每个星期开车同赴长沙，最后一个学期，请假全职陪读。三年来所耗费的人力、物力、财力是无法精准计算的。高考于三妹全家而言，简直是个噩梦。三妹发挥严重失常，总分比平时联考下降近百分。三妹爹妈夜不能寐，食不知味，逢人就怕询问女儿高考成绩。焦虑和抑郁笼罩了整个家庭，很长时间里，三妹爹都要依靠安眠药方能入睡。

高考结束后填报志愿前，正爹、九妈、三妹妈聚过一次。三妹妈的憔悴忧郁与九妈的爽朗乐观形成鲜明对比。其实就算是严重筐瓢，三妹的高考成绩还是比九同学高了十几分，大超一本线。什么叫瘦死的骆驼比马大，九妈算是深有体会了。买单的自然是正爹，儿子考这么好，想叫老子不买单都不行。

朱哥听说也是上了一本，具体去了哪所学校，没人知道。朱爹朱妈向来低调到尘埃里。带子是雅礼中学的数学王子，王子在全国数学大奖赛里夺魁，早早地就被清华大学圈定。带子妈每个周末游山玩水，麻将打得不亦乐乎，什么陪读、补习统统丢给外星人。带子被清华大学录取后，不少学校和家长邀请带子妈讲家庭教育成功经验。带子妈来者不拒，上台讲得头头是道。台下，她一群铁杆麻友姐妹掩嘴窃笑：龙生龙，凤生凤。人嘛，只要命好，老鼠生的儿不打地洞，也能进皇宫。

凤妈年近五十得了凤姐，小妮子打小就是人中龙凤的架势：个高、肤白、貌美、学业优。凤姐的优秀全写在凤妈的笑脸上，这笑貌似随和，实则带着一股不可亲近的阻力。每次家长会，九妈、朱妈都不敢主动招呼凤妈，那种高高在上的牛妈气场，分分钟碾压着学渣家长们的心。一向心高气傲的九妈，也就只在这种时候，会自觉英雄气短一下：想当年，老娘也是考遍天下无敌手，状元奖拿到手软的。

凤妈每回见了带子妈，那笑容里不容接近的阻力立即清零；遇着正爹，也是有说有笑；其他人嘛，一律不在她的视野内。也难怪，成绩不在一个层面的，就如同财富不在一个层面，哪里有可以深入探讨的共同话题。牛娃的家长们会面，谈论的目标是北大、清华、人大、浙大等名校，然后是托福、雅思、出国、博士、博士后云云。非牛娃的家长们聚在一起，眼睛盯着个分数，然后一本、二本地鼓捣着手指头。哎呀呀！这差距，自己都不好意思加入别人讨论的队伍里去。

　　凤姐最终被中国人民大学录取，凤妈继续她的牛妈气场。广场舞的领队突然对凤妈格外客气了：喏，那个女儿考人大的，这女婿怕是要找北大、清华的了。凤妈一下子成了小区里的名人：谁说高龄产妇一定危险？谁说高龄生娃不聪明？凤姐和凤妈的成功激励着小区里一大拨高龄孕妈们的心。

我劳动我快乐 / 刘望春摄影

我的处女作与特长梦

1994年《中师报》稿件刊用证

1994年11月，我的处女作《父亲》发表于《中师报》，这是一张全国发行的报纸，那个年代的中师生无人不知。能够在这报纸上发表一篇"豆腐块"，对于小女生的我来说，无疑是个大惊喜。

为什么会向这家报纸投稿呢？这就非常有必要翻翻过去的老黄历：那个年代能够跳出农门的中专生都是出类拔萃的"学霸"。小学六年，初中三年，历次期中期末检测，我从未考过全校第二名。中考时，据说是全县最高的卷面分，报考的学校也不同凡响，湖南省第一师范学校——毛主席的母校。

进入一师范后，平生不知卑怯的我依旧不知卑怯，但我能够清晰地感受到城乡差别、贫富悬殊对于青少年个性成长的影响。我在中小学时代是集万千宠爱于一身的，不单成绩好，唱歌、跳舞、演讲、主持、体育样样出彩。那时的三好学生，讲究德智体美劳全面发展，在师生眼里，我是标准的"三好生"，典型的"别人家的孩子"。

但进入一师范后，这光芒立马消失殆尽。那时班上最风光的是声乐、美术、舞蹈、器乐等特长生，这些学生大都有着良好的家庭背景。特长生既能享受中考加分，在毕业时也是各所学校抢手的香饽饽。在这种大环境下，我除了文化成绩优异外，只有写作算是比较突出的了。如果中师三年重新来过，我会在文化课上争取及格以上分数，然后拼尽全力培养一门突出的特长，但是人生没有如果。如果写作也算是特长的话，中师三年只能算是为这个特长开了个头。

那时候，一师范有位姓向的学长，出版了一本诗集，诗集名叫《期待你的敲门》，宣传做得很是火爆，听说收获版税多少多少，明恋暗恋的女生多少多少。一师范是严禁谈恋爱的，女生入校后一律短发，不准佩戴任何首饰。那时班上有一名常德籍的女生，脖子上套着一个闰土式的银项圈，这项圈是她出生后不久就套上的，带锁的那一种。因为这锁，她最终幸运地成为全校唯一一名可以佩戴首饰的女生。

班上有两位男生联手搞了一个校园诗歌书法展，其中一位男生和我同时加入校园文学社，班上还有一名颇有黛玉气质的女生，也加入了文学社。文学社的指导老师姓周，湖南师范大学毕业的，个子不高，但气质很好，留着三七分的大背头，发质粗黑闪亮。记得老师当年第一句便说：文学是培养人的气质的！所以，现今赞我气质不错的，其实应该赞我老师的熏陶。喜欢文学的大抵骨子里都不安分，所以后来，这文学社的三人行最后成了独行，都离开了校园。那黛玉模样的女生索性连铁饭碗都没要，自己在长沙开公司做老板。

文学没有带给我荣耀，现实却带给我失落。自尊催促我努力奋发，敏感让我远离人际交往。中师三年，我没有交过一个形影不离的朋友，那种你等我我等你的折磨，我实在消受不了。我最好的朋友是课外书，去得最多的地方是学校阅览室。

我像独行侠一般匆匆穿行于教室、寝室、食堂、阅览室之间，脑门儿上只差写着三个字"甭惹我"。因为历次作文总被老师当作范文朗读，所以班上同学称呼我"才女"。他们叫他们的，我依旧天马行空般又冷又傲又硬：男同学一概不理，女同学也鲜有交流交心的。

文学社周老师在我的毕业纪念册上题诗：笔下文章誉才女，师生情谊两春秋。何时可待成大器，宝剑梅花锋自磨。当时，我对"成大器"这个词很是懵懂，特长吧，我只想把写作培养成我的特长。后来的很多年，我一直荒芜着我的笔，生活的艰辛，已经让我日渐淡忘了特长梦、文学梦。

写下《父亲》那篇小文是有原因的，一是因为从小就特别崇拜、亲近父亲。举个例子，爹妈一同在田间干活儿，我在家里做菜饭，留饭菜的时候，我会特意给父亲的那一碗夹更多的好菜。二是因为1994年，家里发生了一件大事：小溪对岸的邻居建房，父亲去帮工，他挑着一担土砖踩上脚手架，树木断裂，父亲从高空跌落，几十斤重的土砖砸中父亲左脚，将他的脚踝骨硬生生砸出去。

我在学校得知这个消息，内心很是难过。关于父亲的种种便如电影般晃过眼前，于是我拿起笔，写下父亲的艰辛，写下对父亲的感激与赞美。写完之后，我投给了《中师报》，几乎不抱发表的希望。后来，我几乎忘记了投稿这回事，却在同学们的尖叫声里看见我的《父亲》变成了铅字。那薄薄的一张稿费单突然有了不同寻常的意义，十几块钱吧，那时一两块钱能在食堂吃顿早餐了。

大受鼓舞之下，我立马又写了一篇《野菊花》投给了《农村孩子报》。那是华东地区的优秀报纸，居然很快发表了，稿费远比《中师报》高。遗憾的是，我没有一鼓作气写下去。为了确保班级综合测评第一的成绩，我不得不把更多的精力用于文化课学习。

中师三年，我认认真真地拼了三年。

"拼"是没有对错的，对于没有强硬背景的农家子弟来说，"拼"不一定有路，但"不拼"一定没有路。

梦里几回考研路

石鼓书院禹碑亭 / 刘望春摄影

考研分数昨日出，有人欢喜有人愁。考研人数逐年递增，录取分数逐年攀升。想想今天的学生真是不容易。从小到大，千军万马地挤过了独木桥，天之骄子的名声不再，路的尽头还有一座高耸入云的峰，峰名为考研。

许多年前，我也是攀登这峰的跃跃欲试者。许多年前，成绩最好的学生都去考中专，在农村，这几乎是不二选择。但也有少数目光长远的父母，譬如我的公公，一个收入菲薄的乡下教师，上有老父老母，下有三个儿女，中有病妻，然而公公却是坚决反对三个成绩优秀的儿女报考中专。

不得不说，在人生的道路上，父母的眼界与格局在无声中左右着孩子的未来。

20世纪七八十年代的大学生是真正的天之骄子，老家忠义堂生产队因为考了几个大学生，被村人描绘成一块风水宝地。但凡考上大学的，家里再穷也会摆酒请客放电影，小小的我那时常常带着弟弟，晚上扛着木凳去露天坪里看电影。

许多年后，人们说我是县城的中考状元，但是母亲既没有摆酒也没有放电影，她让我去读中专。如果一开始便知道这将是我校园学习的终点，我是决计不会去的。

没有人知道，一个十四岁少女心中揣着一个保送大学的梦。这梦源于何时呢？大抵是源于我的一位亲戚，他从湖南三师毕业后被保送读了湖南师大，而我就读的一师是毛主席的母校。三年中专我像读高中那般刻苦，因为心底有梦有执着。一师毕业时，我是全班综合测评第一名，我们班算是同年级成绩最好的班了。但保送没有我，留长沙没有我，留市留县一律没有我。人在青春年少时，总是渴望像风筝一样飞得越高越远，只有当苍老来临时，才会无比向往眷恋故土，那时，心心念念只想做一片黄叶。

在我的人生路上，命运之神充分展示了它翻手为云覆手为雨的手段。它时而将我举上云端，时而将我踩于泥淖，而我早已习惯了它的伎俩。

我甚至告诉父母，不要为我的工作去找任何关系。待我发现此路不通时，一切为时已晚。

在偏僻的乡下，考研是一盏灯，它的光陪伴我走过无数漫漫长夜。自考专科、自考本科，自学高中英语、自学大学英语。二十七岁之前的人生，我不知道什么叫字牌、麻将。但是后来，我慢慢从梦中醒来，我开始核算比对投入成本与收益，我像一个精明老成的商人，不再是那个痴迷疯狂的追梦少女。初心在哪儿？当我望着熙熙攘攘的考研大军涌入衡铁一中的大门，当我静静地凝望青春洋溢的少男少女，当我忘记了俗世的一切纷扰，蓦然回首方觉：也许我从未忘记，只是不得不暂时放下。

亲爱的，梦想是要有的，万一实现了呢？星爷说：人生如果没有梦想，与咸鱼有什么区别？友情提醒一下：范进中举式的考研就免了吧！考研虽好，并非适合所有人。既要刻苦考研，又要理性考研。考上的不必欣喜若狂，没考上的也不必垂头丧气。

你以为路的尽头只有考研一座山吗？其实路的尽头都是就业那条船。

终点一到，管你坐绿皮火车、搭高铁、坐飞机、乘游轮、蹬三轮、踩单车……统统各就各位，各安各业，然后结婚生子，养家糊口，继续父辈的轮回。

有什么不同呀？过程不同，经历不同，体验不同。好好享受奋斗的过程吧，至于结果，那真的不重要。

南湖公园绣球浓 / 小林摄影

第四章 玉壶丹心

金风玉露正相逢

湘西草堂荷景 / 刘欣荣摄影

寒露来，霜降至。枝头不见霜影，自有红叶金风为证。每一片叶子都满腹心事又若无其事，它们在长夜里相偎相拥，在灿烂的秋阳下绽放。金风吹过，木叶声声，是倾诉是祝福，是历尽沧桑后的愉悦宁静。

多时不曾细赏过流云、花朵、星辰，偶然驻足，立在城市的红叶树下，彼此对视间，竟生出庄周梦蝶的幻象。谁是枝头那片叶子，那片叶子又是谁。决定去留的不是枝头，而是季节。无论叶子怎样努力，一阵大风可以摇落，一场大雨可以泥泞。

大自然翻云覆雨，万物皆是卑微的蝼蚁。没有一片叶子不会凋零。设想在离开枝头的瞬间，树下飞来一缕金风，它撑开饱满的翼，拥着欲坠尘埃的叶，飞越泥淖、荒丘、荆棘……去看那青青的草，蓝蓝的海，你是否该感激那肃杀的时令？

　　这个世界善恶黑白从无绝对，倘若要溯源，不过是选择的差异。种子在泥土里可以发芽，在沙漠里只能风化。所谓幸运，不过是命运恰好把你播撒在适合你的土壤中。我们终其一生都在寻找，寻找一块土壤，那里有爱、有暖、有光，有无比珍贵的懂得与欣赏。有人苦寻不着，有人俯首即得。秋天姗姗而来，淌过雨季的河流，踏上岸边的芳草地。顿悟是满地撑开的蘑菇伞，伞上写满密集的字：辩论来自幼稚，执念必生荒谬。

　　没有执念的人，就没有要抵抗的敌人，没有得不到就毁灭的怨愤，心机高楼闲置。越来越爱走孤寂的路，沐浴清冷的风。喧嚣是如此让人惶恐，貌似平静的湖面下，漩涡重重。

　　喜欢阳光洞穿湖水，喜欢花儿慵懒随意，它愿开花便开花，愿结果便结果，用不着竭力向天空证明或忏悔。花落花开，自在随意。如果秋风追问，不解释不争辩，不挽留不强求。那些淡定的花儿啊，愈来愈相信直觉，沐浴着佛系的光，袅袅地走，缓缓地停。

　　罗曼·罗兰告诫：洞悉了生活的全部真相后，依旧热爱它。是的，时常微眯着眼，脸上一半沧桑，一半天真；心里一半冰川，一半火山。那些豆蔻年华里读过的诗，此刻一句一句都写在碧蓝的天幕里。谁能比席慕蓉笔下那棵开花的树幸运？不曾在佛前苦求，竟偶得这金风玉露的相逢。

　　世间所有的遇见皆是生命里弥足珍贵的缘分。许多年前，你从不相信命运，以为勤奋即可逆天改命；许多年后，愿你虔诚地相信命运，但永远葆有不被命运挟持的心，不向命运低头的魂。

修篱种菊，何须长住山中

衡东罗荣桓元帅故居 / 肖文胜摄影

办公室不大，一溜儿排着三张桌和三把硕大的椅，打印机、复印机、沙发、风扇、保险柜、文件柜、茶水柜……三个办公的人是这一屋子物什里唯一的活物。东西不少，可总觉得还少点儿什么。清空窗台上的旧资料，摆上两盆自养的芦荟，红色的盆衬着碧绿的叶，那心底的空，那室内的满，刹那间被灵动与生机替代。

小伙子兢兢业业，小姑娘忙忙碌碌，一天下来，很少见他们端杯。某日，我终于不忍：你们这样很容易得病的，尤其是结石病。小伙子伏案应声道：去年就做过结石手术，尿酸也偏高啊。

真是骇然，仿佛我如半仙。于是，每天工作内容增加一项：喝水时提醒他们喝水，煮茶时给他们倒茶。

第四章 玉壶丹心 | 197

小伙子很高，双肩却微微内扣；小姑娘很清秀，脖子却明显前倾。她说，从前我的脖子也是很直很直的呀！哦，从前，那遥远的从前，我的血脂超过正常值三倍，被咽炎折磨得夜不能寐，肩周痛，关节痛，脑力透支时太阳穴似有群蜂来袭。后来，我跳舞、游泳、长跑、瑜伽、爬山……写会儿材料就修剪下花草；填表报表，东奔西跑；这边加班，那边吐槽；品茶、赏花、听乐、冥想……挥霍完时光，修复了健康，浑身上下皆舒爽。

小伙子带来一盒普洱，近十年来的光阴煮出满壶的醇香；小姑娘点了几份茶舞，张三李四王五，末了发现自己没有；我带来一坛古树红茶，茶是云南农家自产的，卖茶的小伙子是弟弟在广东干活儿的老搭档。一小撮茶叶，煮上十泡，依旧自带花香。

曾经我用亮亮送的茶壶扎实煮了两个月，与工作组的同事一道喝了两个月。如今，将它们一并带来，先生笑道：又要搬家了吗？他没有说错，担负文字材料任务的，办公室即是家。去某部门办事，见室内有张一米左右貌似挺扎实的折叠床，不必问，此室必有长期加班人。

中餐毕，回办公室午休，文件柜的玻璃门成了练功的镜子。做三十个肩部延展拉伸吧，小伙子做完龇牙咧嘴，小姑娘做完直言酸爽。这锻炼的累与伏案的累为何不能相提并论呢？这世间的苦与累其实与工作无关，当你打完一个通宵的麻将，当你徒步登上祝融峰顶，当你静卧于床或端坐于桌24个小时……无论动与静，身神皆是一个字：累。

怀揣一颗快乐的心做那喜欢或不喜欢的事，则时刻生活在快乐感恩中。每遇烦恼时，一位兄长总是阿Q式念叨：好好熬，慢慢拖，人生只有三万多。当我在办公室内复述他这"经典格言"时，小年轻们没能忍得住笑。

从前那些流连山水的日子，那些信马由缰的日子，那些浪迹天涯的日子，那些禅茶诗乐的日子……此刻都离我而去了吗？也许，且让我在心空里，永远留置一处修篱种菊。足不出户时，畅想森林瀑布；案牍劳形时，幻想群山海湖。像那神交已久的东方明月诗友，在他自己虚构的桃花源里，悠悠然，像白鹭嬉于林间。

阅读的力量

心社 1921·衡阳文化书社室内景 / 小红姐摄影

每逢世界读书日,情不自禁地想起许多关于读书的人与事。亲友皆知,我是喜欢读书的,但鲜有人知,我一旦打开书本,便会注意力高度集中,进入忘我之境。因此,我的阅读速度也是一般人不可比的。

少年时,有位能歌善舞、性情极为活泼的同窗,二十年后相见,发现她活泼全无,文静淑女得与从前判若两人。我在她的朋友圈里发现,她不是读书,就是在推介读书,而从前,她并不是一个热爱阅读的人。

带着深深的疑问,偶然地,我咨询了另一位同样痴迷阅读的女友。这位才貌双全但情路坎坷的女子仰起精致的脸,悠悠叹息道:你知道吗?她也许是想在书里寻找答案。她落寞的神情像是在说别人,又像是在说自己。

有人想在书里寻找答案,有人想在书里寻求解脱,有人想在书里寻觅"颜如玉"与"黄金屋"……是的,如果你真想站在巨人的肩膀上,没有一位巨人可与书籍相提并论。作为人类智慧的结晶，书中蕴藏的力量必然是攻无不克战无不胜的。

近来研读关于毛主席的系列著作较多，这些著作最终让我得出一个结论：阅读成就了这位顶天立地的伟人！

对于阅读的热爱贯穿了主席整整一生。为了能够自由阅读，他从省立一中弃学，每天中餐两块米糕，在省立图书馆里泡了大半年。他为赴法勤工俭学的学子，筹集了上万块的费用，自己却主动放弃赴法深造的机会。因为北大图书馆的图书管理员，让他获得了足不出户便可以博览群书的机会。

无论是在戎马倥偬的战争岁月，还是在新中国成立后日理万机的日子；无论是在身强力壮的盛年，还是在病榻缠绵的晚年；在胡宗南进攻延安的炮火声里，在晚年高烧39度的时刻；在马背旁，在睡床上，在理发时，在游泳的间隙里……甚至在生命的最后时刻，毛主席都与书籍片刻不离。

一本三百多万字的《资治通鉴》，他反复阅读批注了十七遍。而年少的他之所以执着走出韶山冲，正是缘于辍学时从表兄文运昌那里看过一本书，这本书的名字叫《盛世危言》。

周日散步，在一僻静小院偶遇一位九十七岁的老人，她的小屋被一棵巨大的桂花树笼罩，台阶边摆满了吊兰和紫罗兰。树下摆着一条长木凳，老人搬弄完花草后，没戴眼镜，手捧报纸开始阅读。她用匀称轻盈的身姿告诉我：若有诗书藏于胸，岁月从不败美人。我走过她的身旁，拍下她的模样，为半个世纪之后的我留下永恒的标杆。

业余时间经常去心社1921·衡阳文化书社，偶遇一位满头白发微卷的老人，逢人便笑。老人自言年近九十，她的女儿、孙子经常到心社来看书、听课，所以她也偶尔过来看书。红色打底衫，黑白相间的运动鞋，这硬朗的身板，让我怀疑：时光是否专为少数人停留。

热爱摄影的我惊讶地发现：对于那些不知如何摆姿势的菜鸟，无论性别，无论年龄，给他们拿上一本书就好。

任何一位看书的女子或男子都是极其优雅而富有魅力的。看看那些沉溺于网游中的青少年吧，也许他们的确压力很大，也许虚幻的网络世界的确能带给他们一些快乐与安慰。然而，他们忘记了，书籍才是力量与智慧的源泉，是攻无不克战无不胜的法宝。

　　一个热爱阅读的国家是充满希望的国家，一个热爱阅读的民族是必然强大的民族。当你熟读并参透经典，必将迎来脱胎换骨的蜕变！

心社室内阅读 / 刘望春摄影

放下的力量

常宁欧阳海灌区 / 刘望春摄影

常有人慨叹：人生好累，社会好复杂！工作压力和生活压力与日俱增，职场厮杀、情感困惑无时无刻不在折磨人的精神。世间心灵鸡汤无数，但事到临头，真正能放下的有几人，正是说来容易做到难啊！

于网络邂逅一位抑郁症患者，千万身家，数次投资失败后，一蹶不振。加之亲人陆续离世，心灵不堪重负，于是抑郁成疾。严重时，失眠三十余天，自感周身被锁，求死不能，灵魂出窍，黑白无常相随，幻象重重。中药西药用药无数，偏方秘方方方无效。

某日，他忽然如同醍醐灌顶，开始潜心诵读经书。为避干扰，只身驾车远离繁华都市，租住于偏野农家。日出而作，日落而息，与草木对话，与禽兽私语。打理一园子果蔬，养七八条土狗，十来只鸡鸭。

一年过去，病魔竟悄然远走，欣逢重生，其感慨万千。当他千万身家时，食鱼翅燕窝而不知甘醇；如今一贫如洗，每日粗茶淡饭，竟心生欢喜。

何故？心境不同，于幸福快乐的领悟自然不同。

当他千万身家时，每日鱼翅燕窝皆为应酬所需，他每天源源不断地花钱，然后千方百计地赚钱，其心之累，可想而知。如今栖于荒村，每日自耕自食，无应酬之劳形，无赚钱花钱之劳心。可静心聆听花开，看鸡狗追逐相爱。夏享凉风冬赏雪，春红落尽秋果丰。泡一盏清茶，于丝竹声里打开一本古籍或是佛经；晨有鸟雀敲窗唤梦，夜有啾啾虫鸣相伴诵经。

眼前无烦心人，心中无忧心事。他于是由衷感叹：人生为何不快乐，只因放下不够多。"天下熙熙，皆为利来；天下攘攘，皆为利往。"无数成功学告诉我们如何谋求盛名与财富的最大化，而罕有人告诉我们，真正幸福的人生必须学会不断舍弃和放下。

宇宙永远遵循平衡的法则。当你拥有得越多，你需要付出更多。你付出了许多后获得的一切，你又生怕失去。人一旦有了怕、有了忧，便无法追随自己内心的声音，更别说率性而活。

什么是幸福的人生？我以为当是能够追逐自己内心的声音，做自己想做的事，见自己想见的人。不为世间人事所禁锢，正所谓"仗剑走天涯，快意踏春秋"。可是，面对社会这本厚重的大书，我们往往不得不瞻前顾后，不得不畏首畏尾。

就像那过河的小马，无数过来人以长者的身份谆谆告诫："小心啊！谨慎啊！""不可以啊！"，我们诚惶诚恐地听，一次次扬起蹄子又放下。后来身后来了一群饿狼，河水的深浅哪里还有心顾忌，于是水花四溅，我们成功到达彼岸。

我们往往在慌乱中走向未知，在逼迫下取得了成功。这个世界给我们欣喜、伤痛甚至让某些人付出生命的代价，但这正是生命经历的轨迹。

我们爱恨交织地存活于世，经历着一半是海水一半是火焰的煎熬。我们渴望名利又向往超脱，我们害怕被这个世界忘记，总要弄出一点儿声响证明自己的存在或者存在的价值，但我们内心深处又时常做着归去来兮的梦。

就像此刻码字的我，既想通过文字与这个世界对话，告诉人们对于世界的认识与把握当如何如何，如同历经沧桑的老人；但又觉得千人千面，怎可一概而论。若都如此，岂不是大千世界芸芸众生皆如模具产品。所以，物以类聚，人以群分，认同者自当受益，道不同者自会掉头而行。

就像前文所述的那位抑郁症患者，我们必须钦佩他敢于放下的勇气。

当他初入社会追逐名利的时候，日夜操劳，殚精竭虑，最终得到了财富与声望。尽管这一切现在都远离了他，但我以为这并非意味着失败，只不过是离去得早一些罢了。因为金钱与名望最终都要离我们而去，能相伴我们走到生命终点的，终究只是我们行将就木的皮囊与从容淡定的内心。

人生其实无所谓成败得失，如果没有曲折，势必没有精彩。当你明白放下的力量，不断给生命做减法，灵魂才会像精灵那样，在时空里轻盈地自由地飞翔。

界牌釉下五彩瓷及荷叶陶盏 / 刘望春摄影

你为什么焦虑

常宁水口山工人运动纪念馆 / 刘望春摄影

焦虑是什么？这个问题于我，并不陌生。倘若我要焦虑，真是有千万个焦虑的理由。然而，我才懒得焦，懒得虑。

拆开"焦虑"来分析，一是"焦"，着急之意；二是"虑"，思考之意。说白了就是心里又急，想的又多，所以人生从此被这两个字套牢。

现代人太容易焦虑：娃成绩不好，夫妻关系紧张，上司今天脸色不好看。张三昨天说那话几个意思？李四今天没理睬我，什么情况？儿子三十好几了，工作没定，女朋友没影，流浪吗？打光棍吗？女儿死活不肯结婚，嫌高的不帅，帅的不高，又高又帅脾气不好，又高又帅脾气好的家里什么都没有。股票又跌了，牌桌又输了，血压还高了……

我常想，着急什么呢？担忧什么呢？该来的都会来，拦也拦不断。该走的都会走，拖都拖不住。亲友们常道我是开心果，总是天不怕地不怕，怼天怼地怼恶霸，我相信我的快乐是有感染力的。

所有被焦虑套牢的人，都是中了"在乎"的魔咒。你太在乎金钱，所以每天都计较着收入与支出，生怕有差错。事实上，钱多则多用，钱少则少用。满足温饱、衣食住行无忧后，金钱这玩意儿与幸福并不成正比。

你太在乎评价，所以上司一个脸色，同事一句玩笑，亲人几句责骂……可以让你忧恐三两天。事实上，欣赏你的人永远只欣赏你的强项，讨厌你的人永远无视不了你的短板。饭碗丢了，大不了再找；另一半休了，大不了再找。没准哪天折腾来折腾去，饭碗更好，另一半更优。所以，谁也不用你过度关心，你关心好自己最重要。

你太在乎未来，所以担心娃的成绩，担心亲密关系，担心职位升迁，担心外形与健康……事实上，未来是一条无法预知方向及深浅的河流，所有的担心都是多余。那些精美宏大的规划，面临现实时，经不起一粒沙石的冲击。就像千年前的吕后，她那般算计，竭力铲除一切威胁，成功助惠帝登基。可她没能算到，十六岁登基的太子刘盈，仅仅坐了八年天下便英年早逝了。

活在当下的人啊，过好当下便好。

不必担心金钱，没有人带着钱离开，也没有人带着债离开；不必担心事业，每一次成败里，带着生机也藏着杀机；不必担心儿女，他们像树苗一样，上天既然允许他们存活，必将给他们一分阳光雨露。

你甚至不必担心生命，倘若失去，也不过是时间的早晚差别而已。

丢开你的"在乎"，无惧无忧，以淡然泰然之心面对当下。当你怀抱执念：一切都是最好的安排！我悦纳一切！生活与生命必将像油菜花一般，向你绽放最迷人的香与色。

知白守黑，成己达人

大云山 / 王期时摄影

汲雪飞老师应该有很多粉丝，如果我也算，那么首先让我佩服的，可能不是她那么多闪光的头衔，而是她的研究生学历，双学士学位。仅此一点，便可看出她非凡的学习能力。学霸对于学霸，总是难免惺惺相惜。

听过汲雪飞老师两场讲座，讲真的，我并不是一个喜欢听讲座的人。也许是因为骨子里的傲慢，也许是因为血液中的自信，也许是因为灵魂深处的自闭。总之，我是一个不愿意被影响被打扰的人，我坚守我的一亩三分地，要来的欢迎，要走的不送。

说是捧场也好，说是好奇也罢，我居然去听了汲雪飞老师的课。齐耳短发，很精致的五官，举手投足间优雅有范，而非我想象中的英姿飒爽。

她是真的能讲，一个下午都没有停歇，据说她的最高纪录是连续讲五天。对于一个讲课拿奖拿到手软的人来说，坐在台下听别人讲课，那心态、那眼神绝不可能如饥似渴。相反，她的眼神是挑剔的，她的心态则像一个斗士，一边听一边在心底无数次比划：如果我站在上面，我会怎样讲？是否能比她讲得更好？

我便是怀着这样一种心态，听完了她一个下午的讲座。结论是：她的确很有阅历，很有实战经验，尤其是在青少年的教育培养上，她的军事化训练思想及模式，一般人是无法效仿实施的。所以，在青少年的教育成长上，也许我能比她讲得更好；但是她能做到的，我目前不可能做到。

生涯知行的系列课程，是汲雪飞老师的首创。从知行合一的角度看，我以为她是极其智慧的。生涯知行也好，生涯规划也罢，无不是在告诫世人：拉长生命的长度，从过去—现在—未来三个维度来思考并面对当下，则一切将迎刃而解。

这几年里，我经历了很多：亲友或重病或亡故、职场压力、家庭重负……凡此种种，倘若不自寻解脱，足以令人窒息。我在心力交瘁间突然明白：为何物质高度丰富了，人类却越来越难感到快乐。

一位又一位同事、好友离我而去：身患血癌，服药轻生的；身患抑郁，投河自尽的；重度抑郁至精神分裂，听说至今仍在精神病医院的……接二连三，都是单位的业务精英，都是极其美丽优雅、体面贤淑的女子。还有一位男同事，长年抑郁失眠住院，偶尔会在朋友圈发发文字排遣忧虑。

我常常想，他们为什么就走不出来了呢？活着是如此美好，倘若连死都不怕，这世上还有什么好怕的？尽管在十年前，我便关注过心理学，并主持过省级课题：潜能生心理健康教育探究。然而，我还是深深地遗憾：如果十年来，我能持续关注心理学领域，我能将关注领域从学生延伸到成人，也许他们既不会病，也不会疯，更不会死。

如果他们深谙生涯知行的理念，他们自会明白，当下的一切都会过去，过不去，是因为眼界太窄、执念太深。置身历史的长河看个人，个人是微不足道的尘埃；站在生涯的尽头看当下，成败得失不过是一场体验。

生涯，像天涯一般，是无比漫长又无比宽广的概念。在接触了生涯知行的理念后，我发现，有此神器在手，免我一生彷徨忧愁。一切成败得失，立足现在看过去，过去微不足道；提前站到未来看现在，现在处处皆是风景。范仲淹道：不以物喜，不以己悲。能否做到，关键是看你格局大不大，能否跳出生涯看生涯。

生命需要觉察，生涯需要规划，规划之后，务必知行合一。在我的人生路上，我像一颗弹子棋似的，一次又一次任性而执着地蹦出原有轨道。每一次弹跳都源于过往的累积，每一次着陆则意味着生涯规划的更改调整，生涯知行的雷厉风行。在貌似随性的背后，是我不断清零的心路，是我对人生足够清醒的认知。

周星驰说：人生如果没有梦想，与咸鱼有什么区别？我热衷于规划，每当夜幕落下时，我像蝙蝠一样，头脑里冒出一千零一个梦想。当阳光普照大地时，我抓住最近的那一个，埋头去试去做。我像一条鲨鱼，在浪漫主义与现实主义之间随性穿插。不撞南墙不回头，有时撞了南墙也不回头，直至把南墙撞倒。

很喜欢汲雪飞老师选择的这四个词语：君子不器，成己达人，知白守黑，卑以自牧。

帮助别人成就自己，为人处世，大智若愚，谦卑为上。亲爱的读者朋友们，让我们以此共勉吧！

衡南铁市桃花盛 / 周莉供图

灯火阑珊里的心社

心社部分守护人组照 / 夏艺洋摄影

世间所有的遇见，大抵都有一双巨手在冥冥中操控。不早不晚，不偏不倚，正好它在那里，恰巧你要奔赴。我与"心社"的遇见，就是上天赐予的机缘。

第一次听见"心社"，以为是与心理学相关的社团。后来，我为自己学识的肤浅深感羞愧。这个诞生于一百年前的英雄团体，最初是三师校园内的"新书报贩卖部"，后来是常在湘江沙滩上讨论如何提倡科学、革新时政的"沙子会"，再后来是在恽代英指导下更名的"心社"。成员最初是贺恕、蒋先云、黄静源等十八位热血青年，后来发展到三十一位。

一百年之后的"心社"是"心社1921·衡阳文化书社"。我曾见过它的宣传海报，海报上清一色蓝布衫、黑发、黑裙、黑布鞋的美女学生，满满的民国风。那时的我长发飘飘，好想编两根麻花辫儿，穿上一套如此清丽的学生装，但这个愿望那时还只是愿望。

后来，听说有一群"心社守护人"，业余常坚守"心社"从事公益，先是好奇，后是向往。经过一段时日的努力奋斗，这些愿望终于不只是愿望。

2022年的业余时间大都给了"心社"：讲课、修改作文、担任评委、编辑公众号图文、发动亲朋好友来"心社"参加活动、为活动提供公益赞助……七月流火时节，为了支持"心社"的公益沙龙活动，廖总、宋总、超超、艳芳、美玲、红芳、德爱、金玲、曾老师、晓燕子等众多亲朋好友均来"心社"捧场。

宋总炖了满满几大锅血燕桃胶汤、银耳莲子羹、南瓜小米粥。参加活动的亲友们一边品粥一边交流，气氛很是热烈。有吃有喝有玩有收获，这正是我理想中沙龙的样子。

沙龙下午结束，收拾完一切，回到家冲完凉后，时针指向九点三十五分。连夜将当天活动形成文稿，写到十一点多，眼皮实在撑不住，凌晨三点多醒来继续写，六点左右终于完稿。

第一届新华杯"心社"红色故事宣讲员选拔赛，我带了两个侄儿参赛。党史专家上课，朗诵、主持大咖手把手指导，我也给孩子们上了一堂党史故事写作指导课。活动由培训、初赛、复赛、票赛、颁奖等好几个环节组成，接连三四个星期，守护人们加班加点，不知疲倦，团队的力量如此强大。

2022年，因为"心社"，认识了很多优秀的领导和朋友：热爱学习，温暖智慧，自带万有引力的虹姐；思路清晰、精干优雅的小红姐；出口成章，为人为文至善至真的清华主任，明楚主任；才华横溢，声线赛过周杰伦的红史专家昭明博士；国美硕士、优秀设计师翟总；热心公益，能量爆棚的子韩校长；低调内敛，像春阳般温暖，像蒲苇一般柔韧的馆长姐姐；仪态万方，堪称金牌主持的丛玉姐；擅长拍摄制作，出手不凡的艺洋老师、萍姐及小鱼；海归双学士、才思敏捷、手艺超群的丁丁；诚挚率真，在音乐平台上获粉无数的

Morning；娴雅文静秀外慧中的于飞；勤勉朴实，任劳任怨的迎春姐；擅长旗袍设计的小仙女慧玲；淡定睿智，享誉无数的蕙姐……

11月至12月，"心社"闭馆了一段时间。离开"心社"的周末，起初我像一朵蒲公英似的飘荡。啊！我终于从文字里解放，我终于拥有了完整的可以自由支配的周末时光。这份欣喜大概持续了两个星期，失落与虚空便如潮水般涌来。当阳光洒满尘封的窗台，我突然深深地想念那群温暖明丽的人，他们都在何方？

这个世界，你最不能掩饰的一是咳嗽，二是贫穷，三是你眼里心里都喜欢的人。

像冬阳轻抚发丝，像朱里红迎风绽放，每次相逢，彼此藏不住温软与笑意。

"心社"最美的外景是在华灯璀璨的夜晚，高大的牌坊在灯光的映衬下，像是天宫里的水晶门。灯火阑珊里的"心社"，是满载着红色记忆的憩园。来一杯醇香的"端风"咖啡，与英姿飒爽的先烈们对话。

心社亲子书屋组照 / 心社守护人摄影

谁留丹心照汗青

衡阳党史馆 / 廖建萍摄影

易同学发际线本就不低，2020 年 5 月见她时，这发际线高得快到脑顶正中了。我吃了一惊，问她遭遇何故？她顶着两个熊猫眼道：正在修建衡阳党史馆啊，从 2019 年 10 月到现在，我们几乎天天加班。

这是我第一次听到衡阳党史馆的名字，从听见它的那一刻起，便想到艰难与坚守。2021 年 6 月底，听说党史馆建成开馆，当时很想去，但终究没能去。没能去的遗憾并不影响我对党史馆的关注，与目睹它的尊容相比，我更加关心：究竟是哪位高人提出这么好的创意？究竟是怎样的团队完成了这一个具有历史意义的创举？银发智囊团助力，金刚战神队攻坚，红色娘子军冲锋，衡阳市委党史研究室像一道七彩的光，吸引了雁城内外各路才俊。

2021 年冬天，我先后两次参观了衡阳党史馆，除了视觉感受上的震撼，心中的小红船始终漂泊在激情昂扬的浪尖上。

党史馆是美丽的。从高空俯瞰，它像镶嵌在南湖公园绿植中的一颗红宝石。与一般的场馆设计不同,它没有局限于场馆本身,而是巧用户外借景打开边界:馆前借了南湖公园的水,馆后借了公园内的山。场馆内力求移步换景,一步一景;与很多纪念场馆黑白灰的基调不同,这座场馆内外,色彩搭配鲜艳明快又不失庄重。第一次去参观时,天蓝得像个童话。馆前广场上立着巨大的白色造型字"衡阳党史馆",我正巧穿着牛仔蓝套装,内搭白衬衫,天人合一,拍了一张靓照。热爱审美的我,对色彩向来敏感。党史馆外大红瓦面搭配浅粉或浅杏色的墙体,在蓝色天幕的映衬下,有一种无法言说的舒适,既不是太庄重让人感到压抑,也不是太鲜艳让人觉得轻浮。这样的色调即便是搁在阴冷的天气里,也有一盏香茶的韵味与余温。

党史馆是厚重的。每一件文物都有一段故事,每一处景观都有时代的烙印。展柜里陈列着谢士炎烈士少年时的练字本原件,由其后人谢贡之、谢廉之捐赠。发黄且有些破损的宣纸,用红线勾出均匀的竖格,带有颜体风格的行书,率真利落又不失圆润流畅。为了这件宝物,谢虹主任多番前往衡山调研考察,找其后人洽谈协商,终于亲手将它从衡山带回衡阳党史馆。2022 年 5 月,参观位于岣嵝乡的戴今吾故居时,我发现故居墙上的烈士遗书并非原件,当时心念一动:原件去了哪里?后来得知,原件保留在衡阳党史馆的展厅里。此外,衡阳县党史上的珍贵文物——润身堂支部会议记录原件也一并保留在衡阳党史馆内。特变电工的交互式发电、柿竹水库的修建、马灯、芙蓉牌手表、飞燕牌缝纫机……一件件遗物、一桩桩讲述,记录着血与火的时代,还原英烈们的音容笑貌。

党史馆是亲切的。VR 体验馆里的《狼牙山五壮士》,红色影院里的《英雄若兰》,音乐党史课上的《中国人民志愿军战歌》《挑担茶叶上北京》……这些光影无不唤起我童年和少年时的记忆。先烈们在墙上看着我,我亦凝望着他们,很遗憾,他们无一是我的舅爷爷。1928 年 3 月,舅爷爷在衡阳市演武坪英勇就义,时年三十八岁。敌人杀害他后,砍下他的头颅,悬挂在老家九峰山石洞口风水宝塔的塔尖上示众。很小的时候,父母就给我讲过舅爷爷的故事。我去党史办查找他的资料,去山中寻访他的坟墓却是在遥远的二十年后。他三十八年的人生浓缩成了党史册子中一行小字。我去找他的孙女双华表姐,我想收集他的遗物送往衡阳党史馆，哪怕是一支笔一张纸也好，"没有了，都没有了！"表姐的声音里只有痛惜。

　　历史的长河湮没无数英雄豪杰，连同他们生前的所居所用，那些能够流传的，或是凭借文字的记载，或是凭借实物的珍藏。幸好，在雁城，有一群无比虔诚的记录者、搜索者，他们走村入户实地调研，在堆积如山的史料里追寻先烈遗踪，一草一木、一砖一瓦无不用尽心力。2021年9月，在"全国最美公共文化空间评选"网络投票中，衡阳党史馆获得244596票，排名全国第三、全省第一。截至目前，接待团队数千，观众几十万人次，衡阳党史馆现已成为"湖南省党史教育基地"。

　　"人生自古谁无死？留取丹心照汗青。"将烈士刻入史册的人，史册上可有他们的痕迹？在党史馆宏大的建筑群外，没有一处景观留下他们的身影，甚至没有一块石头，刻上他们当中任何一个人的名字。千百年后，馆外的苗木长成苍天古树，馆中的英烈与日月同辉，曾经为这一切呕心沥血、披肝沥胆的规划建设者、记录搜索者、宣传推介者……他们早与馆外草地上的泥土融为一体。山河阔远，人间烟火，无一是他们，无一不是他们。

血色雁峰 / 刘望春摄影

向往戎装

衡阳抗战纪念馆 / 刘望春摄影

我没有穿过军装，但我坚定地相信，一身军装的我，必将赢得世人惊羡的目光：高挑的个头，笔挺的身板，棱角分明的小国字脸，端正的五官，骨子里无法藏匿的阳光与俊朗，我自信有足够的资本撑起一身军装的气场。

对于军装的向往，对于军人的崇敬，若要追本溯源，大抵一半源于女人心中普遍的英雄情结，一半源于我从军多年的父亲。

20世纪70年代，穿上军装的父亲是九峰山村里最靓的仔。小时候，看《上甘岭》等战斗电影，每当看到有穿橄榄绿军装的军人中弹倒下，我便哇哇大哭，我以为那位军人就是父亲。

小学五六年级时，看完梁羽生、金庸、古龙等多部武侠小说后，我对于江湖对于武功，生出无尽痴迷。为了练就书中的轻功，我偷偷缝制沙袋，绑在腿上跑步；看电影《精变》，其中有一个扫堂腿的镜头，我反复揣摩练习，后来一口气能扫出五十个；一字马、手倒立、下拱桥、前空翻……这些都是无师自通的项目，如此折腾了一通后，我没有收获武功，却意外收获了"舞功"。

后来，我知道枪炮比刀剑更厉害，武功再高强也敌不过子弹炮火的追击，尤其是特种兵部队，简直是将武功与武器结合的典范。看电影《霸王花》，我无数次将自己代入其中。没有人知道，小丫头顶着学霸的光环，却做着霸王花的梦。

这世上大抵没有比兵哥哥更有魅力的男人，没有比霸王花更吸睛的女人！人们崇拜文武双全的军人，他们是体力与智力的强强组合。论文，满腹经纶，下笔千言，舌灿莲花，术有专攻，博大精深；论武，飞檐走壁、力拔山河、百步穿杨、弹无虚发。

一个又一个姑娘毅然嫁给军人甚至是伤残军人的故事告诉人们：不朽的军魂永远具备磁石的气场。军队出身的他们，永远干净整齐，阳刚雄健，正直果敢。

军人的爱想必有大山般的伟岸，大海般的宽厚，最是豪迈奔放又最柔软温暖。

向往戎装的女子，心中有一个英姿飒爽的梦，梦中都是她的偶像：秋瑾，琴棋诗书画无所不会，骑马击剑开枪无所不精；边梅，天使般的外表，不一般的功夫……

无论男女，一身军装，成就你终生荣光！我曾无数次幻想自己：戎装钢枪，家国有难，出手不凡。

邱显亲烈士墓 / 刘望春摄影

第五章 聊斋茶谈

鹤·凤·鱼

湘西草堂外景 / 刘欣荣摄影

知道真相,并非好事,如果可以,谢小伶宁愿永远被蒙蔽。

三十年前,谢小伶在西岭高中就读。总成绩排在全校前十,作文经常被老师当范文念,只有数学,像是她那张精致的巴掌脸上,星星点点的芝麻,不给她留点儿遗憾,决不罢休。

后来的事实证明:没有学不好的功课,只有你不够喜欢的老师。

数学差了整个高一的谢小伶,高二迎来了数学的春天。数学老师姓吴,刚刚调来,身高一米八,喜欢穿格子衬衫,不笑的时候,有高仓健的冷;笑的时候,有周润发的暖。他教的数学课,渐渐成为全校闻名课堂:一是纪律好到前所未有,二是成绩好到前所未有。

那束讲台上的光，令女生们痴迷，令男生们嫉妒。这束耀眼的光，最开始只徘徊在讲台区域。后来，光走下讲台，挪到教室桌椅过道间。向左绕一个圈，光停留在谢小伶桌旁；向右绕一个圈，光依旧停留在谢小伶桌旁。光在桌旁讲 x+y，桌前，谢小伶的心似乎要蹦出胸腔，"呼"的一声蹿到桌面上。格子衬衫先是离小伶的胳膊很近，后是离她的鼻子很近，近到可以闻见马头肥皂的余香。

在光的笼罩下，小伶脱胎换骨似的换了个人。深夜十二点，拧着手电在被窝里刷数学题；节假日，继续刷数学题。前排有个数学学霸李立山，小伶揪着他，有问必提，有疑必清。

李立山个子不高，但皮肤比一般女生都白，女生见了都心生羡慕的那种；而格子吴呢？走在人群中，是令女子心生迷恋继而头脑发烧的那种。

毫无意外，谢小伶发高烧了。一是烧出了前所未有的数学好成绩，二是烧出了一封信。信里写了啥，谢小伶已不全记得，大致是对格子吴的好感与感谢。小女生便是这样，心头有话有事，藏着掖着实在痛苦，所以要说出来，勇敢地说出来！在犹豫了一千零一次之后，谢小伶颤抖着双手写了一封信。写完之后，谢小伶似乎卸下千斤重担，还有些许甜蜜与期待。她把淡蓝的信纸折成一只纸鹤，然后趁着课间操的间隙，做贼似的，溜进格子吴的宿舍，将这纸鹤压在桌面的玻璃板下。格子吴的宿舍连着化学李的宿舍，当谢小伶羞红着脸匆匆走出时，化学李正好从食堂返回。那只淡蓝的纸鹤是化学李偷偷打开的，还是格子吴主动递给他的，今天都不重要了。重要的是，那只纸鹤最终飞到了校长办公桌，接受全校师生目光的审视盘剥，落羽满地，一丝不挂。

谢小伶辍学了，那只纸鹤成了她永远的痛！许多年后，谢小伶长出了新的羽毛，那么绚丽多彩，人们说，她是西岭山中飞出的金凤凰。只是谢小伶从未忘记：她曾经是一只鹤，羽毛拔尽的那种。庚子年大疫，久未外出的谢小伶约了几个高中老同学去老家看望语文老师，那个经常念她作文的"小老头儿"现已头发落尽，成了真老头儿。几个女生像一群叽叽喳喳的小鸟，谢小伶裹一袭藕粉真丝旗袍，这颜色将她的巴掌小脸衬得白皙娇媚，那从小到大的几只雀斑，竟隐在一片粉白里，视而不见了。旗袍是定做的，定做的妙处便是绝不会遗漏好身材的一丁点儿动人之处。

　　谢小伶俯身观看陶缸中的睡莲和金鱼，看着看着，小伶觉得自己就是缸中这尾金鱼，活泼灵动，悠闲机警，能左右逢源，能翻波踏浪，受尽瞩目恩宠。心下小动，粉脸生笑，抬起头来，谢小伶看见一张久违的脸：三十年光阴仅在格子吴前额留下几道隐隐的纹。紧接着化学李、物理刘、英语赵……小院欢声笑语汇集，女生们比枝头的喜鹊还兴奋，她们左拥右抱，热泪盈眶，仿佛回到三十年前的校园。

　　一名女生扯着格子吴的衣袖，一面娇嗔，一面拊掌大笑："我们的男神呀！那个时候，天天停在咱们班花那一排过道中间讲课，好偏心呀！"

　　谢小伶听完这一句，大脑一片空白。几秒钟后，云山雾海里现出一张脸来：黛玉的眉眼，妙玉的身姿，三分像宝钗，七分像宝琴——她的同桌徐亦曼，当年正是班花又是校花。

渣江土菜 / 刘望春摄影

病

老街记忆 / 刘望春摄影

　　天麻麻亮，寒气透过纸窗上的小窟窿丝丝缕缕地钻进来。陈四爹披衣下床，摸索着来到酒缸边，舀了一小勺米烧酒，抿了一口后出门。对襟蓝布袄，黑色灯笼裤，布鞋踩在薄霜上有些滑。天冷老街更冷，除却卖肉的邱一刀、卖豆腐的张四嫂，街上再不见第三个摆摊的。

　　四爹沿着老街一溜儿小跑热身后，站在自家禾坪里，起势、云手、抱球……四爷的太极功夫和四爷的陈家铺一样，在石洞口若是排第二恐怕没人敢排第一。四爷每天清晨跑步、打太极，从血性小伙儿打到垂垂老矣。

六十岁后的某个清晨，四爷照例披衣下床，蓦地发现双脚不听使唤。自那以后，一个佝偻着背，拄着一根棍子，那颤颤巍巍的身影取代了人们对四爷的记忆，四爷患上了脑卒中。

在石洞口，陈家铺的米酒向来是"百年老字号"。黑得发亮的铺门后是一溜儿满满当当的酒缸，大的、小的、土黄色的、赭褐色的、长脖子的、大肚子的、带嘴儿的、长两只耳朵的……四爷一生嗜酒如命，除却一日三餐的三顿酒，另加清晨一杯，入睡前一杯。下酒菜可有可无，有的话最好是肉，尤其是红烧肉，要肥肉多些的那种，烧出来才足够香滑可口。倘若来客人，则大碗喝酒、大块吃肉，陈四爷不像是个精明的生意人，倒像是个豪爽的江湖客。

拄着棍子的四爷还是很想念他的酒和肉，家人管得紧，酒没办法明着喝了。偶尔做贼般偷喝上一两口，一颗心得高提着。病了的四爷胆子小了许多，怕老婆训，怕儿孙念叨。想当年，四爷何曾晓得个"怕"字，即便来了土匪抢铺子，四爷也敢拎了家伙追上去。肥肉不准吃，瘦肉还是可以吃些的。

四爷七十岁生日的时候，家里来了很多客人。四爷很是高兴，人一高兴话就多，话一旦多起来就觉得不放纵一下，真对不住这份好心情。劝酒的人不多，都是七老八十的哥们，年轻时天天在一起大碗喝过酒、大块啃过肉的。白胡子哥们儿端了酒来敬白发寿星，四爷的大孙子站在桌边拦着："我爷爷有病不能喝！"少年睁圆了眼，满脸通红。"四爷，不就一碗酒吗？瞧你这孙子说的，我天天喝不也活到今年八十三岁了吗？"劝酒的满面红光，拍得胸脯山响。"喝了，就这一碗！"旁边有人起哄。听着众人的吆喝，四爷蓦然找回了几分年轻时的血性。"不就一碗酒吗？喝了能咋的？忍了这么多年忍够了！阎王收了也罢了！"四爷恨恨地想，前额上的青筋鼓了起来，抖索着接过瓷碗，一口干了，仿佛要出尽胸中一口恶气。自从拄了棍子，酒不准沾，这不准吃，那不准喝，这日子还不如去阎王爷那儿痛快呢。

周围喝彩声一片，客人们作死拍巴掌。白胡子老头激动得眼珠子发红，举着四爷喝过的那只蓝花瓷碗在酒席间走来走去，高声嚷嚷："四爷豪气！四爷英雄！好汉不改当年勇啊！"客人们冲着那只碗行注目礼，只见洁白的碗边上悬着一滴淡黄色的酒液，久久不落，像是断肠草上的甘露欲坠未坠，又像是妇人腮边的泪滴要落不落。喝下一碗高粱酒的四爷两颊红晕飞升。人们赞叹道：寿星气色真好！还是要喝酒呀，酒可通筋活血。什么高血压忌酒的鬼话，大夫讲的哪能都信呢。

　　四爷在众人的热情道贺里，似乎要扔了手头这根讨厌的棍子，回到十年前健步如飞的时代。这股可以扔掉棍子的神力持续了短短数秒后，四爷感到头有点儿晕，眼睛有点儿花，他打了个趔趄，本能地攥紧了棍子。大孙子扶着他回房休息，躺下的那一刻，纸糊的木窗左左右右地摇晃。晃了片刻后，白色的窗纸上隐约有个人影冲四爷招手，那人影像是四爷早逝的爹，又像是四爷梦中的娘。四爷愈想努力睁眼看得真切一些，人像愈是模糊。片刻后，天与地都开始朦胧混沌，四爷这回终于看真切了：窗台上搁着先前喝酒的蓝花瓷碗，那白边上久久不落的——分明是一滴暗红的血。

风车吹过的岁月 / 刘望春摄影

画梦

（一）仙姝本是天外客

宇石禅寺 / 刘望春摄影

太美的女子如同贵重的器物，谁拥有是幸运，也可能是不幸。梅笑笑如此，梅笑笑的母亲周玉丹亦是如此。

湘南有座九峰山，山上盛产药材、竹木；山下有一个偏远小村，盛产石头。一条清溪横贯整个村落，溪中巨石横亘，溪旁石壁峭立。溪内有石坝，坝高数丈，溪水自石坝跌落，力道强劲。坝下是磨坊和榨油坊，白花花的米粉、香喷喷的茶油、菜油悉数由坝下产出。年深日久，溪流跌落处成一深潭，因声响巨大，故名"响水潭"，潭口三尺见方，深不可测。村中曾有好事者持晾衣竹竿插入，竹竿尽入而不见底部。自古以来，进出村庄只有溪边一条一尺多宽的石径，石径自巨石中间逶迤而过，故村名"石洞口"。

村中曾有私塾，私塾设于曹家大屋。先生姓唐，是位老秀才。满腹经纶，性情极为和善。课间，童子顽劣打闹，先生不怒，躬身拈须悠然曰：且缓且缓，待我将这粥锅移去，场地宽敞些可好？

新中国成立后，村民在山脚下修建了一所村小：四间教室，木板门、木板楼，墙壁用料有土砖、红砖，也有青砖、麻石，每间教室有二三十张笨重的木课桌，两人一桌，桌面中间有一道分割线。许是使用年岁久远，几乎没有一张课桌的桌面是光滑平整的，有的桌腿几近腐朽。村小住着一对夫妻，既是校长又是教师，既是教师又是农民。他们平日里上课教书带娃，课余挖地、锄草、点豆、种瓜。夜晚灯下拉琴、作画、吟诗。

男教师名叫梅向阳，女教师名叫周玉丹。

这对夫妻何时来到九峰山石洞口，村里上了年纪的老人无不记得一清二楚。

1954年，正是草长莺飞时节。虽是早春，可那阳光却有初夏的热度。石洞口陈家铺四周，有一大片明晃晃的水田。几只白鹭时而驻足浅行几步，时而振翅昂首，时而"噗"的一声飞入旁边竹林。竹林对面是曾国藩为其岳祖母修建的节孝祠，祠堂外有两座气象庄严的石刻牌坊，牌坊两侧有石狮镇守，牌坊正中刻有二龙捧信图案，图案正中上刻"圣旨"二字，旁边有诸多小字，因年代久远，风雨侵蚀，辨认艰难。祠堂内雕梁画栋，仙人花鸟皆饰以金粉。堂内抬头不见木梁青瓦，悉由木刻金粉花鸟装饰。四壁或彩绘人物，或林立雕像。祠堂地面平整光滑，传言是工匠以山苍子油搅拌泥土夯实而成，然后以黄泥浆水掺兑矿物颜料勾线，分割成方形格状。炎天暑热，村人于祠堂内席地而坐，沁凉之感渗透全身。

距祠堂不到两百米处，有一座宝塔，塔高十余丈，塔身非砖木，悉由山中青石麻石堆砌而成，塔基围栏用汉白玉雕刻牡丹、芍药、鸢尾、玉兰等百花。塔有六角，总计十三层。每角系一铜铃，铃铛表面刻有虎、豹、狮子、麒麟百兽。或坐或走，或扑或眠，情态无一雷同。宝塔与祠堂几乎同时修建，传言宝塔有坐镇风水之功效。有这样的祠堂、这样的宝塔，按理说，石洞口的百姓算是见过世面的。陈家铺的长媳便是曾国藩的后裔，成亲前夕，曾家托人问话：石洞口有多少拴马石？马队马帮，石洞口的百姓早已司空见惯。三十六弯古道上，往返的不是挑夫便是马队。

然而，1954年这个早春的所见，却以神话般的色彩定格在村民的记忆里。那天，低头扯秧插秧的大多未戴竹笠，村民们伸腰抬头抹汗之际，忽闻马蹄声，一匹白马甩着粗大的马尾，驮着一对青年男女沿着山下石径健步而来。洞口走马，史无前例。"呼啦"一声，几十号村民来不及洗尽手脚田泥，纷纷上岸围观。

自古以来，马若进入石洞口，要么翻越九峰山三十六弯古道，要么自石洞口北面双峰荷叶官道进入。洞口石径从不走马，一则因为石径逼窄险峻，二则因为环境阴森。1938年，日寇骑兵烧杀掳掠经过金溪陡山、隆兴、横江等地，行至九峰山石洞口，马匍匐于地，不愿扬蹄，日寇只得掉转马头，绝尘而去。这白马在万众瞩目里，脚踏石径，气定神闲，响水潭之巨响于其毫无震慑。行至宝塔处，白马仰头长嘶一声，天地之间，倏然风起，宝塔上七十八颗铜铃剧烈晃动，声响激越清脆，仿佛天籁。宝塔自修建至此刻已历时九十余年，铜铃齐奏只出现过一次。1874年，曾国藩夫人欧阳氏仙逝前数日，一群乌鸦围聚塔尖聒噪不已，村人厌烦，数名孩童手持弹弓意欲遣散，弹惊鸦群，群鸦展翼而飞，情状如同黑幌弥盖塔顶。鸦群离去瞬间，宝塔上铃声大作，吓得几个孩童赶紧扔了弹弓。

白马、铃声，村人惊魂未定时，马上的男女已经翻身下来。男的身形魁梧，步伐方正；女的身材高挑纤细，一袭如瀑长发散落腰际。只见二人将白马拴在溪畔柳树下，绕塔一周后，竟然移步上了塔顶。这宝塔顶端，村人向来视为禁区。1926年，石洞口农协邱显亲等数人被国民党杀害，尸身弃于荒野，头颅悬于塔尖三日三夜。数十年间，因为生计艰难或是情感不顺，自塔尖坠落轻生的妇人、男子不计其数。塔下有一草坪，坪中有一株千年古柏，坠塔而亡者如风筝断线，或飘落古柏之下，或卧于草坪之上，情状大都如叶落泥土，安详静谧，鲜有血肉模糊或面目全非者。距宝塔不到五十米处，有一座庙，庙内香火极盛。此庙大抵兴建于明朝神宗年间。传言李时珍曾入九峰山中寻访药草，救治当地百姓。李时珍逝世后，石洞口百姓感念其恩德而修筑大庙，庙内供奉李真人塑像，清朝同治年间再行修建，渐成今日之恢宏气度。但凡坠塔轻生者，寺庙一律免费超度。

　　这对青年男女只顾移步登塔，细究那檐下铜铃，塔身石刻，何曾想到塔下村民聚集。二人下得塔来，看见一草坪手上腿上泥水未净的百姓，不禁吃了一惊。村长陈油麻子原本怒火冲天，准备好好教训一下这两个不知深浅的年轻人。但就在二人举目拱手间，陈油麻子先前愤怒而僵硬的脸竟然变得慈祥柔软了，声调低了一个八度："你们两个哪里来的？"

（二）祠堂补壁惊乡邻

黄门寨省级地质公园丹霞地貌 / 刘划摄影

　　世人都道"人不可貌相"，但有时，你不得不承认，这个世界，从古至今，从东方到西方，有一张好看的脸，其实是最直白的本钱。但上苍也足够公平，开了窗子难免关门，所以才有：自古红颜多薄命。俗话说：伸手不打笑脸人，何况是两张如此青春俊美的脸，陈油麻子一腔怒火刹那间熄灭了大半。

　　青年男子没有回答陈油麻子的问话，只是一味拱手致歉："对不起！对不起！我们冒昧来到贵地，请各位多多包涵！"村民们看得呆了，眼前这对可人儿仿若天外飞仙，身姿容颜皆不似凡尘中人。男子肤色偏黑，五官标致俊朗，举手投足间颇有轩昂之气；女子神色清淡，似三月栀子，玉白娇嫩，不语不笑自有幽香袭人。

　　其时已近正午，许是秀色可餐，许是好奇兴奋使然，劳作了一个上午的村民竟无饥肠辘辘之感。洞口之外，难得来客，何况是骑着白马进来。祠堂汤四嫂招手道:"你们一路辛苦,去我屋呷杯茶吧!"瑶湾邱大爹牵了马缰:"去我家呷午饭!""晚饭来我家呷!"刘三奶奶高声道。"明天早中晚三餐,你俩都来陈家铺。"陈四爹待客向来豪气。

呷饭从来都是头等大事,那个年代,人们相逢,打头一句便是:"你呷过了吗?"路遇熟人喜欢问:"到哪里去?"偶遇陌生人,喜欢问"哪里来?"村长陈油麻子断然不会想到,他今日这句最稀松平常的问话,直到他去世,也没能得到一个确信。

一户户人家轮流做东,言语交谈间,村民们知道了个大概:男的叫梅向阳,老家大庸;女的叫周玉丹,老家永州。再问如何来了石洞口,二人要么低头不语,要么笑而不答。

为了弄清这个问题,陈四爹开了一坛十年陈酿,卖酒人家不缺好酒。俗话说:酒后吐真言。四爹心想:一杯不说,再喝一杯,不信你舌头不打闪。梅向阳喝得面热耳酣之际,扭头问四爹:"大叔,您听说过信马由缰这个词吗?"四爹是念过旧学的人,听了梅向阳的话,禁不住哈哈大笑起来:"天意!天意!""年轻人,你是不知道哇!"四爹凑脸过去,压低声音道:"石洞口自古以来走人不走马呀。"

梅向阳一脸狐疑,怎么来的石洞口,他说的是实话。当他带着玉丹骑上白马,决意告别当下时,这一路上,他的确是信马由缰、风餐露宿的。

身旁有心爱的女人,四海皆可为家。他现在有大把时光可以挥霍,所谓爱人,不就是那个与你虚度光阴你却不自知的人吗?白马行至石洞口洞门前,两旁石山兀立,一线溪水自洞中潺潺流出,溪边一条小石径,宛如洞中飘出一道白练。玉丹看得心惊,紧搂向阳腰身:"这石径太窄,我们返回吧。"梅向阳勒了一把马缰,哈哈大笑:"能不能走,白马说了算。"二人谈笑间,那匹白马竟似认得归途般,健步踏上石径。

进入洞内,方知世间真是别有洞天。石山、清溪、木桥、榨坊、宝塔、寺庙、良田、鸡鸣、美酒、村人……

此刻的梅向阳自然不会想到:一个世纪前,他坐着喝酒的陈家铺还是一座石山,山下建了一个采石场。最风光的岁月是修建石洞口节孝祠、宝塔、千佛岭。那时石洞口的石头有多高多大，去看看现今节孝祠残存的石门框柱便知。

1864 年，曾国藩率领湘军平定了太平天国，曾氏兄弟封侯拜将，权倾朝野。正所谓富贵不归故乡，无异于锦衣夜行。1865 年，曾国藩授意其弟曾国荃修建富厚堂，富厚堂占地面积四万多平方米，主体建筑面积一万平方米。曾国藩虽从未在富厚堂内居住过，但在富厚堂内思云馆墙上依旧悬挂着曾国藩与夫人的画像。

这位传言长着一双大脚、面相奇特的女子，从出生开始便有神话一般的色彩。

相传金溪庙横江龙形山是横江欧阳八柱祖山，相传七柱（今隆兴、九峰）八柱（横江乡）两兄弟在此山打猎。其时天寒地冻，兄弟俩瞅见一窝竹鸡栖身处，热气腾腾，这正是风水宝地的吉兆。七柱兄弟多心，在那冒气之处留了记号。后七柱太公逝世，要葬此山，担心八柱不同意。于是故意在离宝地不远的地方挖穴，八柱果然不同意。七柱妥协，打老远抬过来，就在附近挖穴下葬，恰巧正葬宝地。下葬后，地仙言明九代不惜女，欧阳家族将出天子。但是七柱兄弟在第七代留下了一女，这就是欧阳凝祉的长女欧阳氏。

传言此女出生时面貌奇异：一张长脸，一双长脚。欧阳凝祉心念一动，留下女儿的小命。龙形山发外不发内，欧阳氏天生旺夫，曾国藩视夫人如神明，欧阳氏在曾家地位显赫。曾国藩后来位居一人之下万人之上，但身边始终只有欧阳氏一人。直至晚年，牛皮癣发作厉害，而欧阳氏又染病在身，不能侍奉，方在夫人允许之下，纳了一个为之搔痒的小妾，只是年纪轻轻便染病身亡。

欧阳氏出生于九峰山下华峰村，她去世多年后的一日，欧阳祖屋突起大火，几间瓦房烧得一干二净，唯独欧阳氏出生的那间小屋安然无恙。20 世纪 80 年代，欧阳凝祉的后裔改建旧屋。传言在欧阳氏出生的那间小屋之下，挖出一尊金身盘坐罗汉。那时乡下人没有文物的概念，更不知晓文物的珍贵，那尊罗汉不久换成了几十块钱。房屋建在欧阳氏出生之处的欧阳后裔，家中人丁兴旺，尤其是远在外地的女儿多年来官运亨通。

石洞口的节妇是欧阳氏的外祖母和外曾祖母，这两位姓名、生平不详的蔡姓女子，二十出头便守了寡，用柔弱的双肩扛起夫家奉老育儿的重担。在无数个凄风苦雨的夜里，在无数个孤灯如豆的夜里，她们咽下苦难与泪水，最终功德圆满。

曾国藩带着兄弟常年征战于异乡，生死难料，兵败情急时曾欲举剑自刎。身在荷叶的欧阳氏不但要相夫教子，勤俭持家，还要统管曾氏家族内外诸多事务，其心之坚、其智之全、其德之贤，想来是有祖辈遗风的。

富厚堂内思云馆的欧阳氏画像，眼神凌厉，面貌肃然，没有丝毫女子的柔媚，自带男儿的冷峻与刚强。

祠堂与宝塔的华美尽显曾国藩对夫人的感激与敬意，然而世间再精美的事物都无法抵御时光的侵蚀，就像花朵无法抵抗季节，美人无法抗拒迟暮。

当梅向阳与周玉丹步入节孝祠，步入这座洞口百姓心目中的圣殿细细观摩时，他们既震撼于先人巧夺天工的石刻木雕技艺，也痛惜正殿那些被岁月朽蚀了的壁画。壁画色彩艳丽，人物情态各异，衣袂飘飘，线条疏朗流畅，面部神情鲜活灵动，壁画旁有隐隐约约的字迹：二十四孝。许是春日水汽，年深日久，这壁画中间有一处图像颜料剥落，模糊不清。

周玉丹细辨那壁画内容，竟是卧冰求鲤图。当周玉丹在陈油麻子面前提出，要修补好祠堂内这幅壁画，回报乡人一个月来对她夫妻俩的盛情款待时，陈油麻子惊得眼珠子几乎要跳出眼眶。

节孝祠在民国年间曾进行过一次较大的修缮，从事修缮的是石洞口有名的"邱三匠"。邱老大双臂力量惊人，善于开山劈石，人称"大石匠"；邱老二能描善画，名字中有个算字，人称"算画匠"；邱老三长于手工编织，人称"三篾匠"。

民国时，石洞口忠义堂有个庵子，庵子主事曾是富甲一方的大户。这主事想打一床竹席，请"三篾匠"来庵里做工。开工前，主事对"三篾匠"道："你只管好好打，不必担心工钱。"三篾匠道："好！只要您老不赶时间。"三篾匠在庵子里闭门打了三年竹席，打好之后，交给主事查验。主事打开一看，目瞪口呆，原来竹席上打着十八罗汉图，面貌步态个个栩栩如生。这床竹席，无人敢睡，于是摊呈于庵子正殿，作为香客们的拜垫。

"邱三匠"都未能搞定的事，眼前这细妹子居然说可以。陈油麻子不由得感叹：年轻人哪里晓得深浅！但转念一想：壁画破损了那么多年，修不好也谈不上损失，何不让她试试？

周玉丹于是有了一个试手的机会。壁画修补不同于寻常绘画，务必修旧如旧，不显突兀，所以特别讲究笔势分寸，颜色深浅。绘画易，补画难，技艺一般的画师根本不敢承接这类业务。因为一不小心，不仅达不到修补的目的，反倒可能使画面失之天然，弄巧成拙。调试颜料，比对色彩，研究人物表情，琢磨线条走势……准备了两个星期后，周玉丹开始动笔。梅向阳跑前跑后，架设梯子、递送颜料。历时一个月，残损了半个世纪的卧冰求鲤图再次完整呈现在石洞口百姓的视野里。

"修得好！""是这个样子！就是这个样子！"村里一拨上了年纪的老者看了壁画后，激动得白胡子发抖。一张张老脸仔细凑上去，又缓缓移开去，年过九旬的罗三爷淌出几滴浑浊的老泪。

（三）川美有位"画仙子"

万源湖（黄门寨省级地质公园内）／刘望春摄影

陈油麻子目睹罗三爷老泪纵横，眼窝跟着有了几分潮润。此刻，他的堂兄陈四爹站在壁画两尺开外，搂着膀子，脸上挂着高深莫测的笑。精明又豪爽的四爹，从来都比一般人看得清、想得远。

"土改"时，无数地主富农家产被分，人被批斗，甚至丢了性命。家大业大的陈家铺却毫发无损。工作队反反复复找陈家铺里的长工问话，得到的回答从未改变："四爹没剥削我，他屋儿女多，负担重，活计多，请我帮忙做事。"四爹待工人如家人，要求子女与工人同吃同住，工钱上也大方。四爹这份宽厚大气，竟在非常时期助他躲过了一难。那位怎么盘问都不松口的何姓长工，四爹要求子女将他当作亲人、恩人，逢年过节均要拜访。

这不是普通人家的丫头，这丫头也不是普通人家！陈四爹看了壁画后，意味深长地告诉陈油麻子："你要晓得，你老哥我眼珠子里是有水的。"这个有水意即会观人识人。

四爹眼睛里的确是有水的，娴雅清冷、自带三分仙气的周玉丹确实不是乡野丫头，甚至不是小家碧玉。

1949年，十七岁的周玉丹从永州道县周家大屋走出，挟着周氏家族积淀了数百年的尊荣华贵，挟着周家大屋里水墨丹青的家学传承，还有花季少女的楚楚动人，走进四川，走进四川美院。

其时的四川美院还是"四川省立艺术专科学校"的名号，然名气丝毫不输今日之央美、广美，大名鼎鼎的国画大师张大千正任教于此。

周家大屋位于凤凰展翅的风水宝地，三面环山，前有池塘，后有石径、古树、古石塔。清康熙年间，周瑜第五十世孙，周敦颐第二十一世孙周传福带领妻儿，耗时三年建成该屋，因周传福有九个儿子，故得名"九（久）美堂"。

几百年间，周氏家族人才辈出，遍及军、政、商三界。亦有不少后裔远徙重洋，定居国外。大院占地面积近一万平方米，建筑面积近五千平方米，有大小房屋百余间。一百多年的历史烟云竟未能损毁它太多痕迹，令人不得不慨叹周家祖先智慧。

迄今为止，湘南地区保存如此完好的古民居村落并不多见。人们震撼于周家祖上的辉煌，也痛惜世间多少风流总被雨打风吹去。譬如半个世纪之前，石洞口的节孝祠与宝塔、黄门寨宇石禅寺的山门、樟木的程商霖公馆……如果时光温柔，那么，这个世界将留下多少惊叹。

可惜世间没有如果。周玉丹自幼与母亲生活于周家大屋，家中保姆、佣人一应俱全，吃穿用度无不奢华。富贵人家千金该有的，周玉丹都有。只是她从未见过父亲。

幼小的她问母亲："爸爸在哪里？"母亲总是一脸温柔："在外面，在很远的地方，爸爸很厉害！"

"爸爸什么时候回家？""你长大了，爸爸就回来了。"母亲笑意盈盈地告诉她。于是，渴望长大成为周玉丹生命里第一要事。如今她已十七岁，身形早是一株翠竹的模样。"啊！丹丹长大了。"每当听见这样的赞叹，失落与忧伤便会如潮水般涌上心头。她无数次想象：某个清晨，佣人柳妈打开那扇厚实的宅门，迎接村庄里第一缕阳光与第一声鸟鸣，迎接长衫、平头、鼻梁上架着金边眼镜的儒雅中年男人，这男人就是她的父亲。

她长大了，父亲没有回家，也许母亲说了谎话，也许父亲忘记了母亲和她。在秋阳依旧热烈的季节，她不得不背上行囊，坐上马车，去远方寻梦。

扎实的国画功底加之超凡脱俗的姿容，很快使周玉丹成为川美师生共同关注的焦点。当周玉丹亭亭玉立于张大千眼前时，一生饱览秀色的大师不禁感慨道："姑娘不似凡间人！"

因这一句评语，周玉丹自此得了个"画仙子"的名号。玉丹就读的国画三班虽位于校园最偏一隅，然无时不有男生踟蹰于窗外，或欲睹仙子芳容，或欲候仙子飘然而过。可惜仙子天性高冷，不喜与女生交往，对男生更无法正眼相看。常似缥缈孤鸿，一袭长裙，幽然往来，自成川美一景。

一日课余，玉丹在画室潜心作画。勾勒完花卉造型后，拟提笔着色，忽有声音自背后传来："构图忌满！"玉丹回过头去，大师不知何时端坐于自己身后。玉丹吓得手一哆嗦，一笔颜料倾泻于画布之上。

大师就势握住她的画笔，在那颜料滴落处，点蘸几下，然后唰唰铺陈开来，笔锋挟颜料所到之处皆成花瓣，旋即蘸取一笔浓墨，勾画之间已成树叶枝干。衔接之巧妙，动作之神速，惊得玉丹倒吸一口凉气。

自此，玉丹作画，大师都会悉心点拨指导。久之，校园竟起风云。

于是，每逢集训，校长总免不了要做一番训导，格外强调德艺双修，强调谦恭、谨慎，强调为师之尊。众人皆知训导所指，校内先前尾随窥伺"仙子"者皆作鸟兽散。玉丹长吁短叹，顿觉人生如戏，情节与细节皆由不得自己做主。

幸得有画技相慰，提起画笔，诸多郁闷尽散。想来艺术最大的好，便是使人忘记现世的不好了。从前独往，现在独往，将来独往。艺术之路，寂寞之道。玉丹享受这份寂寞，她喜看流云变色、青草渐黄；喜听猿声哀鸣、娇莺婉转；喜闻山兰传幽、稻浪飘香。自然是如此灵动真切坦诚，哪似这烟火人间，四处皆有窥探、揣测、流言、诽谤。

于玉丹而言，日月星辰、花鸟虫鱼，皆易读懂，只是人心似海，万难猜量。难猜便不猜，不懂便放下。醉心于自然与艺术的玉丹倒也活得充实而心安。

（四）采风遇险遇情郎

金溪矮冲迴凤庵 / 欧阳红生摄影

一日周末，正是仲春时节。蓉城四处花红叶绿，杜鹃、山茶、杏花、海棠前仆后继，争相媲美。玉丹肩背画夹，欲往四十公里外的峨眉山采风写生。川美三年，她习惯独来独往，外出采风，也不喜邀约同行。况她平素不与同窗交往，此时前往峨眉，即便心有小惧，一时也无法找到旅伴。

玉丹挑了一套颜色暗沉的旧衣，上衣深灰，立领盘扣，袖口处深灰已洗成浅灰；黑裤高腰束口，裤腿宽松。玉丹故意改变着装，想把自己弄得憔悴土气

第五章 聊斋茶谈 | 237

些。然这颜色暗沉的旧衣偏把她玉白的脸衬托得越发清新皎洁。

清晨出发，一路舟车劳顿，晌午时分，终于上了峨眉山金顶。金顶是峨眉山圣地，此处海拔三千余米。云海缥缈、山风疾劲、松涛轰鸣……万千气象可眼观而不可言明。其时漫山杜鹃怒放，红如火、白胜雪、紫若晶。悬崖之下，云海翻滚，随天边光线变化而幻生七色，随崖下山风浩荡而幻化万形。玉丹看得骇然，急寻一处视野开阔地，摊开画板，细细描摹。金顶上游客甚多，往来者无不驻足于玉丹一旁，观眼前之景兼赏美人笔下之胜，不时啧啧称赞。玉丹无暇顾及周边行人，手随眼动，全神贯注。

不觉正午已过，时近下午两点。玉丹拧开水壶，打开背包，掏出一包银丝饼充饥。刚将饼子递到嘴边，一道黑影扑面而来，玉丹"啊"的一声，本能后倒。孰料身子未及完全倒下，一只大手牢牢托住了她的纤腰，眼前晃荡着一只龇牙咧嘴的黑猴，黑猴拎在一位笑声朗朗的青年男子手中。男子双肩宽阔，身形高大笔挺，着一套浅灰立领中山装，平头、肤色黑亮中透着红润，一口牙齿洁白齐整。

"此处名为舍身崖，崖下白骨成堆，是金顶最危险的地方，姑娘务必万分小心。"男子说完，松了撑托她的右手，左手一扬，那只黑猴仿佛身怀绝世轻功，"噌"地一下，跳上了旁边一棵歪脖子老松。

玉丹芳心狂跳，面飞红霞，既惊又羞，低头连声道："多谢多谢！"说罢，收拾画板、背包，急急离去。金顶多佛寺，香火极盛。惊魂未定的玉丹不由自主地跨进了一座禅寺，禅寺高大华美，木柱木窗木门皆刻绘花鸟。檐下一排木匾，长达数米，镂空雕刻百兽，极为立体逼真。山门正中，上书"华藏寺"几个鎏金大字。大雄宝殿内香雾缭绕，木鱼声钟声不断。

佛前拜垫是一明黄缎布包裹的长榻，宽一尺左右，长约二米。玉丹将背包、画板置于身后，手持三炷清香，虔诚叩首于佛前。拜毕，玉丹起身，拟将清香插入门前香炉。扭头侧身起立间，一张熟悉的面庞跃入她眼帘。这长榻上，挤挤挨挨跪满了善男信女，玉丹何曾留意到，先前出手救她的男子刚才竟与她并肩跪于拜榻之上。

"姑娘是一人独游吗？"男子灿然笑问。玉丹心内有被人看穿的惊慌，但表面仍强作镇定回答："非也，我与同伴约好，山下相聚。"说完这话，她自觉脸红。一则因为，自幼甚少与异性交谈，今日却与这青年男子频频遭遇对话；二则因为，自幼不曾说谎，今日却不得不撒谎。玉丹说完，恨不能立马肋生双翼，飞离禅寺。就在她惊慌失措时，男子俯身拿起地上的背包、画板。"在下姓梅，名向阳，毕业于黄埔军校。今日独游金顶，巧遇姑娘，真是缘分！"

言毕，男子将画板、背包抛于肩上："姑娘若不嫌弃，在下愿当一回护花使者。"

玉丹听完男子介绍，心下顿生三分好感，惶恐顾虑尽散。在家常听母亲讲，她有一堂兄，即在黄埔军校就读。能入该校就读者，必是文武双全一表人才的美少年。

山道狭窄陡峭，下山只能小心移步。有些路段，甚至要低头侧身而行。走了一段路后，玉丹不禁气喘吁吁，香汗淋漓，步伐也慢了。梅向阳扭头一看，回转身道："姑娘休息一下吧！"说完，他轻轻一跳，跃上路旁山石，伸手摘了一片宽大的芭蕉叶。

梅向阳将芭蕉叶铺于山道青苔上，二人并肩坐下。山道偏僻，再无游客。"走这条古道，可以节省半个小时的下山时间。"梅向阳似乎对这里非常熟悉。此刻山中静谧，天地之间，花草树木自由呼吸。风在摇它们的叶子，草在结它们的种子，鸟在孵它们的崽子。

周玉丹平生第一次与异性如此接近，她闻到山中植物的馨香，闻到馨香中夹杂着的阳刚体香，这香气令她仿佛怀揣小鹿，激动、慌乱又留恋不舍。她没有想到：一向高冷的自己竟然会接受一个陌生男子的多次帮助，甚至在并肩坐下的瞬间，她没有想过要将身子往旁边移开一些。

少女的羞涩矜持使她口头可以掩饰、可以强硬，但身体和内心却是如此诚实，这份内省使她感到羞赧不安。

梅向阳似乎察觉出她的紧张，特意将身子往蕉叶外挪了挪，然后尴尬地笑了："我再去折一片叶子吧！"说完，他翻身上了山石，又折了一片蕉叶，铺在玉丹旁边。玉丹低头看那叶子，突然尖叫："虫子！虫子！"梅向阳淡然一笑，低下头去，只见一条身子肥硕的青虫正匍匐于蕉叶边缘，嘴巴一下一下，身子一拱一拱，啃得正欢。

梅向阳伸出食指、中指，拈起滚圆的青虫，对着林叶间的光线道："姑娘能否把这只虫子画下来送我？"

"这有何难？"玉丹"噗嗤"一笑，摊开画板，打开颜料盒。大约一盏茶的工夫，梅向阳手指间的青虫便移步到了画纸上。

"画得好！画得好！"梅向阳接过画，连连赞叹。"你叫周玉丹？川美的？"梅向阳蓦然发问。好像是努力掩饰了半天，瞬间就被人戳穿，玉丹心下好不窘迫。每次画毕，题跋学校、姓名、时间已成习惯，这无意间的泄露令玉丹觉得再无编造的必要，她老实地点了点头。二人说话时，林叶间隐约有水滴落下。"莫不是要下雨了？"梅向阳抬头看了看，赶紧卷起画儿放进自己的帆布挎包。春天像孩儿脸，说变就变。梅向阳话音才落，雨就如豆子般砸下。玉丹赶紧换鞋、撑伞。伞不大，容一人刚好，遮两人不够。

梅向阳看着周玉丹面露羞怯，将一把小伞塞进她手中，沐雨而笑："此雨秀气，我们平素训练，专挑狂风暴雨时节。"玉丹听完，好不惊讶。

山道本就青苔密布，雨水一浇，越发湿滑，稍有不慎即有坠入深谷之险。梅向阳一手牵拉着藤蔓，一手拽着玉丹。玉丹也顾不得矜持，乖乖将小手放在他的大手里。

这双大手很热，很粗糙，似乎还有老茧。有一两次，玉丹一个趔趄几乎倒在梅向阳怀里。少女的娇柔芬芳是致命的诱惑，但山道的危险和军人的刚毅，使他始终保持头脑清醒，脚步坚定。二人终于平安下到山脚，梅向阳浑身尽湿，揩了一把雨水，问道："你的同伴呢？"

玉丹白了他一眼："远在天边，近在眼前。"

真豪杰无私敌

石鼓书院江景 / 刘望春摄影

大家好：

  关于齐桓公、管仲和鲍叔三人，我来谈谈个人看法。春秋五霸，齐桓公居首位。桓公能成霸业，因有管仲、鲍叔为其左膀右臂。然初时，管仲为其主公子纠效力，箭射桓公，桓公欲报一箭之仇。后因鲍叔举荐，桓公与管仲冰释前嫌，化敌为友。真豪杰心忧苍生天下，何暇计较个人安危而树私敌？

  阔哉，桓公之气度。若非虚怀若谷、从善如流，桓公岂会相信鲍叔举荐？非但不会信，甚至可能因这一箭之仇，迁罪于鲍叔，毕竟鲍叔与管仲私交甚笃。李陵降匈奴，司马迁为其辩护，汉武帝大怒，视其为一丘之貉，惩之以宫刑。明朝燕帝时，方孝孺因拒拟诏书，被诛十族。

古代帝王多行斩草除根之事，少存悲悯豁达之心。心胸豁达如桓公者，必定疑人不用，用人不疑。桓公的宽厚不是毫无原则，是基于心腹的力荐与成就伟业的需要。在江山霸业的宏图里，个人恩怨情仇不足挂齿。

智哉，桓公之手段。这世间没有永远的敌人，也没有永远的朋友。桓公能够化敌为友，使管仲终生尽忠于他，除却自身人格魅力，政治手段必有大智慧大学问。真豪杰无私敌！譬如诸葛亮与周瑜，谁说诸葛亮的痛哭里没有英雄惺惺相惜的悲痛？胸有大志者，无私利亦无私敌。然桓公化敌为友的详细手段，有待循史细索。

勇哉，桓公之胆识。桓公敢重用敌对诛己之人，大智之外有大勇。曹操世称"奸雄"，不乏大智、唯缺大勇，于是草木皆兵，于是"宁教我负天下人，休教天下人负我"。杀朋友杀侍卫杀杨修，杀出一条血路，失却一片民心。桓公无私，故能无惧而勇。精明如管仲者，怎会不识明主贤君？在桓公的大勇里，飘扬着"信任"的旗帜，这份信任事关身家性命，事关苍生社稷。这样的大勇，无坚不摧，何况人心？桓公有置之死地而后生的气概与胆识，他的绝对信任成就了管仲的绝对忠诚，管仲终究不负桓公所信所托。有君王宽厚谦恭、智勇双全如此，臣子怎能不拼死效忠？

士为知己者死，桓公的胜利首先是自身的胜利：有大志、有胸怀、有手段、有胆识；无私念、无私心、无私欲、无私敌，故能成就千秋霸业。古往今来，欲成大事者，皆似桓公，霹雳手段菩萨心肠，当行则行，当断则断。真豪杰四海为家，以苍生社稷为己任，具兼容并蓄海纳百川之度。凡善纳人心无私敌者，终将无敌于天下！

我的发言到此结束，谢谢大家！

（此文为2020年全国Ⅰ卷高考场外作文）

屈子与东坡

东洲岛夜景 / 周莉供图

今日端午，遥想三闾大夫。姿容俊逸，学富五车。初时深得楚王宠信，亦为群小所不容。"木秀于林，风必摧之。堤高于岸，水必淹之。"屈子与东坡，皆有旷世才情，皆因宠获罪，为俗世所不容。

屈子性刚烈，不惜以死铭志。东坡性旷达，绝处亦乐生。人生实苦，屈子愚忠，良臣当伴明主，美人当配豪杰。去国忧殇日久，入水亦为解脱，渔父怎知屈子意？屈子肉身不存，精神不朽！忠君事上，天地日月可鉴，独楚王不鉴。

悲乎！冤乎！然不鉴亦不改其忠，遭害亦不易其志。

反观东坡，出道即受太后、皇上恩宠。即便身陷囹圄，仍为太后所挂怀。太后病重，帝欲大赦天下，太后言：大赦天下不必，赦那东坡一人即可。有主惜才如此，纵死又何憾？

第五章 聊斋茶谈 | 243

惜哉屈子！今为汝忌日，作诗一首聊寄哀思：

纵身一跃，毫无眷恋
这诽谤谗嫉的楚国
人，不能直立行走
入水，做一尾鱼
有千百种姿态

某日，水中累了老了
长成一株莲
在入水的时节出水
听蓬头稚子吟唱
风依旧
换了人间

东洲桃浪暖 / 小林摄影

行云流水话乡俗

——小议陆亚利乡土散文集《远乡近土》

船山书院／刘望春摄影

  十年前，因为常在《衡阳日报》《衡阳晚报》发表作品，不经意间牢牢记住了一个名字"陆亚利"。因其细腻酣畅的文笔，常常占据回雁副刊头条的位置。

  真是兰心蕙质的女子！我那时从未怀疑这潜意识中的谬误。一是因为名中的"利"，二是因为文字的细致真切。

  十年后，偶然去某单位办事。听说这位从未谋面的文友在此工作，于是一路寻了过去，见办公室外的门牌上写着"陆亚利"三字，但室内却端坐着一位男士。满腹狐疑之下，反复询问楼道内的女科长，这是陆主任办公室吗？再三确认后，一头雾水地走了进去。

第五章 聊斋茶谈 | 245

当我报上姓名后,陆主任笑了起来:我一直以为"刘望春"是位男士呢!哎呀!彼此彼此。

临别时,陆主任赠我《雁郊原乡》《远乡近土》散文集两部,且告诉我,他的第三部散文集《离乡回望》正在筹备中。

我的嘴,有几秒钟因为惊愕而忘记闭紧,大脑因此而短路了片刻,心底蹦出一个词:不可思议!高产的作家通常有两种,一种是勤奋型,一种是天赋型。陆主任应属于第三种,既有天赋且非常勤奋。否则,怎能在忙碌的工作之余,为党报党刊撰写专栏文章,最终结集成这一部又一部沉甸甸的集子?我打开三年前出版的《远乡近土》,书籍很厚,白色的封面上有幅清雅的山水图,像它的作者那般温文儒雅。序是时任衡阳日报社总编的林新华先生作的,一气读完,便知晓了《远乡近土》的前世今生,甚至看到它在未来历史长河中的幽光。全书分为"乡景余韵""乡俗拾忆""田耕印象""年成日子""童真谐趣""往事如烟"六大版块,共收录文章八十余篇。单看目录,便知书中藏着一个缤纷多彩的童年,那是你的过往,还是今天孩子们的遗憾?

《捞浮萍》《打鱼丸》《吃头碗》《供老客》《挖藕》《窖红薯》《荸荠》《扛蛋河》《摸蜗蛳》《刮薯片》《纳鞋底》《定鱼》《打水漂》……目录里每篇文章名,都是诱惑。

读完这本集子,"惊讶"与"震撼"始终挥之不去。像我这般地地道道的乡村妹子,关于乡野村俗、风土人情,竟然还有那么多知识盲区。

《供老客》《修阴鹭》《七不杀八不杀》《酢菜》《蒸酒熬糖》……这本百科全书式的乡土散文集全方位展示了乡土之美、农耕之美、民俗之美、民情之美。

老祖宗千百年来的传承,作者用文字将它们一一记录描摹。可以想象,如果没有陆亚利先生今天的辛劳,许多年后,当最后一批亲历者逝去,那些细微的精髓,那些宏大的历史,或许将随之消湮于茫茫时空中。

极其宝贵的是,此书对于各类乡俗非遗的叙述描摹,并非枯燥的说明列举,而是牢牢抓住人、事、景、情,从自身写起,从身边亲人写起。在文字廉价的今天,陆亚利先生坚持以自己的真诚抒写乡间的一切,这份虔诚让人肃然起敬。

对于散文创作而言,真实、真诚是它的灵魂。记得《散文海外版》主编王燕说过:不要以为你在文中撒谎,读者看不出来。对于文学创作而言,真挚的情感尤为重要。

我非常赞同王主编的观点,也非常欣喜地发现,在抒写真实的征途上,我并不孤单。至少,还有陆亚利先生提着灯盏,在前边引路。

以《蒸酒熬糖》为例,文章前半部分叙述蒸酒熬糖的技巧流程,文字细腻精练。写蒸酒:农历九月后,衡阳西乡每家每户都会蒸酒。推碾麻矮糯,蒸煮冷却,拌糖药曲入缸,保温发酵,三五日出缸,腾挪至"酒海",置"酒插"泌出汩汩湖之酒。

一气读来,往事历历在目。外祖一家精于酿酒做豆腐,后以此发家,修建的铺面占据九峰半条街,乡人称为"陈家铺"。老父老母一生爱酒,即便如今年过七旬,每年依然种植高粱等作物用于酿酒。

我自幼跟随父母酿酒,对其工艺流程自是熟稔,书中的文字仿佛场景再现。"推、蒸煮、冷却、拌、入、保、出、腾挪、置、泌"系列动词叠用,蒸酒一事便一气呵成。

毕业于湖南师范大学中文系的陆亚利先生,的确是驾驭文字的高手。全书描摹生动形象,惜字如金,短句跳跃,绝无赘语。

曾有微信名为"江楠"的文友,看过我的文字后说,非常精练,几乎不能再增删一字。我听后,颇为感动。因为我在创作时,的确是秉持精练至上的态度。但他如果有幸读完这本《远乡近土》,不能增删一字的感受定会更加深刻。

文中记载诸多有趣的乡谚童谣:"打掌掌,卖糖糖。唆花狗,呃(咬)姑娘。呃哪甲(只)脚,呃左脚。左脚不要脚,打甲膏药敷烂脚。""苦不苦,打铁撑船磨豆腐""难不难,蒸酒熬糖""蒸酒熬糖,充不得内行"。

这些亲切的句子,20世纪80年代以前出生的人或许熟悉,之后出生的或许闻所未闻。幸好有《远乡近土》的记载,这些散落于民间的珍珠,才能以文字的形式世世代代传承下去。

《远乡近土》不只是对乡间物事风俗的记叙,文中有至真的人,至美的情。

养父母对继子如此偏爱，煮了鸡蛋，嘱咐养子"躲到一边吃"；养子工作后，惦记养父母，每月七十块钱出头的工资，寄二十块钱回家；患难与共、亲如兄弟的养父与生父；知足常乐的岳父，放弃从政，领着企业退休的工资，怡然活到八十七岁……一篇《字牌》写得跌宕起伏，结尾尤其令人泪目。玩性赌性甚重的生父过世后，"生母特意在寿材里，放上生父最喜欢的三样东西——烧酒，收音机、字牌"。

这样的结尾书中比比皆是，例如《洗脑》：养子每月寄二十块给养父母，幻想他们会买块香皂洗脑。年底回家，只见窗台上半块开裂的肥皂，养母打开盒子，取出一块未开封的香皂，递给养子用。

指导学生写作时，老师们常说"凤头、猪肚、豹尾"，《远乡近土》将豹尾的力道发挥得淋漓尽致。

我认为这是一本极其适合青少年阅读的好书。在研学、游学兴盛的今天，此书是那些基地最为理想的配备读物。我想象不出，对于乡间物事、非遗技艺、风俗民情等的讲解指导，还有谁能比这本《远乡近土》更生动、更细致、更丰富、更渊博？在《远乡近土》的宏大前，我深感笔力有限，这浮光掠影的评论，实在无法全面展示该书真实的魅力。我像一位泛舟江海的隐者，于茫茫大海中，偶然捞起一册典籍，某日，漫不经心打开，竟有新大陆般的发现。于是，欣喜若狂，饱蘸笔墨，写下上述文字。

衡南古民居 / 刘望春摄影

心静月常明

——赏析张冬娇散文集《你若安好，吾便心安》

库宗桥镇油菜花海 / 廖嘉玲摄影

很久以前收到冬娇的书，信手翻了两三篇后，眼睛一亮，对冬娇说："亲爱的，我要为你的书写篇评论。"说完这话，时光转瞬过了大半年。这大半年的时光里，我每天像陀螺一样高速旋转，但心底总还记得对冬娇说过的话。仿佛一日未完稿，便一日欠了他人的情债。

有几次端坐电脑旁，题也拟了，头也开了，东边有事，西边叫唤，几个电话打乱了思绪。于是，那篇《爱，让生命如此美丽》的评论夭折了。自昨日起，清理杂物堆积的办公室，直至今早，环视周围，地净台洁，加之窗外阴雨蒙蒙，无人打扰，突然有了看冬娇书的冲动。也因此而彻悟，原来冬娇的书非净不能读，非静不能读。

　　读冬娇的书，有清新之风扑面而来，有温馨宁静弥漫天地之间。那样从容的笔墨，那样典雅的语句，那样深厚的意蕴，不是一般人所能达到的境界。

　　全书四辑，有童年回忆，有生活感悟。譬如《灶旁读书》《砍路萁》《锄草》《打猪草》等文章对于出生在农村的人来说是何等熟悉、何等亲切！作者娓娓道来，昨日之事仿若眼前。我在读完"第三辑吾心安处，便是故乡"后，特别想回一趟九峰老家，重做一回砍柴、捞松针、打猪草的小村姑，坐在老妈家的柴火灶旁，一边烧火看书，一边烤红薯、煨猪肝吃。这些文章，且不谈题材选取的技巧，单看作者遣词造句的功夫，就足以令人赞叹。信手拈一篇《锄草》来读："农人的嗅觉是灵敏的，勤劳的本性使得他们迅速从年味里走出来，扛起锄头，散在田野里，从春天盛开的百花里锄到初夏满眼的嫩绿中；从盛夏的凉风里锄到初秋的旷渺中；从深秋的清幽里锄到寒冬的平静中……"一个"散"字何等生动形象，而后三个排比句既有鲜明的季节性，又有诗一般的旋律与色彩，而这篇《锄草》或许还不能代表冬娇作品的最高水平。

　　这些乡土气息极浓的文字带给读者的不只是亲切温馨，更多的感动来自心灵的愉悦与宁静。俗话说：文如其人。若不是心静如水的女子，笔下哪能流淌出如此清新、幽静的文字？

　　譬如同样痴迷散文的我，也许在语言功底上并不比冬娇逊色许多。但是，若要从我的文字里读出"静"来，真不是件容易事。人总是这样，因为自己"不能"，所以才倍加膜拜那些"能人"。也许是我太忙，也许是我和世人一样都太浮躁，所以看了冬娇这本集子，顿生红尘万丈，且行且拂之意。犹如匆匆行走于闹市，突然发现前方一处胜景，鸟鸣山幽，清泉潺潺。于是驻足，于是回首，于是捧水净洗一番，再痛饮几碗，然后继续前行。

　　记得在毛院时，冬娇长发如瀑，长裙婀娜，仪容端庄，五官精致。与人相处，最喜谈佛论道。当时听说，并未上我心头。因为身边亦有不少信佛之人，然信与行似乎并无多大关联。可是，看了冬娇的文集后，突然感到佛学离我好近好亲。《你感谢的是你自己的心》《世间万般，皆有说道》《一笑一尘缘》《至味只在淡，本心唯在清》……这些文章的标题皆是禅意十足。一个笃信佛教的人大抵不会有抑郁、狂躁之类的心理疾病，一个佛学修为甚高的人应是宁静如水，无嗔无怒，无悲无喜。突然明白，冬娇为何有那样端庄秀丽的仪容。一个身心澄明的女子，笔下才会有那样宁静空灵的文字。

能够读到冬娇这本文集的，都是幸运者。譬如此刻的我，在宽敞明亮整洁的办公室里，读着冬娇的美文，不禁深深感慨：生命是如此美丽！生活是如此美好！心若静，心空常净；心若静，心月常明！

冬娇近照 / 林晓同摄影

情到深处宜相忘

——观《花千骨》有感

彭玉麟故居 / 刘望春摄影

我居然会看《花千骨》！

我一向以传统文学为欣赏标杆，一向对网络文学持另类眼光。叮嘱学生阅读经典文本，远离魔幻、穿越、修仙等网络文字，而这一回，我狂追《花千骨》的热情仿佛自己扇了自己一记耳光。

去看《花千骨》的初衷并非为了追求爱情，而是为了写作，为了打开想象虚构的天窗，但令自己深感意外的是，我竟一头栽进了爱情的罗网。

看完《花千骨》后，很自然地想起严歌苓说过的：理性的都不是爱情，爱情就是忘记了理性。在白子画不顾生命危险的背后，我看见生命对爱情的妥协：如果没有你，活得再久又有何意义？如果能与你厮守，我愿意为你舍弃世间的一切，哪怕生命。

我们往往感动于影视文学作品中这种纯美的至高无上的爱情，我们之所以被感动，就是现实中的爱情往往令我们如此失落沮丧。"夫妻本是同林鸟，大难来时各自飞""婚姻是爱情的坟墓""白玫瑰与红玫瑰"……无数经典谚语告诉我们，爱情是如此的脆弱多变。

我们不再相信爱情，甚至怀疑身边人的爱情。我们睥睨着一对对热恋中的情侣，抛出像世纪老人般的沧桑的笑。面对相守了几十年的伴侣，如果对方问："你还爱我吗？"没准得到的答案是"你有病吧！"

情人节的玫瑰在我们眼里远不如西兰花漂亮实用。可是身边若有娇俏小女生抛媚眼献殷勤，即使是中年油腻男怕也难得春心不动。当然这也许只是男人本能的欲望，无关爱情，但有多少欲望正是披着爱情圣洁的外衣呢！

不得不承认，我是比男人更爱看美女的女人；不得不承认，虽年近不惑，我的内心仍像花千骨般善良、纯真、爱意葱茏；不得不承认，花千骨并非虚幻，在那遥远的或不甚遥远的昨天，但凡有几分姿色的女子都如同千骨般享受过世间男子的万般娇宠。

只是深爱千骨的人化作白骨，千骨深爱的遍体鳞伤。如果千骨能明白，她必然不会朝朝暮暮，与子画相守绝情殿中。尤其是在得知自己便是爱人的生死劫后，她更没有理由不断然离去。你若安好，便是晴天。爱的最高境界不是厮守，是唯愿对方安好幸福。从这一点上看，我想子画是深爱千骨的。为了千骨的安全，他情愿忍受泣血相思，也要把千骨留在蛮荒。

有些风景，远远地看着便好；有些人们，默默地牵挂着便好。那些嵌入你骨髓中的，若是牵挂令你痛苦，那就索性挥挥手，相忘于江湖吧！

关于游泳那些事

金兰龙潭古屋 / 刘望春摄影

从前,我是一只旱鸭子。小时候,沿着溪边的小径去外婆家,不小心栽进溪里,幸好溪水很浅。长大后,平生第一次去三亚大东海玩,被一个海浪打进水里,咕咚一声,鼻子、耳朵、口腔全部进水,那份恐惧至今还在。

我对游泳的向往,大抵是在我见识了冬泳高手们的英勇顽强之后,尤其令我羡慕的是,他们大多保持非常良好的体形。

放眼衡阳地区,论起对游泳的热爱,恐怕没有一个地方可与耒阳相比,上至八十岁以上的老汉,下至一岁多的孩子。论起野泳的条件之好,衡阳境内恐怕也没有哪条河流可与耒水相比。作为湘江最长最大的支流,它的美丽动人,都在刘云宝先生作词作曲的《耒水河》里。

耒阳冬泳队里高手云集,他们举办水上马拉松赛,一游数十公里,上岸时,有的皮肤都泡肿泡烂。哪里水急,高手们便冲向哪里。黄河那样湍急,依旧挡不住他们的身影。对于在泳池里游泳的，他们称之为"耍水"。

水上马拉松、逆流搏水、深度潜水等玩腻了后，队员们有了新的玩法，这项技能名为"徒手抓鱼"。抓鱼厉害的，称为"名捕"。鱼在水中游，人在水中追。鱼儿急于脱险，便潜入水中，藏身石头缝里。抓鱼的要跟着下潜。水性不好，耐力不够的，只能"望鱼兴叹"。队里以战绩评出"四大名捕"，功夫最厉害的被誉为"捕头"。抓了鱼，现场起锅，或清炖或红烧。

但可惜，耒水迢迢，往返不易，我既未能目睹"四大名捕"徒手抓鱼的场景，也未能得到"名捕"们私授潜水、游泳秘笈。

我的旱鸭子历史是在西渡一家泳馆里泡水终结的。

那年暑假，泳馆促销，我办了一张四十次的卡，下班后就去泳池里琢磨。游了两三次后，可在水下游出十几米的距离。然而，一抬头换气，身子就像一个秤砣，瞬间沉到水里。我反复看视频，查找原因，练习了十几次后，依旧没有进步。水下窒息的感觉让我几乎就要放弃，巧的是正好在泳池里遇见某机关单位一男一女两大游泳健将。女孩子姓麻，游得好，潜水厉害，说话轻言细语的，非常细心耐心；男的就更不必说，据说带出的弟子可坐满几大桌。他们两个手把手，围着我转了一个下午后，不知是哪根筋开了窍。我终于可以像鱼儿一样，成功浮出水面换气。

为了寻找水质更好的泳所，我特地去更好的游泳馆开了一张年卡，听说那儿的水质相当不错。

那段天天游泳的日子，特别关心与水有关的消息。

2021年7月20日，河南郑州遭遇千年难遇的特大洪灾。俗话说：火烧十回，不如水淹一回。有史以来，洪水带给人类的灾难都是巨大的，甚至是毁灭式的。西方《圣经》中的诺亚方舟故事，不就是源于一场毁灭性的洪灾吗？

数日后，听说市里湘江码头淹死两个孩子。孩子家在江边，想必是从小泡水长大，泳技还算不错的；稍后，听说华新一小区泳池里，又淹死一个七岁的孩子，孩子的母亲先带着孩子在浅水区游泳，后转至深水区，不想竟意外溺亡了。

悲哀呀悲哀！被淹死的，大多是会游的，会游的见水则亲，大意之下，常常致命；不会游的，见水就躲，反倒不易溺亡。

听闻多年前，耒阳有一局长，与两位伙伴野泳，三人均未系救生浮球。下水时，风平浪静，游至中途，天色陡暗，江面风浪骤起。三人奋力游向岸边，两人成功上岸，局长泳技较差，拼尽全力无法靠岸。浪高风急，岸边两人体力耗尽，再无施救之力，且情势刻不容缓。几个浪头打来，江中人转瞬沉入水底。

2021年暑假，带小侄们去过两次露天泳馆，后再不敢带。孩子们在水中嬉戏打闹，完全无法掌控，如果此时，大人又贪图自我畅游，此刻即便是在浅水区嬉戏的孩子，没准一两口水就呛死了。不要指望管理员或救生员，一个大人管一个孩子尚且顾及不到，何况一名管理员要管这么多孩子。

如果只是会游泳，泳技并非炉火纯青，那么意外分分钟可能发生。说这话并非空穴来风，而是我亲身历险的结果。像我这种，泳龄一年左右，蛙泳娴熟，自由泳、仰泳都会，但未接受过系统训练，尤其是水下自救训练的，溺水其实并不遥远。

几年前，去一陌生露天泳馆。下水前，未曾留意泳池为阶梯式水位，越到后面，水位越深。一个单边50米，水面开阔，夜风习习，好不惬意。

游泳时，拼尽全力游与悠闲戏水消耗的体能是有天壤之别的。如果追求减肥瘦身，拼尽全力自然效果更好。而我，正巴不得有一把刀，割掉腰腹那些多余的赘肉。

拼尽全力游了三四个回合后，感到有点儿累，想踩底休息。然而，我哪里知道这池底存在异常？双脚踩底时落空，呛水，呛水的感觉好难受，恐慌让我立马呈挣扎状。此刻距离岸边不足两米，水位应该已超1.8米。就在距我不到两尺处，两个青年抱着一只浮球。

我双手使劲拍打水面，连喊"救命"！他们视而不见，依旧笑眯眯交谈。他们也许没有看见，也许以为我在搞怪。

此刻，我是多么渴望又多么失望。我只有马上继续高喊"救命！"，我担心待会连喊"救命"的气力也不够了。大约喊了四五声后，岸上一个瘦高小伙箭一般跳入池中，将手臂伸过来，我搭着他的手臂游到岸边，捡回一条小命。

待回过神来,救我的小伙儿已不见踪影。后来,我与冬泳高手们交流此次遇险经过。他们说,水中遇险,自救第一要点便是:不能慌。只要不慌,办法总比困难多。再后来,我终于悟出,那份不慌的前提是泳技足够精湛,能自由切换各种泳姿。生命如此脆弱,能够活着,都是天大的幸运。

感恩那位跳入池中救我的小伙!遗憾的是,慌乱之中我连他的面容都没来得及看清。那一夜之后,余生活着的每一天都是恩赐。

每个晨昏,当我合掌练习瑜伽时,常会想起那位救我的恩人。如果此生无缘再见,愿清风明月把祈祷祝福相送。

耒阳竹海紫霞寺 / 刘望春摄影

我们究竟要培养怎样的孩子？

夏明翰党性教育基地 / 刘欣荣摄影

当看着孩子一点点长大，终于长成树的姿态，我常常在思考一个问题：我们究竟要培养怎样的孩子？去年与沙市一位女同学赴西藏旅行，女同学带着儿子：一个读小学五年级的鬼马小男生。一路上，这小家伙儿金句不断，逗得一车人笑喷。我想我之所以没有高反，大抵与这个超级段子手有关。

作为全车的开心果，我们没理由不喜欢他。然而，这个开心果对于他妈的态度，简直让我怀疑：这脾气火暴的小神兽到底是不是他妈亲生的？坐在车上，我一半的精力用于聆听段子手的金句，一半的精力用于调解这母子俩之间的"战争"。

女同学自学生时代起，就是很自律很努力又很有才华的人。没有一个优秀的妈妈不希望自己的儿女更优秀。如果说望子成龙、望女成凤是每个家长的心愿，那么对于某些精英阶层的父母来说，这种心愿不会淡化，只会更炽热。

有两位相交数十年的好友，自身事业均算出色。其中一位生的是男孩，成绩不好也就罢了，但初中未毕业就无论如何再不肯读书。气得他那身居要职的爹声泪俱下："生个这样的崽，我活着还有什么意思？"后来上了职高，各方面表现与初中判若两人。另一个生的是女孩，除了成绩不够好，其他都挺好。个子高挑，肤白貌美，待人接物大方周到。然而，家中战火不断。孩子爹妈互相指责：都是你没管好孩子，甚至基因遗传也成了原罪。孩子爹气急时，曾以拳捶胸，只差一口鲜血喷出。朋友相聚，吹牛，侃大山，偶尔也会谈到孩子成绩。只要谈到孩子成绩，原本谈笑风生、眉飞色舞的孩子爹立马面色黯然，默不作声。一众老友吓得立马闭嘴，言多必失啊！这一不小心就踩了雷区，触了痛点。

于今，这两个气得父母几乎要自绝于人世的"学渣"，一个考上了大学本科，一个考上了编制，各方面表现欣欣向荣。偶尔，我会想起他们父母当年的情状，免不了一声长叹：儿孙自有儿孙福，莫为儿孙做牛马。

早几天，与沙市的女同学聊天。我说你们母子之间的冲突大都是因为学习，大都是为了要玩和不准玩手机这场拉锯式战争。她说：是！不讲学习怎么行咯，小升初竞争这么激烈。总希望他以后能过得好。

她没有具体描述这个"好"究竟是怎样一种好，这个"好"是学业有成，能考上好大学，找到好工作吗？这个"好"是财务自由，家庭美满，生活有档次有品位吗？

我禁不住在心底喃喃自语：为什么一定要孩子过得好呢？什么才是真正的"好"呢？我们又如何保证得了他们未来的"好"呢？

他们来到世间，便是世间的一株草、一棵树，好坏于他们而言，不过是如人饮水，冷暖自知。许多年以后，我希望我的孩子，如果谈到好，没有骄狂；谈到坏，没有沮丧。一切风轻云淡，生命于他而言，不过是一场体验。

首先，我不觉得世间有绝对的好与坏。住豪宅、开名车，出入前呼后拥是好吗？未必。健康的体魄、快乐的内心与财富的多寡常常不成正比。那些身家不菲，罹患抑郁症的；那些投资失败跳楼自杀的；那些家财万贯，四处留情，最终妻离子散的。有多少富豪的余生是在监狱里度过？有多少富豪的余生是在医院里度过？有多少富豪的余生是在法院或寺院里度过？那些在田里、地里辛苦劳作的农民，那些四海为家的艺人，那些在街头乞讨、在垃圾箱里翻扒的流浪汉，他们一定过得很痛苦吗？未必。你看他们脸上没有生活的卑微，没有苦闷与压抑。日出而作，日落而息，他们流自己的汗，吃自己的饭，没有很多欲望，也没有太多焦虑。他们在简单里走向人生的另一种圆满。

我的孩子，我希望未来的他，睡五星级大酒店不会兴奋到失眠，山间街头搭个帐篷打个地铺也能美梦连连。可以吃得下山珍海味鱼翅燕窝，也咽得下粗茶淡饭野菜蔬果。

我希望他有无比健硕的体魄，有强大到足够立世的内心，可以笑对世间一切成败得失。对于成功，我没有概念，倘有，便是希望他终生都能做一个快乐的人，无论何时何地都不丧失让自己快乐的能力。人生其实无所谓得失成败，即便是富可敌国，即便是贵气逼人，没有人带着名利离开这个世界。一切的一切，于我们皆是短暂的拥有，无论是财富还是地位，无论是失落还是痛苦。

其次，我觉得，我们根本无法把握住孩子明天的"好"。生活的海洋，明天是最不可预测的。我们苦心铺设的路，不一定就能帮助孩子，相反，可能还会毁掉孩子。"子孙强于我，留钱做什么？子孙弱于我，留钱做什么？"

在我居住的小院旁边，多年前我便看见一位身穿旗袍的老妇人，个子不高，五官脸型极为精致，看得出年轻时的惊人美貌。妇人身子有些佝偻，但着装很是讲究，挽着发髻，发丝无一丝凌乱。旗袍领口处戴着大颗的珍珠项链，手上戴着墨绿的玉镯。那旗袍上精美的绣花、首饰的外形与光泽无不告诉我：这不是一位普通的妇人。几年后，我在医院偶遇了这位老人，着装还是那么讲究，只是身子仿佛折成了一个直角，陪伴她看病的是她丈夫的妹妹，也是一位白发苍苍的老人。这位老人告诉我：她的哥哥和嫂子都是高级知识分子，在北方一所大型科研机构退休后，定居县城。儿子去了美国，女儿留在北京。儿子二十年前去的美国，很少打电话给父母，拒绝与父母视频。三年前，说要回来看望父母，把这两口子高兴坏了，里里外外把房子好好装修了一番，最终儿子却没有回来。老太太气急攻心，自那以后，神思恍惚。女儿在北京，房子不大，把二老接过去也不方便。去年老头子过世，儿子没有回家，通知女儿，女儿回来抱个骨灰盒就走了，亲戚朋友、左邻右舍几乎无人知道。

我目睹这位老妇人佝偻的身影，有一种悲愤让我不知如何表达。这就是所谓的精英吗？这就是望子成龙、望女成凤的父母们的回报吗？我想她那身处繁华的子女，不但有辱精英的名号，甚至连起码的做人的资格都不曾具备。他们不懂亲情，他们不是儿女，他们只是一群精致到极点的利己主义。他们只为自己而活，他们的确是过上了很好的生活，却忘记了生而为人最起码的良知、责任与道义。

我们究竟要培养怎样的孩子，如果可以排序，我想应该是这样吧：健康的体魄、强大的内心、良好的品质、渊博的学识、丰富的见识、美满的家庭、成功的事业。

你看，我们天天叫嚣的事业，无数鸡汤文灌输的成功，竟然排在最后一位。准确地说，前面的一切既是先决条件，也是铺垫，综合所有，方能抵达最后的成功。任何试图调换顺序的捷径，都将令我们付出额外的代价。

孩子学业上的优秀只能说明他们在记忆能力、理解能力、思维能力上的短暂胜出。而漫长的人生路上，挑战是无休止的，谁是最后的赢家，谁是真正的赢家，恐怕只有盖棺方可定论。古今中外，无数名人伟人，生前落魄受尽屈辱，死后却备享哀荣，甚至流芳百世。哥白尼被活活烧死于古罗马鲜花广场火刑柱上，凡高生前穷困潦倒，屈原遭放逐自沉于汨罗，司马迁身受宫刑，岳飞父子双双被害，袁崇焕受千刀万剐……

我们究竟要培养怎样的孩子？历史早已经告诉了我们，而现实无时不在告诫我们。

文字积木

琼瑶祖居兰芝堂 / 陈云鹤摄影

那些夸我有才华的,您不如夸我有思想吧;那些夸我有颜值的,您不如夸我有气质吧。才华是什么?请原谅我对于这两个字的怠慢。文字于我而言,不过是一堆积木,我惯常用它搭砌不同的造型。也许在搭砌时,我比别人更用心一点儿,技巧更娴熟一点儿,所以便收获了一些赞美。

写下此文前,老母亲已经是一千零一次来电兴师问罪:写脑壳,写骨头!写起别个来追我骂!

但事实上,从前我什么都不写时,她还是会被骂。当然,她绝不愿吃亏,别人敢骂,她就敢打。也不知她那一米五几的小身躯里,哪来那么大的力气。甚至到了这古稀之年,忍无可忍时,仍如母狮子般冲上前去,双手掐住对方脖子,口中厉声道:你奈何我吧!你奈何我算哒!

所以,"慈祥"真是一个很奇怪的词。我想,这样彪悍的老母亲也是有一桩好处的。那便是,有一天,当她驾鹤西去,我回忆起她生前的这份凶悍,悲痛会减轻一点点。老母亲无数次叫我停笔，叫我去换一个不用动笔的工作。这就好比，无数人羡慕我有一双翅膀，但老母亲偏偏叫我剪掉。而我天生反骨，怎会听从她的调遣？

才华是什么？在我看来，码字人收获的是毁誉参半。写张三好，李四有意见：为啥只写张三，不写我呢？都写好，有人说：虚伪！粉饰太平。写不好，有人说：传播负能量。写别人的故事，即便改头换面，人家偏要对号入座。写自己的故事，自有人拿起放大镜、显微镜甚至望远镜来，好好打量一番，挖掘一番，推演一番。

所以，聪明的人都去写历史了，精明的人都封笔装愚了。从这一点来看，没读过多少书的老母亲骨子里实在有着吕后般的狠辣与睿智。

文字到底有多大的力量呢？其实，你在乎它，它就是匕首是勋章；你不在乎它，它就是空气是流水。

张爱玲将她的继母写得那般恶毒，但真相呢？据说，那是一位非常慈祥和善的老人。年轻时，她带着丰厚的陪嫁来支撑着外强中干的张家，临终时，她将唯一的房产赠与了张的弟弟。

从继母的角度来看张爱玲，那就是吃我的穿我的用我的，却不认我不领我的情。张爱玲成名后，人们在继母跟前谈起她写的文章。老人家淡然一笑：爱玲有出息便好，至于把我写成什么样，那并不重要！

著名心理学家黄启团先生曾说：没有谁可以使用语言伤害你，除非经过你同意。

小时候，石洞口老街有位泼妇，常常咒骂街对面的老祖母。这一天天的骂，让熟悉的街坊们都听不下去。于是有人去找老祖母：汤四嫂，你就由着她这样骂，怎么不回口呢？老祖母笑道：我不回口，许多人并不知道她骂我。她天天这样骂，只是坏她自己的名声。久了，别人可能还以为她有神经病呢！

老祖母说完，脸上露出高深莫测的笑。

许多年后，我遇到这样神经病似的男人或妇人。我在他们的骂声里，无视地走过，然后跨上车子，飘然而去。有朋友问我：你性子也刚烈啊！为何不回口？我笑道：他们不要脸面，我还要呢。

其实，我的骂功并不逊色于乡间任何一位悍妇。但是，没有必要。当你与段位低下的人一较高下时，赢了是输，输了更输。好比疯狗咬你一口，难道你还要追着疯狗去咬一口吗？

年岁渐长，厌倦俗世的一切纷争。那些要与我一较高下的，我先伸手作揖投个降：您老高明！您老厉害！在下实在受益匪浅。个别人看我颇不顺眼的，我索性龟缩一团，消失在他的视野里。在龟缩的日子里，我一遍又一遍地磨刀，梦中比试着剑法，探寻一剑封喉的奇招。

当隐忍被当作怯懦时，当良善被随意践踏时，当是可忍孰不可忍时，刀光凛冽处，立地亦成佛。

库宗桥镇杨奇尚竹木雕 / 刘望春摄影

高考结束了，我们离婚吧

库宗桥镇金华山 / 刘欣荣摄影

今天高考放榜，亲友们喜讯不断，六个孩子全部远超一本线，最高的六百多分，是阿兰的儿子。

孩子考得这么好，阿兰只字未提，她的心已被另一件事占据：几天前，老公找她摊牌，提出离婚。

十年前，阿兰因病做过一台大手术，五年前又做脊柱手术。四十刚出头的她无法跑步、无法爬山，就连上下楼梯也颇为艰难。

阿兰爽快地答应了丈夫的要求，因为她也曾有过千百次离婚的念头。"我们在一起不快乐，真的！"阿兰喃喃自语，反反复复提到"快乐"二字。

她与丈夫之间应是早已心灰意冷许多年，离婚实在是思虑已久。阿兰婚前是肤白貌美、身材高挑的标准靓女，步入婚姻二十年，如今身心俱损。在她余生最需要关照、需要呵护的时候，曾经同床共枕的男人绝情而去。她哽咽道：

"男人的心一旦走了,是留不住的。我必须保留作为女人最后的尊严!"我能说什么呢?我相信冰冻三尺非一日之寒。所有高考后的离婚夫妻,绝非一时冲动与任性,而是思虑良久,反复权衡,最终决定为这场旷日持久的战争,打上永远的句号。

我想对阿兰说,你真的很勇敢!洒脱如我,亦难能如此豁达地放下。我向来以为,女人的快乐切莫寄托于男人。若是幸运遇见好男人,那是锦上添花的美事;若是不幸碰上渣男,及时止损当是上策。

我钦佩她的勇气,敢于以残损的身心独自面对未来的一切。在围城的墙根下,有多少夫妻徘徊逡巡,却终难迈出最后一步。尽管早已不爱,甚至同床异梦,但是保留婚姻的番号依然是保留体面的终极方式。

这世间最难评判对错的便是情感。当一段感情终于走向结束时,谁都不是赢家。只有离过婚的男女才知,无论在婚内曾有多少怨恨挣扎,当离别真正来临时,几乎没有谁可以做到泰然自若举重若轻,尤其是共同育有子女的配偶,离婚对于他们来说,在解脱的同时,也是一场抽丝剥茧式的蜕变。

至于负气而离的夫妻,不必担心,他们日后复婚的概率会很高。但是孩子高考后离异的夫妻,他们也许将是永远回不去了!

这世间的婚姻若得终老,宽容是必须的,智慧是不可或缺的。女人所嫁,不是一个男人,而是这个男人广阔的关系网、婆媳关系、姑嫂关系、妯娌关系、亲子关系、朋友关系……任何一个环节的失误,都有可能动摇婚姻的根基。

不离伤心,离婚伤神:继子女关系,继孙子孙女关系,钱由谁管?财产怎么继承……那些不愿折腾的人们在婚姻的小屋里,忍耐一辈子倒也不错。

但是,我必须为每一位破城而出的男女送上虔诚的祝福:当爱已成往事,且将往事丢在风中,未来自有你爱并深爱你的缘分!

人品与艺品

杉桥白石园村航拍 / 刘欣荣摄影

在文艺界摸爬滚打多年，最常打交道的便是这个"家"，那个"家"。作家、画家、书法家、收藏家、歌唱家、舞蹈家……头顶"家"的光环，往往容易使人产生迷幻错觉。这种迷幻错觉与某些大富大贵之人一样，到了一定程度，便如气球般膨胀，直至飘飘然，彻底忘记真实的自我，仿佛自己无所不能，世间万物都得匍匐于我脚下。

这些年，看过和听过很多故事。常有人力赞张三书法如何行云流水，李四画技又是怎样炉火纯青。我看后听后，只是笑笑，不做任何评判。评价一位艺术家，不只是看作品，更要与其多交往、多交流，了解其思想品行，方能做出一个大致的结论。"路遥知马力，日久见人心"，只有时间与作品，才能帮助我们鉴定出真正德艺双馨的艺术家。

这些年，因获了几个小奖，发表了一些文章，又混了几个学会会员的证书，于是常有人称我"作家"，有时还在前面冠以"美女"二字。每闻如此称呼，我常感惶恐。原因有二：一是从小到大，从未被人称作"美女"。如今，年纪一把，居然"美"了起来，仿佛老来俏般的滑稽；二是向来码字信马由缰，从未想过要借此成名成家。"作家"是多么高大上的称呼，岂是庸常之人轻易能得？所以，我常自称"码字的"。不幸的是，我得忍受那些本是庸常之辈，却偏好扛着"家"字大旗招摇的。俨然自己早已成名成家，可以指点江山激扬文字。更有甚者，明里云淡风轻，暗里冷嘲热讽。俨然刺猬，常以攻击同行为能事，仿佛不把同行踩在脚底，便不足以显示他的优秀或卓越。

我是不习惯攻击别人的，亦自觉与生性乖张者保持距离。纵然我清楚地知道某人并非善类，纵然在某个愤怒的瞬间，会有冲动的火光，但终究是自生自灭了。不是因为我有多么伟大与宽容，只因我向来崇尚宁静平和。

有什么好争的呢？所谓的名常常是圈子里的事。出了圈，唱歌的未必知道迟子健是男是女，画画的未必知道《梅花引》的原唱。

水运宪老师才情卓绝，纵横文学影视界数十年。某日，我问一同龄人，知道《乌龙山剿匪记》不？他答：知道，看过电视，好看。我又问，知道水运宪老师不？他摇了摇头，一脸迷惑的样子。就在那一刻，我感觉自己比一粒尘埃更渺小。声名显赫如水老师这样的前辈，尚有人不知，何况我等草莽？

文艺作品尤其是影视作品，如同餐桌上的美食。凡夫俗子大多只记得菜的美味，记得菜名，至于是哪位大厨炮制，往往忽略了。所谓利，又有几人能得？搞文艺的人很多，但能以此谋生养家糊口的很少，能够大富大贵的，更是少之又少。都是流沙河里的沙子，生存已经很不容易，又何必要互相碾压，化作尘埃？

有人的地方便有江湖，如果文艺圈可以称之为"江湖"，我以为最高的奖赏是：江湖有你，风生水起；江湖无你，你还是江湖的传奇。

"中国好人"肖高敏

曾熙故居 / 王振南摄影

　　肖高敏的名字并不陌生，几年前我就听闻他的事迹。这次河南洪灾，再次见到关于他的报道：2021 年 7 月 22 日，肖高敏只身一人坐高铁前往卫辉参加救援，十八天内，他先后救出或转移六十七个人。

　　看见媒体上这样的文字报道，我按捺不住感动与敬仰的心。单枪匹马，悄然出发，明知前方生死未卜，依然义无反顾。英雄！请接受我的敬意！扶危济困，为他人舍生忘死！

　　1969 年出生的肖高敏，满脸皱纹。二十多年里，他从事志愿服务的足迹遍及全国二十多个重大灾情现场。俗话说，一张床不睡两类人。他的前妻杨淑梅也是一位志愿工作者，心地十分善良，以前在东莞打工，哪怕兜里只有十块钱，遇上乞讨的可怜人，她也会毫不犹豫掏出来。1994 年，杨淑梅因病不幸离世，临终前叮嘱丈夫肖高敏，要继续做好事，多多帮助人。妻子去世后，肖高敏独身多年，后经人介绍认识了一名女子，女子在市内一家酒店打工，十分支持肖高敏从事志愿服务工作，这便是肖高敏现今已共同生活了六七年的妻子。

　　肖高敏家境贫寒，他住的房子建于20世纪70年代，村里有人搬迁，便将破旧的楼房低价卖给了他，玻璃烂了，瓦面漏雨，红砖墙面斑驳，曾有领导来看望他，说要帮助他修缮。但凡领导说这些，肖高敏总是含含糊糊地拒绝，哪怕他正需要。

　　人言可畏呀！肖高敏害怕别人说他做好事动机不纯，说他做好事是想求关注求回报。他不是神仙，他终究要吃喝拉撒养家糊口，他还有个二十六岁的儿子尚未成家，住这破破烂烂的房子，姑娘怎会看得上？所以这房子成了肖高敏的心病。曾有领导问他：老肖，你有什么困难需要解决吗？肖高敏说：没有。他想，做好事的人千千万，自己还是尽量不要给政府添麻烦。

　　周围不理解他的人不止一个两个，村里修路、汶川地震，他带头捐工捐款，结果两耳塞满了风凉话。他想在村里组建一支义工队，结果反对的远比支持的多。有人说，肖高敏是个疯子。果然自古英雄多寂寞，而肖高敏的人生，接近于落寞。自己并未丰衣足食，却倾尽全力帮助他人。

　　今天下班后，听说肖高敏在县城某餐馆就餐，尽管早在报上见过他的照片，我还是第一时间赶到肖高敏面前。肖高敏身形瘦高，面色黝黑，脸上皱纹如同千沟万壑。手上缠着纱布，腿上背上贴着膏药。他说自己命大，那根掉落的电线打在他背上，居然没把他打死。

　　不必提境界、人品、无私、奉献、牺牲这些高尚的词汇，肖高敏的人生词典里只有下述语录：见死不救有罪，救了人，即便自己死了，也值。

　　读一本好书犹如跟一个高尚的人对话，采访一位好人一位英雄犹如看见人生另一种活法。慈善家彭立珊九十高龄时，有人问其长寿秘诀，彭老回答："知足常乐，不贪财，不做坏事，专做好事，做好事有好报，健康长寿，你不相信也要相信，这就是长寿秘诀。"

　　站在肖高敏面前，我感觉自己的渺小。这世间，有人锦衣玉食为富不仁，有人一贫如洗却把自己活成一道光，温暖照亮他人。关于肖高敏的善行，少数人是有非议的。在他们看来，一个连自己生活都过得这么艰难的人，如此不顾一切地去帮助别人，是不可思议的，是匪夷所思的。

而在笔者看来，这正是信仰的力量！

五旬出头的肖高敏，有花甲老人般的沧桑。看得出来，他的身体并不十分强健，在志愿服务的征途上，他落下一身的伤病与一生的贫寒，如果有一天垂垂老矣，他的暮年谁来关照？谁来帮扶？

为众人抱薪者不应冻毙于风雪，为救助他人搏命者不应老无所依。

曾有领导主动提出给予其购买社保的嘉奖，害怕流言蜚语的肖高敏拒绝了。

我对肖高敏说，你不应该拒绝，应该大方接受。好人必须要有好报！这样，全社会才会形成人人争做善事的良好风气。倘若英雄流血流汗又流泪，那么许多人就会因此寒心而止步。

2021年11月，肖高敏获评"中国好人"荣誉称号。愿世间好人好报，一生平安幸福！

南岳张建民木刻 / 刘望春摄影

一个村庄的敬意

金溪欧阳应诚纪念馆 / 欧阳红生摄影

多年没有去过白马村,白马村一直是我心里的白月光。

听说欧阳红生老师在白马村独自一人代课七年时,我当即萌生了前往白马村采访他的想法。五一劳动节那天清晨,我徒步翻越旦观山前往白马村。虽然我一再要求他不必前来迎接,可他还是和外甥一道等候在旦观山的路旁。

初夏的白马村,竹海在旦观山脚下翻涌,空气中弥漫着各类野生药材的花香。欧阳红生老师的笑脸红润得像山间的杜鹃花。

从来相信相由心生,认识欧阳红生老师,却是从他的声音开始。透过他平和干净的声音,我仿佛看见一颗淡定洁净的心。见他的第一印象,印证了我从声音里对他的直觉。这是一位个子不高的中年人,大大的眼睛,很宽的双眼皮,脸上总是笑,笑起来脸颊上有深深的酒窝,这笑让人感到分外亲切、分外甜蜜。倘若个子再高一些，他也可以算得上是"白马王子"。

红生老师在前面引路，我们前往代课点，沿着溪涧走，有溪的地方有人家。溪涧中，一丛丛石菖蒲叶色幽深如兰。鸡鸭在禾坪上悠闲踱步，阶沿边，村民用竹竿串起一长溜掸过水的白菜，这菜俗名"鸡白菜"，晒干，打捆，密封，可吃到明年开春。也有晒到半干放入坛中的，菜中放盐，坛边放水，一段时日后，坛子边咕咕冒泡。此时开坛，菜干越发湿润，切碎煮汤，加点儿肉末，酸甜可口。

"红生老师好啊！""红生老师进屋吃饭喝茶！""中午在我家吃饭！"一路上打招呼、发出邀请的村民络绎不绝。

代课点是一栋红砖砌成的平房，红漆的门窗，内外粉刷完好。檐下挂着一个锈迹斑斑的圆柱形铁器。欧阳红生老师上前敲了一声，清亮悠长的打点声在村子里久久回响。放眼四周，几乎可以肯定，十几年前，这肯定是村里最好的房子。

这么多年过去，门窗依旧完好，黑板上，完整地保留着十几年前红生老师写下的字，画下的画。字迹刚劲有力，粉笔画的线条干脆利落。这间教室的门锁已坏，人们可以自由出入。我很惊讶，十几年来，居然没有顽劣的孩童去摩擦这黑板上的字画。

这坚固扎实的红砖平房，这保存完好的黑板报，让我深深感受到一个村庄的敬意，这份敬意由来已久。

20世纪六七十年代，白马村里有位姓李的老先生给孩子们上课。村民们对他尊敬到何等程度呢？举个例子，那时封山育林，山上柴火严禁砍伐。白马村林木茂盛，总有胆大不怕死的，偷偷上山。守山的村民逮住人后审问：你叫什么名字？家住哪里。被逮的低头答道：我是你们村里教书的李老师的崽。听说是李老师的崽，村民便扬手道：走吧走吧，以后莫上山了。

过了一段时日，又有偷砍被抓的，一审，也说是李老师的崽。村民道：你打哄吧。被抓的指天发誓道：我是他的小崽。如此反复三四回，有一天，村民们终于忍不住，便问李老师，您老究竟有几个崽呢？这下方知，李老师有且仅有一个崽，住在金龙村里，从未爬过白马村的山。

2006年下学期，村里唯一一名教师离开白马，欧阳红生便接受村民的聘请开始了代课生涯。一个人教两个年级，既教语文又教数学。最初的代课金只有四百元每月，后来涨到八百元每月。如果不接受代课聘请，继续外出务工，这位思路清晰，表述流畅的高中毕业生或许早已住上了高大的楼房，无须为儿女们未来的学费、生活费犯愁。

20世纪70年代初出生的欧阳红生，年过五十，他的女儿正在读大学。掐指一算，他应该是三十四五才娶妻生娃的。十几年前的白马村，村民出入只有崎岖山道，交通极为闭塞。一村的单身汉多达数十人，能够娶妻生子，延续香火，已是天大的福分，更何况儿女双全，孩子学业优秀。

我来到他的家，看见了他的老婆和一双儿女。突然心生感慨：一个人内心的幸福感与外在的物质真的没有太大关联。

房子很小，且只有一层，与旁边邻居高大的楼房形成鲜明的对比。墙壁内外都是裸露的砖头，放眼室内，没有一件像样的家具或电器。

他的女儿欧阳巧荟，个子高高，饱满的脸上尽是阳光灿烂的笑容。小姑娘性格开朗，学业优秀，语文成绩尤其出色。

欧阳红生是一位好老师，尽管我从没有听过他授课，尽管我与他只有一面之交，但我相信自己的洞察，相信自己曾从事教育工作的直觉。欧阳红生脸上那甜蜜的笑，也许是来自村民的敬重，学生的爱戴吧。他教过的学生有考上县城重点高中的，有考上国家免费师范生的。

人生在世，活着是一定要工作赚钱的，但活着又不仅仅是为了工作赚钱。

如果仅仅是为了金钱，当年在沿海打工的他自然有更好的工作环境，更高的薪资待遇。七年里独自一人坚守，他付出了自己全部的心力。从他那不紧不慢的语速，淡定平和的表情里，很容易看出：长期从事小学教育工作的欧阳红生有着极好的耐心、爱心与涵养。

那些带一个娃都累得昏天暗地的宝妈们尽可以想象：一个大男人带一群小娃娃们是怎样的场景。讲着讲着，下面有要上厕所的，有要喝水的，还有上厕所不会自己擦屁股的。这个教室布置做题，另一个教室安排上课。既是校长也是老师，既是老师又是保姆。娃娃们大都是留守儿童，从某种意义上讲，他们与欧阳老师相处的时间远比与父母相处的时间多。

在庞大的教育工作者队伍里，笔者以为偏远山区的教师是最艰辛的，而在偏远山区的教师队伍里，笔者以为代课教师是压力最大的。他们从事着和在编教师一样的工作，有的甚至承担了更多的工作，但薪资待遇微薄。他们没有铁饭碗的安全感，他们必须比在编教师更努力更执着。就算他们比在编教师更努力更优秀，他们也无法完全掌控自己命运的航向。尤其是对于欧阳红生这类高龄且无大中专院校学历的代课教师而言，离开是他们迟早要面对的现实。

2013年，全县村小合并清退代课教师，欧阳红生离开了白马村。后来，他接受一所偏远小学的聘请。转瞬，他在那所学校已经代课十年，他所教的班在全区期终测试中，多次名列前茅。

致敬欧阳红生老师！为他曾经对山区教育的辛勤付出，为他的乐观执着，为他身处贫寒却无比丰富通透的内心。这个五一，且以我的笔为他素描一幅永远甜蜜微笑的图画，这位平凡的劳动者不曾辜负过去，也必然不会迷茫恐惧于未来。爱出者爱返，福往者福来。写下此文数年后的今天，欧阳红生老师兴奋地告诉我，有位洪市的老总在东莞办厂，去年过年前一天冰天雪地，老总夫妇俩来到白马看望他们全家，并承诺资助他的小儿子完成学业。

致敬白马！这个民风淳朴的村庄，无论是过去还是现在，"师者"一直被安放在最神圣的地方。

一位教师的学校，代代村民的坚守，白马这个村庄用它最大的虔诚奉上对文化对教育的深深敬意。

金兰石荷岭 / 刘望春摄影

三生有幸遇见你

——记民康中医院创始人蒋三勇院长

蒋三勇：衡阳市民康中医院创院人、中华针刀协会理事、古溪针刀分会常务理事、河南焦作陈小星陈氏太极研究会副会长。师从洛阳平乐正骨第八代传人毛书歌主任，后相继师承于军医陈迪纯老师学习骨伤正骨复位，在南华大学附属第二医院疼痛科学习进修疼痛学。曾参加广东省举办的国家级中医药教育项目"不同针灸方法治疗颈椎病"研讨。自创无痛针刀、手法整骨，在治疗颈腰椎间盘突出方面具有安全、高效、快捷、无痛的独特疗效。在针灸、推拿、整骨、正骨、微创治疗等诸多方面有独特理念及治疗方法，擅长治疗颈肩腰腿疼痛、面瘫、骨质增生、骨质疏松及中风后遗症等疑难杂症。

三阳林场大云山工区 / 王期时摄影

　　我一直认为，人的一生中遇见一位好老师或一位好医生，那必是前世里修来的福分，或是祖上积下的阴德。我想上天对人最大的宠爱莫过于在他求学时让他遇见最好的老师，在他生病时遇见最好的医生。梁启超那样优秀，结果被误切了肾脏，过早结束了他才华横溢的一生。张学良年轻时抽鸦片上瘾，毒瘾严重时形销骨立，病入膏肓。因为遇见了德国医生米勒，米勒帮助他成功戒除了毒瘾。张学良最终以百岁高龄辞世，从某种意义上讲，张学良大半个世纪的命都是米勒给的。

　　我的父亲一生坎坷，求学时成绩优异却遇"文革"；恢复高考后高中榜首，却因填报有误而失去上大学的机会；部队提干时因家庭问题失去机遇，公社干部转正又出岔子。颠沛流离中，帮人砌屋，挑担土砖上脚手架，搭架的木头意外断裂，高空跌落，几十斤重的土砖把脚踝骨砸出去老远。去工地上打工，第一天去，第二天井下干活儿，铁梯打滑，齐刷刷摔断了五根肋骨。然而这所有的不幸都因为与蒋三勇院长的遇见而烟消云散，这位"手动骨正、针到病除"的80后名医一次又一次救治了父亲，父亲实在是一位幸运的老人。

　　2013年秋季，我正在长沙培训学习。母亲来电，说父亲腰痛。其时我尚不知道腰椎间盘突出是个什么概念。待我从长沙回衡阳时，母亲带着忍无可忍的父亲来找我了。当我见到父亲憔悴的面容，拄着双拐几乎折成直角的身影时，我明白，病情比我想象的严重得多。我带着父亲来到市内一家大医院就诊，医生拿着片子说：马上手术，否则会瘫痪，另外告诉你，这个手术最低的费用不少于三万。

母亲的脸色在听到"三万"一词时突然变了，而我的脸色是在听到"手术"二字时变了。来医院之前，我广泛查阅了大量资料。任何手术都有风险，尤其是腰椎间盘突出这样的大手术，一旦伤及神经则可能永远瘫痪，何况父亲已六十好几，且身上肋骨断过五根。母亲问医生：手术可以根治吗？医生马上回答：能。就是这个很肯定的"能"字，瞬间让我对这名医生产生了不信任。根据我的了解，腰椎间盘突出首要的是采取保守治疗，手术是迫不得已的举措。患者术后若不注意保养，仍然是会复发的，且手术后的复发会比未经过手术后的复发更难治疗。他的话也许可以忽悠毫无医学常识的普通民众，但对医学极感兴趣的我来说，这样的忽悠显然不太高明。后来的事实证明：我的直觉十分准确。当我拿了父亲的片子去另一家三甲中医院时，那位医生很直接地告诉我：这种情况是完全不需要手术的。就在那个瞬间，我看见有些手握刀子的医生实际上与屠夫无异的。

父亲看见我和母亲犹犹豫豫，以为我们心疼巨额的手术费用。他那乌青的脸越发冷青得难看，尤其听了医生说不马上手术会瘫痪的时候，他直接将心头的不满转变成了焦躁与暴怒。我禁不住父亲的咆哮，立马叫护士过来抽血化验，为手术马上做准备，护士抽了好几管血后离去。

然而就在这个让人郁闷的晚上，去医院外购买住院生活用品的我意外遇见了女友的老父亲刘伯。老人家曾经因为车祸，大大小小手术做了十来次，最终死里逃生捡回了一条瘸腿的命。这位菩萨心肠的老人问明了原委后，非常激动地告诉我：千万不要手术！我 2008 年时和你父亲得了一样的病，比你父亲状况还严重些。当时大医院的医生也是叫我做手术，但我已被手术做怕了，宁死也不想做了，结果在民康中医院治好了，只花了几千块钱。

第二天清早，我像小偷一样把父亲从医院里扶出来，打了一辆的士，刘伯踩着三轮车在前边带路，我们来到太平小区一家叫民康的中医院。当时我的心也是七上八下的，这家名不见经传的私人中医院行吗？如果不行，回头去那家大医院都是尴尬的了。待我看见刘伯口中的蒋三勇院长，我的心又再一次揪了起来。不到一米七的小个子，白白净净的娃娃脸，嘴里嚼着槟榔。那么年轻，与我心目中白须飘飘,一派仙风道骨的神医模样相比,这差距不是一般的远。

但既来之则安之,我们只有硬着头皮了。蒋院详细询问了一番父亲的病史,然后看片、检查父亲的脊柱。他轻描淡写地说:"叔叔,您这病不要紧,我有把握治好的,但可能要住院治疗二十来天!"之后,他又说:"待会儿我给您做个小针刀手术,做完之后您就不用拄拐杖了,但明天还是要拄的。"父亲将信将疑地笑,接连敷衍地回答了好几个"哦"。

下午做完小针刀后,父亲走下手术台,奇迹般地离开了拐杖。已经拄了三个月拐杖的父亲,既惊叹又难以置信,他一边瞅着自己的腿,一边不停地念叨:"当真会施法呢!"他仿佛做梦一般,开心得像个小孩子。

父亲的病一天天地好转,二十天将近,蒋院对我说:"农村里事情多,住我这儿开支也要大一些,我开些药膏让你爹回家去贴,此外还带些中药回去熬,药喝完,拐杖就可丢了。"事实上,如果他不主动提出院,即便再要求父亲住院治疗二十天,我也会毫不犹豫同意的。

办完出院手续,报销后,总计花费不到四千块。这点儿费用与巨额的手术费相比,简直不值一提。父亲出院后喝完了八剂中药,果真扔掉了拐杖。二老后来特地捉了自家养的大白兔、提了自家的蜂蜜、鸡蛋等土特产去市里感谢蒋院长。

我由衷感动于蒋院长一心为患者着想的医品与人品,自那以后,便成为他的"死忠粉"。十年里,我介绍了近百位亲友到民康治疗,几乎无一例医治无效。偶遇的陌生人听我提起,心向往之。我便叮嘱说:我可以告诉你蒋院长的联系方式,但你若去就诊,务必告诉蒋院长:是九峰山上的望春姐介绍来的。

人嘛,要说完全没有私心很难。偶尔我也会幻想着:当我源源不断地介绍亲友、陌生人去找蒋院长时,哪天他会不会一感动,便收下我这个死忠粉当徒弟呢。而那些饱受疾病折磨,最终因为我的介绍而被蒋院长治好的病人,更是终生对我感激涕零。

大约是两三年前的事了,我在市国土局有一位姓宋的女友。有一段时间,我见她天天发圈,为母亲的腰椎间盘突出日趋严重而发愁。以她在市里强大的人脉资源,什么大医院进不去,什么好医生寻不着呢?但这一回,偏偏就栽得很彻底。她那年过七十的老母亲,一生坚强从不掉泪,这一回居然被折磨得眼泪汪汪。我想起多年前老父亲初得此病时的长叹：摔断五根肋骨都没把我打倒，这一回把我打倒了。

这种压迫神经的疼痛也许的确非常人所能忍受。我抱着试试看的心态给女友发了蒋院长的联系方式，她如落水之人突遇救星。经过蒋院长的精心治疗，一个月后，她的老母亲竟然恢复到行走自如的状态，又可以逛街买菜了。

我后来时常调侃她：我朋友圈里一位良医胜过你朋友圈里千军万马哈！她满脸媚笑，心悦诚服。因为钦佩蒋院长高超的医术，在母亲出院后，她自己也成了蒋院长的病人。针灸、煎服中药医治她多年来失眠的毛病，看她那段时间的状况，治疗效果应是不错。我想起经常失眠的小姑、有颈椎病的小姑父，于是统统把他们介绍到蒋院长那里治疗。此时，民康中医院早已整体搬迁至雁峰区雁城路88号。

在所有的亲友里，最让我感到惊叹佩服的是蒋院长对乔叔的医治。乔叔家在娄底，自己就是医生，因为腰椎间盘突出的折磨，他前前后后跑了半年的医院，公立私立，听说哪里有效就往哪里赶。他最后就诊的是一家地区三甲医院，在经过了一个多月的保守治疗后，该院医生无奈地告知他：我们没办法了，你考虑做手术吧！乔叔天天忍受着扎针、牵引的痛苦，他的腿部、背部千针万孔，有的地方甚至淤青一片，其情状与宫斗剧或抗战剧中那些针刺的酷刑甚是相似，持续半年的折磨令他对保守治疗完全失去了信心。尽管我和父亲多次电话催促他来衡阳治疗，他始终不信，加之路途遥远，亲人照顾很不方便，所以一直没有过来。

也是凑巧，这一天父亲因为腿脚不太利索，担心有复发症状去找蒋院长，我顺势拨打了乔叔的电话，乔叔听说父亲也在民康中医院治病，就立马坐上车，赶过来会老朋友。尽管他出发前服了止痛药，但我见到他时，他还是一瘸一跛地走。我叮嘱他带的住院用品他一样没带，说到底，他还是不相信：这个世界有人能通过保守治疗把他治好。

乔叔在民康住了二十多天，蒋院长亲自诊疗，针刀、牵引、扎针、开方……他是一点点康复到从前的状态。住院期间，他亲眼见到做过腰椎手术后，因为复发而来民康治疗的，有的人还是二次手术后仍然复发来治疗的。他不由得倒吸了一口凉气，万般庆幸自己没去做手术。对蒋院的医术与人品乔叔由衷地钦佩，对我的介绍也是充满了深深的感激。他甚至后悔，没有早些来衡阳找蒋院长，白受了那么久的折磨。

一位好医生将挽救多少生灵于痛苦中，将播撒多少恩德在人世间。

2018年，一朋友身患癌症，我联系了蒋院长，他将手头资源悉数介绍给我。颈椎不适的凌同学、身患帕金森疾病的表妹婆婆、肩周疾病严重的玉梅姐、脑溢血留下后遗症的龙姐……我总是将自己最亲近的亲友介绍给自己最信任的蒋院长。

2022年，父亲因为心肺衰竭入院抢救，最终在蒋院长的帮扶下，成功闯过鬼门关。长年伏案劳作的我，颈椎、腰椎皆属高危，但因为有蒋院长，我的生命里平添十二分的安全感。但凡不适，我就电话咨询蒋院长。这些年里，只要有空，我就前往民康中医院，为高速旋转了数十年的身体机器做个周期性的保养：推拿、针灸、按摩、扶阳罐……艾草的清香浸润五脏六腑、四肢百骸。

"不为良相，则为良医"，且将我虔诚的敬意献与这世上妙手仁心之人，致敬蒋院长！您是我朋友圈中永远的旗帜与骄傲！

南岳第一峰 / 刘望春摄影

朋友圈内有良医

谢放：衡阳市民康中医院董事长，民康医承联盟创始人，中华针刀古溪分会理事，衡阳市中医药协会理事，衡阳市青年企业家商会理事。2006年与衡阳市中医院专家团队组织承办"民康康复专科"，师承于中医院内科主任陈满良老师，儿科副主任熊利微老师，苗圃传统中医石爱端老师。2010年随同专家团队开设衡阳市民康中医院。擅长传统中药、针灸、推拿等，在运用椎间孔镜及引进红外成像技术进行疾病诊断方面，临床经验丰富。

陈坪林场 / 邓才华供图

认识谢放已有十年。

十年前，她是太平小区里民康小医馆的老板娘，十年后，她是雁峰区民康中医院的董事长，衡阳市雁峰区政协委员，衡阳市青年企业家商会的理事。

站在谢放面前，我感慨我的青春，输给了瞻前顾后、小心谨慎。

十年前，我以为她是靠颜值吃饭的幸福女子：儿女双全，她负责貌美如花便好，夫君医术高超，完全可以赚钱养家。十年后，看了她的简介，听了她的故事，忍不住慨叹：每一个成功男人的背后，都站着一个默默无闻的女人，这话只对了一半。准确地说，每一个成功男人的身旁，都站着一个坚如磐石的女人，风高浪急时，她挺身而出，阳光普照时，她移步丈夫身后。

四十不惑的谢放，身材窈窕，有一张非常细腻光洁的素颜脸。我曾多次扶起鼻梁上的眼镜，想从她镜子般的前额上，找出点儿或粉或霜之类的痕迹，但终究是一番徒劳。迎着我惊奇探寻的目光，她笑道：女人是要靠养的，从前我也是又黑又瘦又黄。怎么养？我急于知道答案。她答：夏天三伏推灸疏通任督二脉，冬天三九膏方补肾健脾。

"你是民康中医院的活广告吧！"我笑道。

身为中华针刀协会古溪分会理事的她，针灸水平非同一般。我曾亲见一大姐自述头痛，跑了好多大医院无效，找谢总扎了一次，立马见了效果。然后，大姐载了父母、朋友等五六个人，前来找谢总看病。一个上午，她没有端杯喝过一口水，像陀螺一样，接待病人，看片子、把脉、开处方、扎银针、跑药房，妥妥地十项全能。我看着她忙碌的身影，有五分惊羡、三分惊叹、两分心疼。有实力拼颜值的，偏要拼才华，还要拼命。

第五章 聊斋茶谈

几年前，林新华先生的个人公众号"新意观察"推出了一篇很火爆的文章《你的朋友圈最不该缺的是医生》。拜读完毕后，我高举双手赞成。

我的朋友圈内，不但有蒋总、谢总这样年轻的杏林圣手，还有年过八旬的医界泰斗。譬如和钟南山一道参与非典救治的呼吸内科专家谢金魁老先生，长沙的朋友跑到衡阳来医治鼻炎，便是通过我联系上谢老的。有浙江大学干细胞和再生医学专家欧阳宏伟教授，有广东省杰出医学人才——英德市中医院党委书记徐华明医生，有中南湘雅医院试管婴儿专家卫玲教授，有妇产科专家曼丽姐、凌荣姐……市内几家三甲医院，皆有亲友。

多想活成他们的样子！我对医学的向往大抵要追溯到童年时期。

那时的九峰山脚下，交通极为不便。我就读的小学与村里的诊所仅有数十步之遥。我家的老屋与诊所也就不过两三百米距离。年幼的我体弱多病，经常高烧。每次打针，母亲都要拼命抱住我，摁在凳子上。我小时打得最多的是青霉素，这种针剂让人又痛又胀，滋味真不好受。打针的大夫姓蔡，一张胖乎乎的黑脸，两个似乎是包了锡箔纸的大龅牙无端地就破坏了他面部的慈祥。有一年夏天，当他打完针后，我立马从凳子上弹起来。拎起我的花短裤，一路狂奔，一边嚎啕大哭一边诅咒他十八代祖宗。到家后，我扭身一看，花短裤上居然有一大摊血迹。现在回想起来，医生真是天底下最受委屈的职业。因为多病，我常常幻想自己要是能给自己看病治病就好，不用打针，开几副中药喝了便好。

更加坚定我从医理想的是我曾在诊所里目睹的一幕。那时的我大概读五年级，偶然经过诊所，看见一名男婴躺在我幼年时常躺的那块水泥地上。他的圆脸大眼是那样可爱，手脚却在使劲抽搐。他的爹妈只是眼泪成线，什么话也说不出。大夫扬起手中的温度计无奈地说："没办法了，温度计都测不出体温了，转院吧。"那时大夫口中的"转院"在我看来就是死亡的别称。能转到哪里去？即便是三十里外的金溪镇医院，条件也是极为有限，不见得能抢救得了那名男婴。那时没有摩的，没有便车，我不敢想象这名男婴的结局。我只记得当时的念头：如果我是医生，是一名很厉害的医生，那该有多好！

我很崇拜我的幺舅，因为他既是老师又是学校的校医。他也会打针，但很少给人打针，他开的方子总是很灵。我和弟弟但凡生病用药，母亲都要咨询下幺舅，天长日久，母亲也成了半个小儿科医生。我平生第一次看见《本草纲目》便是在幺舅的老房子里。那些千姿百态的植物深深地吸引了我，没有人想到这便是植物学的启蒙。长大后，在初中所有的功课里，我最喜欢的是《植物》，考试常常满分。初中毕业后，我决意报考医卫类学校，但最终由老师把关，选填了师范。尽管我从不后悔从教的生涯，但每每想起我的初心，总免不了有一丝遗憾。

我的表姐几乎全家都是医生，表姐工作的医院在湘南地区很有名气。在她工作的医院里，我目睹了医疗工作者的艰辛。忙碌与压力是每天的必修课，加班是家常便饭。手术病人若死于手术台上，不管是手术中的正常风险，还是意外状况，医闹总是理直气壮。曾经就有医生被患者家属胁迫挂牌游街，还有医生遭受毒打，打完之后扔下一沓钞票扬长而去。表姐总是说：幸好你没有当医生啊！但是她却把儿子培养成了医生，还娶了当医生的美女做儿媳。也许医卫人员终生都是行走在爱恨交织的征途上。

2015年，母亲因为严重的胆结石不得不进行手术，因为表姐的关照，因为医生精湛的医术，手术非常成功。要知道，母亲既有高血糖，又有支气管哮喘并发肺栓塞，还有胃病和冠心病，如果手术中发生什么意外，那是再正常不过。但是母亲术后康复得很快，机体活动恢复得很好。我非常感激我的表姐及她的医生护士同事们，是他们给了母亲第二次生命。

有位九峰老家的老邻居，年过七十，素来体健如牛。但有一日我回娘家，母亲却告知我，老人家走了。走的时候全身发黄，连眼珠子都黄了。村里人不知道他究竟得了什么怪病，他有好几个儿女，都远在他乡。直觉告诉我，老人患的就是与母亲一样的肝胆疾病。也许是因为后人的无知疏忽，也许是因为老人的执拗，没有进行手术治疗的老人就这样早早地踏上了黄泉路。

我常想，如果他的亲友里有一个人是医生，如果他的儿女们熟知医理，如果我能及时知晓老人的病况，九峰山下，会不会又多一位百岁老人呢。

九峰山下长明灯

九峰山晨曦 / 刘望春摄影

九峰山下的白天属于竹海，夜晚则属于灯光。

那一溜灯光从石洞口老街开始，一直延伸到九峰山脚下。农忙时节，村民们就着灯光干活儿；农闲时节，大妈们踩着灯光跳舞。

夏天夜晚，空气没有白日的炙烤，清新得如同山间的野百合；秋冬夜晚，温度偏低，空气在清新之外有山风裹挟的清冽，那份清冽可让大脑产生醉氧的快感。我时常一边漫步，一边望向高高的路灯杆，那杆顶的灯像是天使的眼。每当与灯光对视，我便会不由自主地想起拉萨，想起拉萨大昭寺里千年不熄的酥油灯⋯⋯

（一）金溪弯弯情义长

衡阳县有两个乡镇以金字开头，一是金兰，二是金溪。老金溪涵盖金溪、溪江两个乡镇。金溪镇原名金溪庙，传言金溪庙最初名为金鸡庙。相传金溪柿竹水库中有一只金鸡，水库上游有一座古石拱桥，当地有民谚：金鸡鲤鱼挨边走。又传金溪镇内有一条金脉，金矿藏量可观。金鸡、金脉、金矿，流过镇内的溪水自然富含金沙。

本是富饶之地，千百年来，却因山路崎岖与世隔绝而陷入困顿。穿行于金溪境内的三十六弯山路，曾让司机、行人望而生畏。如今，完成了硬化加宽的三十六弯，是竹海里一条美丽的飘带。我每次返乡，习惯性走三十六弯。这一路，可远眺柿水碧波荡漾，可近观松竹秀色入窗。

新修好的石金公路则使金溪迎来了快速直达的新时代。

金溪多英豪。明朝抗倭名将欧阳应诚十五岁时，随母迁居金溪；清朝抗英名将魏瀛系金溪上峰人；抗洪抢险烈士欧阳广平出生于金溪两冬村。

金溪多才俊。金溪村熬家组的唐翼明、唐浩明兄弟，老金溪商会荣誉会长李舒吾，曾任广州军区政治委员、党委书记的李朝华，湖南师范大学中国乡村振兴研究院院长陈文胜，湖南科技大学人文学院院长刘奇玉，著名曲艺家邱友源，著名学者欧阳君山等。

金溪多商贾。经商成功者多不胜数，在商会2013年的会务手册里，我看到这样一段文字：

老金溪是衡阳县金溪镇和溪江乡的合称，这里曾经是曾国藩求学读书的地方，紧邻彭玉麟、琼瑶的故乡，也是当代著名作家唐浩明的出生地。老金溪地处衡阳县西北边境，山高路窄，经济落后，居民多以耕作为主，勤劳、善良、奋发向上。读书、外出打工闯天下是大多数的选择。2010年底，在李舒吾、唐立新和唐新平兄弟、晏小强、彭国云和彭国元兄弟等在广东的老金溪人的倡导下，在佛山成立了"老金溪同乡会"。2016年，经批准正式成立"衡阳县工商业联合会老金溪商会"。商会以"同乡共济、团结互助、共谋发展"为宗旨，以乡音乡情为纽带，凝聚了一大批有爱心的老金溪人……在金溪镇、溪江乡开展尊师助教、奖学助学行动。经商会全体会员们的无私奉献和努力，商会在家乡开展的奖励优秀教师、奖励优秀高考学生、改造学校基础设施、捐赠教学设备、资助贫困家庭学子等活动已形成良好的社会效应。老师爱岗敬业，学生奋发图强。

从成立至今，老金溪商会吸收会员近三百名，筹款一千七百余万，悉数用于家乡各项公益活动及建设。2023年第十三届会员大会在九峰山庄举行，一个晚上募集善款近一百七十万元。

几年前，老金溪商会在溪江中学举办活动。有幸与荣誉会长李舒吾先生有过一面之缘。当我陪同邱友源先生步入校园内，迎接我们的正是衣着极其简朴的李舒吾先生。如果说年轻时的友源先生是风流倜傥的美男子，那么他的少年同窗舒吾先生则人如其名，质朴、坚定、实诚得像九峰山上那棵千年不老松。

彭国云、彭国元兄弟，多么熟悉亲切的名字！他们与我先生同宗，未能相见已十年有余。其父彭振先老先生仙逝时，举县皆知。老先生一生行侠仗义、扶危济困，生前节衣缩食，将儿孙孝顺他的钱用于资助贫困学子，奖励大西小学的优秀学生。

唐立新、唐新平兄弟及参与此次会务工作的唐小伟、唐静雯、朱立新、徐建军、李少华、鄢利华、魏小金、魏越、徐心蕊、张美兰等虽未谋面，但许多年前我便从曹家坳的春梅姐姐那里知道了唐立新的名字，她那远在大洋彼岸的大哥是唐立新的同窗好友。再后来，从华峰村的伟华兄那里，再次听到对唐立新兄弟的赞美：夫妻恩爱、家大业大、子承父业、家风家教优良……

老金溪唐氏，想来多为人中龙凤，且颇有玉树临风之姿，否则，我的九峰亲友们怎会如此盛赞？已故著名作家彭绍章老师一生才情横溢、清高脱俗，终究是选择了一位姓唐的后生做了乘龙快婿，以老先生的心性，若非才貌品三全，怎能入得他的法眼？

邻家哥哥唐致远现居深圳，幼年记忆里对于帅哥的认知，大抵是从他开始：身材修长、皮肤白皙、五官标致、斯文儒雅。我第一次听说"老金溪商会"的名字，也是因他而起。

多年前，双抢时节回娘家，晚上一排路灯照得乡间如同白昼，马路两旁的田地里，人们借着这路灯在田地里干活儿，避开白日里的毒太阳。路灯下，老母亲一边弯腰割禾，一边道：这是多亏了唐致远呢，老金溪商会做了件大好事！

我从那时得知，邻家远哥哥原来是光荣的商会会员。

后来，因为村民沿路种菜，埋设水管等，路灯电线数次被挖断，几次维修线路的费用也都由远哥哥承担。他不准父母对外声张，但世上哪有不透风的墙？现居北京的伟华兄，岁月于他，分外偏爱，满面红光，步履轻捷，当年与欧阳毅、邱友良、何翼等皆系金溪中学学霸级校草。

一位网名"禅心听月"的老师多才多艺，教过他们当中的好几位。但他们记忆最深的，并非这位"听月"的老师，而是老师那才貌绝伦犹如天外仙姝般的夫人。他们后来回忆道，师母美到何种程度呢？举个例子，课间操，数百人站在操场上认认真真做操，动作整齐划一。倘若师母此时从操场上经过，那队伍瞬间变形：有的目不转睛，有的侧了身子，有的扯长脖子……台上领操的大声吼：看什么看？！后来，他自己也扭过头去。

当我在商会的手册上看见徐舜的名字，一点儿都不惊讶。这位痴迷篮球的老总身手矫健，气度不凡。让我惊讶的是，他的名字后写着"终身执行会长"的头衔，据说商会的执行会长采取轮执制，这"终身"二字让我感受到沉甸甸的分量：只有捐款总金额在二十万以上的，才有任职资格。

听说终身执行会长有九位：除了唐立新、徐舜、彭国元之外，还有晏小强、欧阳少林、雷子青、唐康宋、魏拥军、陈祖华。

终身常务副会长捐资额度十万以上，终身副会长捐资额度五万以上，限于篇幅及多种因素，这些可敬的人啊，无法逐一记下他们的名字，但清澈的溪水会记得，连绵的九峰山会记得，每一位受助的乡邻会记得。

白马村盛产"白马王子"。徐姓在白马村是大姓，老支书徐志有两子：长子徐光明，清雅俊朗；次子徐华明系广东省著名中医专家。华明兄的优秀自不待言，每次回乡，义务为乡邻看病施针，村民艳羡道：生子当学徐支书。白马村还有我的刘姓同宗，我曾发表过《不平凡的先生——九峰白马刘传经》，如今这位先生已入县教育局教研室任职。白马村有位名叫欧阳宇轩的青年，国防科技大学毕业，任职于华为。虽从未谋面，但热情与聪慧隔着手机屏幕可感受得到。

老金溪人最突出的特点是：勤劳善良、坚韧不屈、多才多艺、热爱家乡。

布鞋夹克的魏宏章先生系魏源后裔，身为管理学博士的他投资培育了好几家上市公司。初见，觉其说话轻声细语，谦和质朴，交谈片刻，自有超凡脱俗之气扑面而来，很早就热心慈善公益的魏总个人捐赠额度逾千万；多年前听过欧阳少林先生一堂讲座，他不仅是中国民办教育的杰出代表，广东省"五一劳动奖章"获得者，而且是一位健身达人；欧阳严敢经营着玉石店，经常担纲各类活动主持；欧阳正伟经营农庄、公司之余，喜读诗书，古典诗词功底颇深。著名雕塑家魏子人，书法、绘画都不错；魏世杰、魏世伟兄弟被县教育界誉为"魏氏双雄"……

还有位名叫唐秋良的姐姐，好像是金溪隆兴人吧，和她的先生一直在广东经营企业，家境优渥。女儿中南大学研究生毕业后，前往澳大利亚读博，现任职于华为；儿子也是华南理工大学的博士生。我们从未谋面，却心有灵犀。她说，她的心底一直有个文学梦。她的表兄弟，笔名"江楠"，毕业于北京航空航天大学，现代诗写得很好。她欣赏我的文笔和思想，我羡慕她儿女双全、满门书香。

邱初开、欧阳强、何翼、王卫全……该用怎样的笔墨来描写他们呢？他们本身都是极具才华的笔杆子。许多年后，他们身上各种闪亮的头衔将逐一放下，可是才华不会让他们黯淡，他们永远在星空中璀璨闪耀。

老金溪人的故事像那条漾着金沙的小溪，悠长绵长、金光闪闪。可惜笔墨有限，时间有限，来不及逐一访谈，且作一浮光掠影的介绍。

如果有纰漏，请多多海涵。

（二）华峰村里好风光

别梦依稀／邱伟华留影

故园路

邱伟华

（2017.8.18）

有一条路在梦里闪亮
再来时双亲已成画像
只记得金黄的谷穗
开满秋天云雾缭绕的河滩

少年花开枯枝芽长
老屋油灯熠熠闪亮
青年背包中年听雨
我一直走在梦里垄上

如果你来过这里
一定会记得米酒醇香
那溪涧中长年山歌荡漾
那湾前禾草青涩模样

——题记

你可能不知道华峰村，但你不会不知道曾国藩。

如果你知道曾国藩，一定会好奇，究竟谁是曾国藩的正室？我曾四处打听，终于得到了欧阳秉钰的名字。

欧阳秉钰出生于华峰村井干垅。

华峰村毗邻双峰县荷叶镇，过了华峰村就是双峰县。登顶九峰山一坡瞭望台，有两条路。一条经九峰中心小学、八亩坎水库、九峰山林场，爬百步天梯登顶，或开车直达九峰山庄，赏完千年银杏连理枝后，走鼓乐坪观音庵侧旁的石径登顶；另一条，则是从石洞口曹家坳分岔路口始，直上华峰，经华峰村，抵达九峰山庄，然后登顶。

说到曹家坳，必得提一提曹家大屋。但曹家大屋里，住的居民几乎清一色姓邱。关于这个问题，可惜祖母生前我没去询问，因为祖母便是从曹家大屋里走出的邱家姑娘。

我至今记得，曹家大屋的厅子甚是宽敞，木刻镂空的窗户，高大的石柱和石门框，过道是黑色的泥巴地，间或一个圆润的小坑，过道角落里长着一簇簇青苔。太外婆过世很早，太外公想来我是见过的，关于曹家大屋的记忆，依稀是吃太外公豆腐饭的那段日子。

曹家坳有一位名叫邱小红的后生，风华正茂。大学毕业后，一直在深圳工作。我的大表姐雪肤红唇，颜值、才气仿若胡因梦。对门对户，知根知底，两家的父母心肯意肯。其时，邱家老爷子在家病得奄奄一息，听说表姐来了，回光返照般，立马披衣坐起，神采奕奕。唯一发表了不同意见的是我的外婆，长孙女的婚事，那可是头等大事。外婆说，邱家后生戴着眼镜呢，这怎么行？大舅说，读书人戴副眼镜很正常。

外婆道：历来只有锅子煮白米，哪有锅子煮文章？

外婆哪里知道，这世间的好文章，一篇就足够煮一辈子，甚至千秋万代煮下去。譬如那个写《春江花月夜》的江若虚。

后来，戴眼镜的邱大学生成了邱总、邱董事长，公司做大做强后上市，赚的白米八辈子煮不完，只是我从未见过这位神奇的擦肩而过的"表姐夫"。

唯一可以告慰外婆的是，表姐这辈子过得非常幸福，表姐夫对表姐的那份宠爱，是个女人看了，都会羡慕嫉妒。

曹家坳有位名叫高辉的学生，现在，我叫他高总。高总的个子是真高，那时，我经常盯着他默写英语单词，磨得他的小脸上挂了一层可爱的霜。

石洞口的村民，如果刨根究底，几乎谁跟谁都能沾亲带故。所以，外人传言：石洞口，铁地方。大是大非面前，村民们同仇敌忾，绝不含糊。

每次乘坐大巴回乡，在曹家坳的岔路口下车，一条路直通华峰，一条路左拐前往娘家。远远地，看见曹家大屋几座山字垛立在宽阔的屋场里，如同看见太外公一般亲切。下车后，沿着曹家坳的马路上去，全是父亲的亲戚老表。走在石洞口的马路上，我像是骄傲的小公主。因为整个石洞口，要么是外祖父那边的亲戚，要么是祖父这边的亲戚，如果都不是，那就是亲戚的亲戚。

每每站在曹家坳的岔路口，关于向左和向上的问题，我都会纠结一下。因为向上，可以直达华峰，然后去双峰，去荷叶镇的姑姑家。这是一条温馨的路，小时候，祖母带着我去姑姑家做客，不知走过多少回。

我很想再往华峰走走。

听说华峰咸宜堂出口，有一口名叫黄花的好水井。三井相连，井水终年满溢，甘甜可口。关于此井，民间流传一个故事。很久以前，此地无井，百姓吃水，要走很远的山路。水稻无法下种，百姓只能以旱粮为生。后张天师云游至此，感动于百姓顶礼膜拜，决心救民于水火。一番观测后，天师断言此地有阴河，河中有黑龙作祟。破解之法为，将一妙龄女子嫁与黑龙为妻，息其戾气。村中有女名黄花，自幼父母双亡，靠乡邻帮扶长大，品貌秀美，体态婀娜。黄花告知天师，为感恩村人救济，愿嫁黑龙为妻。

天师依其言，作法唤龙。顷刻间，乌云密布，电闪雷鸣，继而天崩地裂，风雨交加。只见一条黑龙破土而出，瞬间变成一美男子，扯过黄花的衣袖，二人齐飞九天之外。片刻过后，风停雨住，阳光朗照，黑龙钻出地表处，涌出一汪清亮的泉水。村人欢呼雀跃，感念黄花舍身救助之恩，便将此井命名为"黄花井"。

华峰有一山，名为石牛山，因山顶有一巨石，形似水牛而得名。那石牛牛尾朝上，牛头向下，模样甚是威武。我曾冒险爬上牛背，照了几张照片。但见牛背上方松枝凌空，下方悬崖陡峭，牛背表面密布各类爬蔓植物。

2020年5月，我自九峰娘家开始，徒步近八里地，前往华峰村井干垅。其时枇杷已黄，榴花正艳。沿途遍植桂花树、茶花树、新竹老竹密布，秧苗翠色如缎，偶有群鹭惊起。因为是徒步，可以沿途走走停停，细览风景，真是心旷神怡。

村里有好几栋甚为气派的别墅，道路一律安装路灯，硬化到户。广场很大、边上立着一块巨石，上面刻着捐建广场者的名单，金额上万的有邱响连、邱伟华、汤斌、唐保国、蔡常利、贺华荣、阳志铮等，村支书邱响连一人捐了三万元。

远在京城的伟华兄儒雅俊朗，才华横溢。学习酿造专业的他作诗填词，功夫了得。自号"九峰老道"，遍游河山。虽然很少回乡，但家乡情结从未消减。记忆中，唐保国的一位亲人好像曾经跟着母亲学过裁缝，那时的我还在上小学。记得唐保国的个子甚是高大，一晃数十年未见，不想却在这块石头上看见他的名字。其余的人，阳志奇是我的老师，阳志峥是老师的弟弟；汤斌、邓才应或许是我小学时同窗，阳巧玲、李小刚、蔡常利、贺华荣等都是老姐老哥。

华峰村里的敬老院开了九峰山下兴办敬老院的先河，因时间不够，我未能前往察看。广场附近的华峰小学，步入细看了一番。我疑心那是九峰山下设施条件最好的小学了，据说投资一百五十余万元，村支两委真是舍得。

正午时分，走到欧阳秉钰出生的屋场，后来成了欧阳平田、欧阳平球兄弟居住的老屋场。门前有一口碧绿的池塘，屋后有一圈低矮的青山。两位老先生早已作古多年，欧阳平球先生曾任九峰中学校长，记忆中那是非常有才且整洁俊朗的人物。欧阳秉钰的旧居已不在，旧址上兴建了一栋两层的红砖瓦房。屋中立着一位年过七旬的老妇人，老人独守整个屋场。听说我特意来寻访关于欧阳秉钰的故事，老人非常高兴。先是倒水，后又搬出一部厚厚的《横江欧阳五修谱》。

安黎公的后裔开枝散叶，纷繁复杂，直看得我两眼昏花。我试图找出欧阳秉钰的名字，终究未能。老人安慰我道，也许在另外一本族谱上呢。后定睛细看，"女二长归清太傅武英殿大学士一等毅勇侯两江总督湘乡曾国藩"，这不就是安黎公欧阳凝祉先生的长女欧阳秉钰吗？

可惜，虽然她贵为清朝最年轻的诰命夫人，在娘家族谱上，居然连名字也未能留下。

老人看出我的失落，领我走进一间房子道：你看这间屋子，便是当年欧阳秉钰出生的地方。

我站在屋子中央，想起富厚堂内欧阳秉钰的画像，想起她这一生的艰辛与荣光。欧阳秉钰于清嘉庆二十一年（1816年）生，同治十三年（1874年）去世，享年五十九岁。时光不过流淌了一百多年，她的娘家已经片瓦无存。

如果没有族谱记载，也许我们连她的家族信息都无从知晓。

多少风流总被雨打风吹去呀！

沧海桑田，除却文字，世间哪有永恒？

后　记

　　2024年9月，第三届湖南省旅游发展大会将在衡阳召开。出版这本集子，既是对衡阳山水胜境、文旅资源的推介，也是对这些年自己创作的一次归纳小结。这或许是我为家乡撰写的最后一部文集了，日渐增多的白发对经常熬夜表示抗议，腰椎和颈椎都在警告：不能让我们过度劳损。

　　所幸，写作是痛并快乐的事情。当这些文字能为宣传推介家乡发出一点点微光，当有人循着这光去探寻自然之美与人文之美，所有的苦和累都在那一瞬间得到了回报。有人说，作家是生长在故乡田埂上的一株稗子。而我，只想成为九峰山上那根竹子。"千磨万击还坚劲"，根扎得很深很深，在泥土下行走得很远很远。将四面八方的养分吸收过来，源源不断地输送给漫山遍野的竹笋和地上四季常青的竹叶、竹竿。

　　坚持了五年的"九峰望春"公众号得到数千位粉丝的关注与鼓励，作为九峰山的专题写作者，这些年里，我收获过不少领导、亲友、乡邻、同窗、学生以及诸多陌生读者朋友们的鼓励与支持。他们或转发或推介关注，给予我持续创作的勇气，在此一并感谢！感谢为本书提供图片或信息支持的亲友、同事们！

　　在时间的长河里，哪些事物将会永恒？这个问题，只有时间能够回答。我相信，时间不仅会给出关于"永恒"的答案，还会解开某些心结。譬如说，从前，我的老母亲看见我写她的文字，气急败坏。如今，她笑道：随你写，反正我真要是好，你写不坏；真要是不好，你写成一朵花也没用。"

每一位走进我笔下的人物，都是上天既定的缘分。做人很难，写人更难。我更愿意与树木相依，与花朵对视，与山泉低语。用笔写下它们一时无法听懂的句子，让山风与白云做个信使。

帕斯卡尔说，人是一根会思想的苇草。真若如此，让我做那根不爱思想的苇草吧。在故乡的田野、山间、溪涧边，无论怎样凛冽的寒冬，怎样毒辣的日头，苇草永远那样轻盈曼妙，悠闲自在。

山风起，苇絮飘，飘向苍茫的大海，飘向无垠的荒漠，飘向遥远的天际，飘向人间的荣辱悲欢。

城市的霓虹吆喝：你不属于这里！苇絮笑道：谁不是人间过客？

她的主根，从来没有离开九峰山下的大地。